魏晋赠答诗注评选

薛 婷 ◎著

图书在版编目（CIP）数据

魏晋赠答诗注评选 / 薛婷著. -- 北京 ：中国商务出版社, 2019.6
ISBN 978-7-5103-2919-7

Ⅰ. ①魏… Ⅱ. ①薛… Ⅲ. ①古典诗歌－诗歌评论－中国－魏晋南北朝时代 Ⅳ. ①I207.22

中国版本图书馆 CIP 数据核字(2019)第 128132 号

魏晋赠答诗注评选
WEIJIN ZENGDASHIZHU PINGXUAN
薛婷 著

出　　版：中国商务出版社
地　　址：北京市东城区安定门外大街东后巷 28 号　**邮编**：100710
责任部门：教育培训事业部（010-64243016　gmxhksb@163.com ）
责任编辑：刘姝辰
总 发 行：中国商务出版社发行部 （010-64208388　64515150 ）
网购零售：中国商务出版社考培部 （010-64286917）
网　　址：http://www.cctpress.com
网　　店：https://shop162373850.taobao.com/
邮　　箱：cctp6@cctpress.com
印　　刷：定州启航印刷有限公司
开　　本：787 毫米×1092 毫米　1/16
印　　张：12.75　**字　　数**：279 千字
版　　次：2019 年 6 月第 1 版　**印　　次**：2019 年 6 月第 1 次印刷
书　　号：ISBN 978-7-5103-2919-7
定　　价：40.00 元

凡所购本版图书有印装质量问题，请与本社总编室联系。（电话：010-64212247）

前 言

赠答诗是诗人之间用于交流思想、情感的一种诗歌形式，《文选》中收录赠答类72首诗，以王粲为起始，以任昉为结束，其中魏晋赠答诗有50余首。在一组赠答诗中，有的有“赠”有“答”，有的有“赠”无“答”，有的有“答”无赠，在逯钦立辑的《先秦汉魏晋南北朝诗》中，据统计魏晋的赠答诗共计240多首，其中如嵇康的《赠兄秀才入军诗》十八首，嵇喜的《答嵇康诗》等组诗均算作一首，若将这些组诗分来算，魏晋时期的赠答诗将会有近300首之多，由此可见魏晋赠答诗之兴盛。

曹魏邺下文人集团形成之前的赠答诗，大多是以赠别为主题的，诗人个性化诗作，如王粲的《赠士孙文始》《赠文书良》《赠蔡子笃》。这三首诗都是以四言写就的，并且篇幅较长，诗中辞藻也多有模仿《诗经》之处。这三首诗都是以叙事为主，诗句娓娓道来，有“汉音”之余韵，少“魏响”之先声。

在邺下文人集团形成之后，文士之间的酬唱之作随之增加，根据逯钦立《诗》载，邺下时期的赠答诗就有17首之多。钟嵘在《诗品序》中说：

降及建安，曹公父子，笃好斯文；平原兄弟，郁为文栋；刘桢、王粲，为其羽翼。次有攀龙托凤，自致于属车者，盖将百计。彬彬之盛，大备于时矣。

正道出了邺下时期赠答诗的写作群体和写作环境。由于曹操的爱才之心，数次下招贤令，不拘一格，网罗天下才士，所以在邺下聚集了大批有志之士，这些文人雅士聚集在三曹周围，为他们出谋划策，与他们结伴畅游，共同赋诗，这样的环境促进了建安时期诗人群体的交流，诗人之间以诗赠答往来频繁。在这一时期，赠答诗的写作环境虽然与公宴诗非常相似，但是由于他们交流的对象不同，所以主题也有差别。

在建安十五年曹丕、曹植先后封王拜相至建安二十二年这长达七年的时光中，建安士人笼罩在一种高扬的、进取的精神氛围中，他们在往来频繁的赠答诗中或书写对功业的渴望，或表达求而不得的担忧与苦闷。刘祯《赠从弟诗》（其三）曰：

凤皇集南岳，排徊孤竹根。于心有不厌，奋翅凌紫氛。

岂不常勤苦，羞与黄雀群。何时当来仪，将须圣明君。

刘祯在诗中表达了自己怀才不遇的苦闷，对圣明君主渴望，他以凤凰自拟，不愿与黄雀为伍，希望有一天可以展翅高飞凌云其上。这其中对自我的肯定，对展现自我价值的期望是不言而明的。

这首诗很可能写在他的《遂志赋》前，在《遂志赋》中刘祯言：“幸遇明后，因志东倾，披此丰草，乃命小生。”可见他非常感激曹操能在“丰草”中发现他这个“小生”，并表现出“伊天皇之树叶，必结根补仁方，梢吴夷补东隅，掣畔臣乎南荆”的雄心壮志。

但伴随着对功业的渴望，就会生出求之不得的担忧与恐惧，陈琳在诗中咏叹“骋哉日月逝，年命将西倾。建功不及时，钟鼎何所铭。收念还寝房，慷慨咏坟经。庶几及君在，立德垂功名。”陈琳在“建安七子”中比较年长，所以他在立德垂名的进取精神里充满了时不我待的担忧。繁钦在《赠梅公明诗》中也表现出这种珍惜匆匆时光，致力建功立业的愿望，其诗曰：“日月其迈，时不可忘。公子瞻拼，勋名乃彰。”

除此之外，在建安时期人才济济的情况下，害怕被埋没的担忧也笼罩着许多人，曹植在曹植《赠丁廙诗》说“大国多良材，譬海出明珠”。他身为主上尚且害怕被遮挡光芒，更不要说一般的文士了。同时曹植在诗中还说“君子通大道，无愿为世儒”。这与他在《与杨德祖书》中对功业和文章的取舍是一致的，其《书》中言：“吾虽德薄，位为藩侯，犹庶几戮力上国，流惠下民，建永世之业，流金石之功。岂徒以翰墨为勋绩，辞赋为君子哉！”刘祯在《赠从弟诗》（其一）中也表达出相似的担忧，他在诗中说：

泛泛东流水，磷磷水中石。蘋藻生其涯，华叶纷扰溺。

采之荐宗庙，可以羞嘉客。岂无园中葵，懿此出深泽。

这既有对从弟的鼓励之意，也是自己心声的吐露。

虽然建安时期围绕在三曹周围的诸位才士都有建功立业的抱负，但是建安时期对诗人的观念还停留在“雍容侍从”的角色中，吴质在《答东阿王笺》中说：“陈徐刘应，才学所著，诚如来命。惜其不遂，可为痛切。凡此数子，于雍容侍从，实其人也。若乃边境有虞，群下鼎沸，军书辐至，羽檄交驰，于彼诸贤，非其任也。”吴质视徐干、刘祯等人为雍容侍从，并认为他们不堪军功大任，这样轻视诗人的思想自汉代就比较流行，《汉书》中称东方朔、枚皋为“俳优”，到了建安时期这些颇具文采的士人在一些人眼中还被认为难堪大任。且现实情况是“建安七子”的职位多是“祭酒”“椽属”“文学”“庶子”等不甚重要的职位，而陈琳、刘祯等却是希望通过诗赋文章扬名从而建功立业，这样的矛盾，这样的现实必然造成他们壮志难酬的苦恼，这些苦闷又会造成他们惺惺相惜的情谊。在刘祯的《赠徐干诗》与徐干的《答刘祯诗》中将这种感情表露得甚为明显。

然而随着政治、疾疫等原因，自建安十七年至建安二十五年，阮瑀、王粲、徐干、陈琳、应玚、刘桢、繁钦、杨修、曹操等先后去世，来往不绝的赠答诗也逐渐沉寂了。

曹植的《赠白马王彪》与曹彪的回诗可看作建安时期的赠答诗的绝唱。钟嵘《诗品》曰："白马与陈思赠答，伟长与公干往复，虽曰以莛扣钟，亦能闲雅矣。"曹植的《赠白马王彪》感情曲折，言辞恳切，先写前路艰难"伊洛广且深，欲济川无梁。泛舟越洪涛，怨彼东路长。"又写不能同路的忧愤"太息将何为，天命与我违。奈何念同生，一往形不归。"最后又将这种愤慨之情化为离别之前对亲人的叮咛"王其爱玉体，俱享黄发期。收泪即长路，援笔从此辞。"白马王彪的回复中也着意于对这种分别的不舍："盘径难怀抱，停驾与君诀。即车登北路，永叹寻先辙。"

我们可以看出在这一时期，士人们的诗信往来是非常频繁的，相对于公宴诗，赠答诗中诗人与预设对象之间的关系是较为平等的，诗中的感情也是比较复杂、真挚的。在此一时期，不仅是诗歌的赠答频繁，士人之间书信、赋等交往活动都十分频繁，曹丕有《与吴质书》《又与吴质书》，曹植有《与杨德祖书》《与吴季重书》，杨修有《答临淄侯笺》，吴质有《答东阿王书》《答魏太子笺》等，这些诗书往来作为士人之间的一种交流方式，加深了他们之间的情谊。这些由邺下文人写就的赠答诗塑造了诗人对心灵交流的渴求，对魏晋士人产生了深远的影响。

在邺下文人集团消陨之后的很长一段时间，赠答诗都显得十分寂寥。直至正始时期，随着竹林七贤等名士的成熟，赠答诗才又多起来，此时的赠答诗代表作有嵇康的《四言赠兄秀才入军诗十八章》《五言赠秀才诗》《答二郭诗三首》《与阮德如诗》，嵇喜的《答嵇康诗四首》，郭遐周的《赠嵇康诗三首》，郭遐叔的《赠嵇康诗二首》，阮侃的《答嵇康诗二首》。这十七首赠答诗就是现存正始时期的赠答诗，由此可见，在此时大多数的赠答诗中嵇康或赠或答都有参与其中，所以说嵇康是这一时期赠答诗的中心。

嵇康与兄嵇喜的赠诗中向我们描绘出一幅面对艰难生活仍然能后以闲适玄远的心境自处的名士形象。他在《五言赠秀才诗》中认为嵇喜不是自愿入军，而是被时势所迫，不得不从军，诗中说："何意世多艰，虞人来我维。……隐姿就长缨，卒为时所羁。"

不同的人生道路，让嵇喜在《答嵇康诗》中显示出他别于嵇康的人生观，他在《答嵇康诗其二》中说："君子体变通，否泰非常理。当流则蚁行，时逝则鹊起。"嵇喜的通变在当时被认为是世俗，被阮籍白眼斜视，但是于今看来他走的确实文武兼济的济世之路，只是不符合正始时期高士的价值标准。

与嵇康有频繁赠答诗往来的还有郭遐周、郭遐叔二人，此二人都是当时隐士，在郭遐周的《赠嵇康诗》三首中都表达了与嵇康真挚的友情和对嵇康归隐山林的劝解。他在两首诗中都劝解嵇康一起随他们归隐山林，感慨即将与嵇康分别的不舍"同气自相求，虎啸谷风凉。惟予与嵇生，未面分好章。""伊此往昔事，言之以增悲。叹我与嵇生，倏忽将永离。"他之所以劝嵇康归隐是因为他认为"吾无佐世才，时俗所不量。

归我北山阿，逍遥以倡佯。”他认为嵇康与他同气相求，不被世俗所容。在嵇康的《答二郭诗》三首中，虽然嵇康也认为“权智相倾夺，名位不可居”，但是他认为“朔戒贵尚容，渔父好扬波。虽逸亦已难，非余心所嘉”。并不愿意归隐。嵇康想要的生活是“功名何足殉，乃欲列简书。”“结友集灵岳，弹琴登清歌。有能从我者，古人何足多。”嵇康并不愿意与郭遐周兄弟一样与世俗隔离，而是希望能在世俗中寻得内心的玄远。如后代陶渊明所言“结庐在人境，而无车马喧。问君何能尔，心远地自偏。”

正始时期政治诡谲，嵇康等名士为求自保疏离政治，而在思想上传统的儒家思想逐渐趋于弱势，玄风大畅，在这样的外部环境影响下，嵇康等诗人渴求的是能在心灵上、思想上相互慰藉与交流，所以他们之间的诗少了建安时期生活场景的描绘而多了理想化、精神化的言辞。虽然玄言诗在西晋末至东晋时期才颇为流行，但是在正始时期的赠答诗中，我们就能看到玄理入诗的滥觞。

西晋是将近百年的动乱之后一个短暂的统一王朝，西晋的统一造就了政坛的暂时安稳，也重新给与士人实现自我社会价值的希望，所以在西晋时期赠答诗的创作形成了魏晋以来的高峰，在短短的五十年间，有三十余位诗人创作出一百二十余首赠答诗。西晋的赠答诗长足发展不仅表现在数量之多，还表现在主题之丰富。西晋以前的赠答诗多重视的是诗人群体之间的精神、情感交流，但是西晋的赠答诗则在内容上大大扩充。

一部分西晋的赠答诗延续了以往赠答诗中情感交流、思想交流的作用。以西晋平吴之后一批东吴士人之间的赠答诗为例。如陆机、陆云、顾秘、夏靖、郑丰等，虽然曾在东吴也是世家子弟，但是随着晋灭吴，他们的理想与骄傲在九品中正制下破灭了，所以这一批士人的赠答诗就有一个共同点，凡是在晋灭吴前之诗多是写的所作之诗，多是包含着世家子弟的骄傲与前途光明的希望，如夏靖所作《答陆士衡诗》曰：“靡靡陆生，帝度其心。静恭夙夜，莫其德音。德音既莫，其美弥深。为物之主，为士之林。”夏靖在诗中夸赞陆机拔群出俗，一定能够受到重用。但是在东吴灭亡之后，这些东吴遗少内部的赠答诗就多是互相慰藉，共同追忆之语了。这其中又以陆机、陆云与友人的赠答诗为代表。

陆云在《答兄平原诗》中说：“昔我昆弟，如鸾如龙；今我友生，凋俊坠雄。”在《赠顾彦先诗》中说：“邂逅相遇，良愿乃从。不逢知己，谁济予躬。莫攀莫附，愧我高风。”这些诗中的愤懑不平是源于现实的压抑，陆机在《与陆典书书》中说：“吴国初祚，雄俊尤盛。今日虽衰，未皆下华夏也。……愚以东国之士，进无所立，退无所守，明裂眦苦，皆未如意。云之鄙姿，志归丘垄，筚门闺窬之人，敢曦天望之冀？至于绍季礼之遐踪，结髙肝于中夏，光东州之幽昧，流荣勋于朝野，所谓窥管以瞻天，缘木而求鱼也。”

但是这些东吴世族的进仕之心并没与由此断绝，《晋书·陆机传》载陆机与陆云“退居故里，闭门勤学，积有十年。”在晋武帝“内外群官举清能，拔寒素”的诏令下，二陆入洛求仕。在《赠郑季曼诗》中陆机云：“馥矣回芳，绸缪中原。”

所以这些寒素之士的写的赠答诗就多了一个新的主题就是求仕。无数怀揣梦想的寒门士子以诗赋为敲门砖，求扬名争入仕。傅咸在《赠郭泰机诗并序》中言：

河南郭泰机，寒素后门之士，不知余无能为益，以诗见激切可施用之才，而况沉沦不能自拔于世。余虽心知之而未如之何，此屈百复文辞所了，故直戏以答其诗云：

素丝岂不洁，寒女难为容。贫寒犹手拙，操杼安能工。

郭泰机在《答傅咸诗》中云：

皦皦白素丝，织为寒女衣。寒女虽妙巧，不得秉杼机。

天寒知运速，况复雁南飞。衣工秉刀尺，弃我忽若遗。

人不取诸身，世事焉所希。况复已朝餐，曷由知我饥。

从傅咸的诗序中我们可以看到此赠诗之前郭泰机已经与傅咸有诗信往来，郭泰机希望以诗才见用，傅咸评其诗“激切”“可施用”，但是由于当时实行九品中正制，郭泰机出于寒门，所以傅咸无能为力，他在诗中说：“贫寒犹手拙，操杼安能工。”正道出两晋寒门的悲哀，门第是横在他们能力与理想之前的鸿沟，郭泰机在答诗中表达出虽然他清楚这种自身的缺陷，但是仍然希望傅咸能够理解他对功业的渴望。对于这一时期的寒门士人来说，赠答诗除了朋友之间的交流外，还有功利的作用，对于寒门群体内部之间，他们的赠答诗主要是为了互诉衷肠，互相勉励，而寒门与重臣之间的赠答诗则有为了抒发自己的志向，表达自己希望跻身仕途的愿望的作用。所以求仕是西晋寒素之士与权臣之间赠答诗的新主题。

而西晋的豪族或者当权者之间的赠答诗却往往表现出淡泊名利，归隐山林的志趣。如张华与何劭之间的赠答诗，何劭在《赠张华诗》中说他：“私愿偕黄发，逍遥综琴书。”张华在《答何劭诗三首》其二中也说：“自予及有识，志不在功名。虚恬窃所好，文学少所经。”但是《晋书》说何劭是太傅何曾之子，官至司徒，《晋书》说他“食之必尽四方珍异，一日之供，以钱二万”。[①] 何劭骄奢简贵又甚有谋略，游于八王之乱而不见损，与其诗中所言“抗迹遗万里。岂恋生民乐。长怀慕仙类。眇然心绵邈”（《游仙诗》）竟背道而驰。张华在三国时期曾写《鹪鹩赋》以抒发“恋钟岱之林野，慕陇坻之高松”的郁郁之情，入晋后因力主伐吴而见重用，张华一生有武功有谋略，但深陷朋党之争最终死于“八王之乱”，其现实境遇与诗中所写也是大相径庭。何劭

① 〔唐〕房玄龄等．晋书·何曾传 [M]. 北京：中华书局，1974：999.

与张华之间的赠答诗或许有攀附当时玄学潮流的嫌疑，他们在赠答诗中不断诉说对“奚用遗形骸，忘筌在得鱼”（《赠张华诗》）“从容养余日，取乐于桑榆”（《答何劭诗》）的理念，这也正表明此类赠答诗是他们纯精神化的交流。

除了这种理想化的纯精神化的交流之外，在西晋的权力集团中，有一个团体的赠答诗以互相鼓吹标榜为主题，往来尤其频繁，如石崇的《赠欧阳建诗》其中有“文藻譬春华，飘飖若鸿飞”之句以美欧阳建，欧阳建的《答石崇赠诗》赞石崇曰：“于铄我舅，明德塞违。俾捍东藩，在徐之邳。载播其惠，载扬其威。”潘岳的《为贾谧作赠陆机诗》赞扬陆机曰：“长离云谁，咨尔陆生。鹤鸣九皋，犹载厥声。况乃海隅，播名上京。爰应旌招，抚翼宰庭。”陆机的《赠潘岳诗》曰：“佥曰吾生，明德惟允。”张华的《赠挚仲治诗》曰：“君子有逸志，栖迟于一丘。仰荫高林茂，俯临渌水流。”以美挚虞等。这些诗的作者大多是二十四友以及与二十四友亲密的张载、曹摅、枣腆等人。徐公持先生指出：“二十四友攀附贾谧的目的很明确，就是追求政治上的发达，而参与贵游享乐还在其次。”[②] 所以他们的赠答诗多为互相称美谀颂之词。

除了相互标榜，歌颂友情也是这些诗人的写作主题，夏侯冲在《答潘岳诗》中言：“相思限清防，企伫谁与言。”陆机《答潘尼诗》云：“于穆同心，如琼如琳。我东曰徂，来饯其琛。彼美潘生，实综我心。探子玉怀，畴尔惠音。”

当然，在西晋时期以赠别为主题的赠答诗也较为常见，如陆机《赠冯文罴迁斥丘令八章》、挚虞《赠褚武良以尚书出为安东诗》、潘尼《赠陆机出为吴王郎中令诗》等，皆情致婉转，语言雅润。这其中又以左思的《悼离赠妹诗二首》感情尤为真切。因为左芬被征入后宫，咫尺便是天涯，生离亦同死别。

总体而言，西晋的赠答诗多以四言为主，以雅正为风，多颂美之辞，且主题丰富。在形式上，西晋的赠答诗也有新的发展，出现了代写的情况，如陆机的《为顾彦先赠妇诗二首》《为顾彦先赠妇往返诗四首》，潘岳的《为贾谧作赠陆机诗》。拟代之作的出现正是表明了西晋赠答诗的兴盛，以诗赠答作为一种交流形式是被普遍运用。

东晋时期受玄言诗的影响，赠答诗中出现了大量的玄言内容，如孙绰的《答许询诗》《赠谢安诗》，王胡之的《答谢安诗》等，并且随着佛教影响的逐渐加大，在赠答诗中也出现了很多有佛教意味的诗句，如郗超《答傅郎诗》曰：

森森群像，妙归玄同。原始无滞，孰云质通。
悟之斯朗，执焉则封。器乖吹万，理贯一空。
昔在总角，有怀大方。难乏超诣，性不比常。
奇趣感心，虚舰流芳。始自践迹，遂登慧场。

② 徐公持．《魏晋文学史》[M]. 北京：人民文学出版社，199：31-332.

诗歌中所说的“理贯一空”“遂登慧场”皆为佛经用语，而“器乖吹万”则出于《齐物论》，是道家词汇。除此之外，士人与佛教徒的赠答诗也来往频繁，如张翼有《赠沙门竺法頵三首》《答康僧渊》，康僧渊有《代答张君祖诗》《又答张君祖诗》。这些诗通过理论述说和形象描写来谈到玄、佛之间的道理，显示出此时玄学与佛学的之间的冲突、调和、改造。

除了析理的主题，东晋赠答诗的另一大主题就是品鉴山水，其创作者则以兰亭诸友为代表，他们“有超世旷远之怀，而又能建济世经纶之业”。他们在山水中畅游，将玄思寓于生动的山水景物中，谢安的《与王胡之诗》写：“鲜冰玉凝，遇阳则消。素雪殊丽，洁不崇朝。”王胡之《答谢安诗》写：“荆山天峙，壁立万丈，兰薄晖崖，琼林激响。”王羲之《答许询诗》：“取欢仁智乐，寄畅山水阴。清泠涧下濑，历落松竹松。”

在这些诗句中，诗人将山水、玄理、人生融为一体，以自然之山水意象喻玄思与人生，使彼此之间的交流更加赋予美的意蕴。

由上可知，自建安至东晋赠答诗的写作与一个个诗人群体之间有密不可分的关系，虽然他们作赠答诗的主题、内容不同，情感、思想相异，但是以赠答诗作为交流手段以加深感情、增进理解、促进沟通的目的是相同的。

可以说，魏晋时期每一位诗人的每一首赠答诗都是值得我们细细品味和思索的，但是由于笔者学历有限，恨不能将其全部注评出来，只能略选几首笔者认为重要的赠答诗来注评，如有不足，望诸君海涵！

编　者

2019 年 2 月

目　录

王　粲	赠蔡子笃诗	1
	赠士孙文始	3
	赠文叔良	6
刘　祯	赠五官中郎将诗	11
	赠徐干诗	17
	赠从弟	19
曹　植	赠徐干	25
	赠丁仪	28
	赠王粲	29
	赠丁仪王粲诗	31
	赠丁廙	32
	赠白马王彪・并序	33
嵇　康	赠兄秀才入军	43
	五言赠秀才诗	57
附：嵇　喜	答嵇康诗	60
附：郭遐周	赠嵇康诗	65
附：郭遐叔	赠嵇康诗	68
	答二郭诗	70
	与阮德如诗	74
附：阮　侃	答嵇康诗	76
杜　挚	赠毌丘俭诗	80
毌丘俭	答杜挚诗	83
费　祎	嘲吴群臣	86
诸葛恪	答费祎诗	88
程　晓	赠傅休奕诗	90

傅　玄　又答程晓诗…… 93
答程晓诗…… 95
何　劭　赠张华诗…… 98
张　华　答何劭诗…… 102
赠挚仲治诗…… 105
傅　咸　赠何劭王济诗…… 106
赠郭泰机诗…… 108
郭泰机　答傅咸诗…… 110
陆　机　赠冯文罴诗…… 113
赠冯文罴迁斥丘令诗…… 115
赠斥丘令冯文罴诗…… 118
与弟清河云诗…… 119
附：陆　云　答兄平原诗…… 130
于承明作与弟士龙诗…… 135
与弟士龙诗…… 136
赠从兄车骑诗…… 137
答张士然诗…… 138
赠尚书郎顾彦先诗…… 139
为顾彦先赠妇往返诗…… 142
赠顾交趾公真诗…… 144
附：潘　岳　为贾谧作赠陆机诗…… 146
答贾谧诗…… 151
陆　云　答张士然诗…… 158
为顾彦先赠妇往返诗…… 159
潘　尼　赠陆机出为吴王郎中令诗…… 163
赠河阳诗…… 165
赠侍御史王元贶诗…… 165
卢　谌　赠刘琨诗…… 167
刘　琨　答卢谌诗…… 180
孙　绰　赠温峤诗…… 186
陶渊明　怨诗楚调示庞主簿邓治中…… 188
康僧渊　代答张君祖诗…… 190

王　粲

王粲，字仲宣，山阳高平人。生于汉灵帝熹平六年（公元177年），卒于建安二十二年（公元217年）。王粲是东汉时期太尉王龚之曾孙、司空王畅之孙，可谓世家之后。

王粲少有才名，年少即被著名学者蔡邕所赏识。《三国志·王粲传》载："献帝西迁，粲徙长安，左中郎将蔡邕见而奇之。时邕才学显著，贵重朝廷，常车骑填巷，宾客盈坐。闻粲在门，倒屣迎之。粲至，年既幼弱，容状短小，一坐尽惊。邕曰：'此王公孙也，有异才，吾不如也。吾家书籍文章，尽当与之。'"

初平二年（公元192年），因关中骚乱，王粲前往荆州依靠刘表，客居荆州十余年，其赠答诗《赠士孙文始》《赠蔡子笃诗》《赠文叔良》即是在荆州期间所作。

建安十三年（公元208年），曹操南征荆州，不久，刘表病逝，其子刘琮举州投降，王粲也归曹操，《赠杨德祖》一诗应该就是王粲在魏期间所作。王粲深得曹氏父子信赖，赐爵关内侯。建安十八年（公元213年），魏王国建立，王粲任侍中。建安二十二年（公元216年），王粲随曹操南征孙权，于北还途中病逝，终年41岁。

王粲是"建安七子"之一，善属文，诗赋为建安七子之冠，又与曹植并称"曹王"。刘勰在《文心雕龙·才略》中评曰："仲宣溢才，捷而能密，文多兼善，辞少瑕累，摘其诗赋，则七子之冠冕乎！"钟嵘《诗品》评曰："其源出于李陵。若发愀怆之词，文秀而质羸。在曹、刘间别构一体。方陈思不足，比魏文有余。"

赠蔡子笃诗[1]

翼翼飞鸾，载飞载东。我友云徂[2]，言戾[3]旧邦。
舫舟翩翩，以泝[4]大江。蔚[5]矣荒涂，时行靡通。
慨我怀慕，君子所同。悠悠世路，乱离多阻。
济岱江衡[6]，邈焉异处。风流云散，一别如雨。

人生实难，愿其弗与。瞻望遐路，允企伊伫。
烈烈[7]冬日，肃肃凄风[8]。潜鳞在渊，归雁载轩。
苟非鸿鹏，孰能飞翻。虽则追慕[9]，予思罔宣。
瞻望东路，惨怆增叹。率彼江流，爰逝靡期。
君子信誓，不迁于时。及子同寮，生死固之。
何以赠行，言赋新诗。中心孔悼，涕泪涟洏。
嗟尔君子，如何勿思。

【注释】

[1]《文选》李善注王粲《赠蔡子笃诗》引《晋官名》曰："蔡睦，字子笃，为尚书。"五臣注《文选》吕向注曰："蔡子笃为尚书，仲宣与之为友，同避难荆州，子笃还会稽，仲宣故赠之。"《晋书》卷八十一《蔡豹传》载："蔡豹，字士宣，陈留圉城人。高祖质，汉卫尉，左中郎将邕之叔父也。祖睦，魏尚书。父宏，阴平太守。豹有气干，历河南丞，长乐、清河太守。"可知蔡睦是蔡邕之侄，任魏朝的尚书。

[2] 徂，往，去。

[3] 戾，至，到，如：鸢飞戾天。

[4] 泝，同"溯"，逆流而上。

[5] 蔚，草木茂盛。

[6] 江衡，胡刻本《文选》作"江行"。胡克家《文选考异》以为当为"江衡"，"江行"是误刻。

[7] 烈烈，《初学记》作冽冽。

[8] 凄风，《初学记》作祁寒。

[9] 追慕，五臣作"近慕"。

诗评：

王粲在开篇形容蔡睦为翼翼而飞的凤鸾，鸾是古代中国神话传说中凤凰一类的鸟，在凤凰的诸种异名中，可能是最为人们熟知的一种。汉、晋小说中流行的说法，是把鸾鸟——玄鸟——青鸟视为春神之使者，以及东王公与西王母的象征。《山海经》曰："女床之山，有鸟，其状如翟，名曰鸾鸟，见则天下安宁。"《说文》曰："鸾，神灵之精也。赤色五彩，鸡形，鸣中五音。"王粲以凤鸾形容蔡睦是对他的赞许之称。

王粲诗中说"翼翼飞鸾，载飞载东。我友云徂，言戾旧邦"。蔡睦这样的凤鸾要飞到东方去了，我的朋友说要去还旧邦了。蔡睦和王粲一起避难荆州，可是如今蔡睦要回去了，回到故乡。《文选》吕向注说蔡睦是回到"会稽"，按李善注引《蔡氏谱》曰："睦，济阳人。"济阳在东汉属于兖州陈留郡。又《晋书·蔡豹传》载："蔡豹，字士宣，陈留圉城人。”又诗后说“济岱江衡，邈焉异处”。李善注曰：“济岱近兖州，子笃所往；江衡近荆州，仲宣所居也。”所以蔡子笃应该是去还陈留的，陈留也在荆州之东。

王粲说翩翩的舫舟，逆流而上，渡过大江。之后还有那荒凉的道路，有常荒靡不能通行。尽管路途如此艰辛，但是我心中还是非常羡慕，想与你同行。王粲在此表达出自己对故土的思念。

接着他说这悠悠的世路，离乱多阻。济岱江衡，都不在一个地方。风云流散，一别如雨，难再相见。王粲在这里说的话好像要与蔡睦诀别一样，他在《赠士孙文始》中写“既往既来，无密尔音”。可见他和士孙萌还是有所往来的，但是与蔡睦的分别却十分艰难。大概是因为士孙萌是取外地赴任，所以要注意的是“慎尔所主，率由嘉则。龙虽勿用，志亦靡忒”。但是蔡睦很可能是私自决定离开荆州，世事离乱，长路艰难，王粲实在害怕自己与蔡睦此处的分别再无相见之机会。所以诗中的感情在分别的不舍中有浓郁的悲凉之感。

王粲接着写人生实在太难了，希望您不要事与愿违。瞻望前路，希望能看到远方的你。凛冽的冬日，萧瑟的寒风，我像在渊的潜龙，你像归轩的鸿雁，如果不是鸿鹄与雕，谁能飞得这么高这么远呢？虽然对你思念追慕，但是我要将这份思念小心保存。我远远望着东方的道路，凄惨怆然只余悲叹。你顺江而去，不知要走多久。写出王粲对蔡睦的担忧。汉末乱世，蔡睦之行可能随时充满不测，王粲的担忧是有道理的。

王粲说君子之间的誓言，不会随着时间流逝。我是你的同僚，死生不变。表达了他对这份友情的决心。

王粲最后说用什么为你临别赠行呢？那就让我写一首新诗吧。心中如此思念，不禁涕泪涟涟。你这样的君子，如何让我不思念。

在这首诗中王粲以诀别的悲凉之心写出了自己对蔡子笃的不舍以及自己也想回归故土的心愿。

赠士孙文始[1]

天降丧乱，靡[2]国不夷[3]。我暨[4]我友，自彼京师。
宗守荡失，越用遁违。迁于荆楚，在漳之湄[5]。
在漳之湄，亦克晏[6]处。和通篪埙[7]，比德车辅。
既度礼义[8]，卒获笑语。庶兹永日，无愆[9]厥绪。
虽曰[10]无愆，时不我已。同心离事，乃有逝止。

横此大江，淹彼南汜。我思弗及，载坐载起。

惟彼南汜，君子居之。悠悠我心，薄言慕之。

人亦有言，靡日不思。矧伊嬿婉[11]，胡不凄而！

晨风夕逝，托与之期。瞻仰王室，慨其永慨。

良人在外，谁佐天官？四国方阻[12]，俾[13]尔归藩[14]。

尔之归藩，作式下国。无曰蛮裔，不虔汝德。

慎尔所主，率由嘉则。龙虽勿用[15]，志亦靡忒[16]。

悠悠澹[17]澧[18]，郁彼唐林[19]。虽则同域，邈尔迥深[20]。

白驹远志[21]，古人所箴。允矣君子，不遐[22]厥[23]心。

既往既来，无密尔音。

【注释】

[1] 士孙文始即士孙萌，字文始。《三国志·魏书·董卓传》裴松之注引《三辅决录注》曰："瑞字君荣，扶风人，世为学门。瑞少传家业，博达无所不通，仕历显位。卓既诛，迁大司农，为国三老。每三公缺，瑞常在选中。……天子都许，追论瑞功，封子萌澹津亭侯。萌字文始，亦有才学，与王粲善。临当就国，粲作诗以赠萌，萌有答，在《粲集》中。"

[2] 靡，无，没有。《诗经·国风·邶风》："毖彼泉水，亦流于淇。有怀于卫，靡日不思。"

[3] 夷，毁坏。《世说新语·言语》："（温峤）既诣 王丞相，陈主上幽越，社稷焚灭，山陵夷毁之酷，有《黍离》之痛。"

[4] 暨，和，同。

[5] 湄，河岸，水与草交接的地方。《诗·秦风·蒹葭》："所谓伊人，在水之湄。"

[6] 《文选》作宴。

[7] 篪是中国古老的横吹竹管乐器。埙，古代用陶土烧制的一种吹奏乐器，大小如鹅蛋，六孔，顶端为吹口。

[8] 《文选》旁证云："毛本作仪。"

[9] 僁，读音 qiān，通假字，同愆，罪过，过失。

[10] 六臣本《文选》注云："五臣作曰。"

[11] 出自《诗经·小雅·伐木》："伐木丁丁，鸟鸣嘤嘤。出自幽谷，迁于乔木。嘤其鸣矣，求其友声。相彼鸟矣，犹求友声。矧伊人矣，不求友生？"

[12] 《说文》："阻，险也。"

[13] 俾，读音为 bǐ，使，把。《诗·小雅·天保》："俾尔单厚。"

[14] 李善本《文选》作蕃。

[15] 《周易》曰："潜龙勿用，阳在下也。"

[16] 郑玄《毛诗笺》云："忒，差也。"

[17] 澹，水波摇动的样子。

[18] 澧，澧水，河名。

[19]"郁彼唐林"，出自《诗经·秦风·晨风》："鴥彼晨风，郁彼北林。"

[20] 迥深，深远貌。

[21]"白驹远志"，源见"白驹空谷"。谓贤人乘白驹远去不仕。借指友人疏远于己。

[22] 遐，远。

[23] 厥，代词，其。《诗·商颂·玄鸟》："方命厥后，奄有九有。"

诗评：

《赠士孙文始》这首诗应该是王粲在荆州期间写作的，《三辅决绿》赵岐注曰："士孙孺子名萌，字文始，少有才学，年十五能属文。初董卓之诛也，父瑞知王允必败，京师不可居，乃命萌将家属至荆州依刘表，去无几，果为李傕等所杀。及天子都许昌，追论诛董卓之功，封萌为津宁侯。与山阳王粲善，当就国，粲等各作诗以赠萌，于今诗犹存也。"诗开篇说"天降丧乱，靡国不夷。我暨我友，……迁于荆楚，在漳之湄。"亦可表明诗歌写作的时间和地点。赵岐注曰"粲等各作诗以赠萌"则可推当时作赠别诗的不止王粲一人，但如今只有王粲的这首诗流传下来。

刘表初平元年（公元190年）任荆州刺史，在蔡环、蒯越、蒯良、庞季的帮助下，基本平定了荆州，包括汉水以北南阳郡的一部分。因为刘表爱民养士，关西、兖、豫学士归者盖有千数，王粲在《荆州文学记官志》中说："有汉荆州牧曰刘君，稽古若时，将绍厥绩，乃称曰：于先王之为世也，则象天地，轨仪宪极，设教导化，叙经志业，用建雍泮焉，立师保焉。作为礼乐，以作其性；表陈载籍，以持其志。上知所以临下，下知所以事上，官不失守，民听无悖，然后太阶平焉。夫文学也者，人伦之守，大教之本也。乃命五业从事宋衷所作文学，延朋徒焉，宣德音以赞之，降嘉礼以劝之，五载之间，道化大行，耆德故老綦毋闿等负书荷器，自远而至者三百有余人。于是童幼猛进，武人革面，总角佩觿，委介免胄，比肩继踵，川逝泉涌，亹亹如也，竞竞如也。"刘表的养士政策招揽一批当世贤才，王粲也是移民荆州的一员。

可惜的是王粲在荆州期间并未得到重用，刘表最初打算将女儿许配给王粲，但是在刘表见到王粲后，却以貌取人，疏远王粲。《三国志》卷二十八《钟会传》注引《博物记》曰："初，王粲与族兄王凯俱避地荆州，刘表欲以女儿配与王粲，但嫌其形陋，遂转配王凯。"《三国志·王粲传》亦载："表以粲貌寝而体弱通悦，不甚重也。"裴松之注曰："貌寝，谓貌负其实也。通悦者，简易也。"王粲怀着满腔热忱来到荆州，却并没有受到重用，所以他常在诗中表达壮志难酬的忧患，《赠士孙文始》中王粲说“良人在外，谁佐天官？”《登楼赋》中王粲言“虽信美而非吾土兮，曾何足以少留”“惧匏瓜之徒悬兮，畏井渫之莫食”，《七哀诗》中王粲言“荆蛮非我乡，何为久滞淫”都表现出去国怀乡，忧国忧民的忧愁苦闷。

王粲的这首诗应该当作写给士孙文始的一封信来看，开篇王粲回忆了两人的共同经历，由于“天降丧乱”东汉末年军阀割据，自然灾害也十分严重，所以是天降丧乱，世事动荡，王粲和士孙萌等一些北方士人从京师洛阳避难荆州，即“我暨我友，自彼京师。宗守荡失，越用遁违。迁于荆楚，在漳之湄。”

他们迁到荆州之后过了一段相对太平的日子，王粲在诗中写道：“在漳之湄，亦克晏处。和通篪埙，比德车辅。既度礼义，卒获笑语。庶兹永日，无譽厥绪。”也是在此期间王粲与士孙文始培养了深厚的友谊，但是王粲是一个有雄图远略，心中有抱负的才士。虽然在荆州的生活相对安定，但是由于不受重用，使他“虽曰无譽，时不我已。同心离事，乃有逝止。”王粲感慨“时不我已”，感慨自己壮志难酬。为此，也为思念士孙文始，王粲说：“横此大江，淹彼南汜。我思弗及，载坐载起。”壮志难酬，思念故人使王粲“载坐载起”，坐立不安。

王粲在《赠士孙文始》中将自己与士孙萌的友情比作“矧伊嬿婉”，他想念自己的朋友，但是士孙萌出任藩地，“四国方阻，俾尔归藩。尔之归藩，作式下国。”所以王粲嘱咐他要“慎尔所主，率由嘉则。龙虽勿用，志亦靡忒。”潜龙勿用本义隐喻事物在发展之初，虽然势头较好，但比较弱小，所以应该小心谨慎，不可轻动。此处王粲说的是自己和士孙萌虽然暂时不被重用，怀抱难抒，但其志向却并没有消靡。然后王粲又由情入景写悠远静谧的澧水，郁郁葱葱的唐林，虽然在同一片地域，但是却相隔很远。古人说“白驹远志”，我们不应该彼此疏远，你我来来往往有通信，但是却并不密切。暗指热切盼望士孙萌的及时回复，以表思念之意。

在这首诗中王粲突出了描写了自己对士孙文始的思念和壮志难酬的忧虑。

赠文叔良[1]

翩翩者鸿，率彼江滨[2]。君子于征，爰聘[3]西邻。
临此洪渚[4]，伊思梁[5]岷[6]。尔行孔邈，如何忽勤[7]。
君子敬始，慎尔所主。谋言必贤，错说[8]申辅[9]。
延陵[10]有作，侨肸[11]是与。先民遗迹，来世之矩[12]。
既慎尔主，亦迪知几。探情以华，覩着知微[13]。

视明听聪，靡事不惟。董褐荷名[14]，胡宁不师。

众不可盖，无尚我言。梧宫[15]致辩，齐楚构患[16]。

成功有要，在众思欢。人之多忌，掩之实难。

瞻彼黑水，滔滔其流。江汉有卷[17]，允来厥休。

二邦若否[18]，职汝之由。缅[19]彼行人，鲜克弗留。

尚哉君子，异于他仇[20]。人谁不勤[21]，无厚[22]我忧。

惟诗作赠，敢咏在舟。

【注释】

[1] 文颖，字叔良。《文选》卷二十三李善注："干宝《搜神记》曰：文颖，字叔良，南阳人。"《繁钦集》曰："为荆州从事文叔良作《移零陵文》。而粲集又有赠叔良诗。献帝初平中，王粲依荆州刘表，然叔良之为从事，盖事刘表也。详其诗意，似聘蜀结好刘璋也。"

[2] 滨，水边。

[3]《说文》："聘，访也。"《尔雅》："聘，问也。"

[4] 渚，水中小块陆地。

[5] 梁，天水郡郡望，西汉元鼎三年设置，相当于今天的甘肃省通渭、静宁、泰安、定西、清水、庄浪、甘谷、张家川等县及天水市西北部、陇西东部、榆中东北部地。

[6] 岷，山名，在中国四川省北部，绵延于四川、甘肃两省交界的地方。

[7] 勤，帮助，为某人某事尽心尽力，《国语·晋语》："秦人勤我也。"《左传·僖公二十八年》："今君其不勤民。"

[8] 错，同措，有筹措之意，诗中王粲希望文叔良能够有策略地说服刘璋。

[9] 申甫，周代名臣申伯和仲山甫的并称。《诗·大雅·崧高》："维申及甫，维周之翰。"代指贤能的辅佐之臣。

[10] 延陵代指延陵季子（季札），刘向所作《新序·杂事卷七》中载：季札奉命向西出使晋国，佩带宝剑拜访徐国国君，徐国国君欣赏季札之剑，但是季札因为有出使上国的任务就没有把剑赠与徐国国君。在季札完成任务后返还徐国，可是徐国国君已经去世，季札于是将剑挂于徐君墓前。此处王粲以讲究诚信激励文叔良。

[11] 侨肸，指春秋郑大夫公孙侨（字子产）和晋大夫羊舌肸（字叔向）。二人友善，并以才智见誉于当世。

[12] 矩，规矩，此处引申为模范。

[13] 覩着知微，从明显的表象，推知到隐微的内情。《文选》李善注曰："《越绝书》：'子胥曰：圣人见微知著，覩始知已。'"

[14] 董褐，春秋时晋国大夫。事见《国语·吴语》，吴王夫差攻打晋国时，董褐代表晋定公与吴王谈判，

他在察出吴国的内忧外患的基础上又劝晋定公先屈于吴王之下："将毒，不可与战。主其许之先，无以待危，然而不可徒许也。"王粲此处是希望文颖效法董褐，能化解荆、楚之间的矛盾。

[15] 梧宫，战国齐宫殿名。汉："楚使使聘于齐，齐王飨之梧宫。"

[16] 构患，谓结怨交兵。

[17] 卷，把东西弯成圆筒形状，此处代指翻卷的浪花。

[18] 否，音pǐ，变坏之意，《庄子·渔父》："不择善否。"

[19] 缅，缅怀。

[20] 仇，配偶，此处代指朋友，友情。曹植《浮萍篇》："结发辞严亲，来为君子仇。"

[21] 勤，勤劳。

[22] 厚，重视，厚待。

诗评：

依照《文选》李善注，则此诗应作于初平前后，陆侃如先生在《中古文学系念》中将此诗定与繁钦《移零陵檄》同时，为建安三年，可备一说。诗开篇说"翩翩者鸿，率彼江滨。君子于征，爰聘西邻。"点出了赠诗的背景，江边有诸位翩翩君子恰似飞鸿，大家都来到江水之滨，是为了给君子也就是文叔良送行，因为文叔良要去出使西边的邻居，也就是蜀地了。

然后王粲引出作诗的目的，他说在这滔滔江水面前，我遥想蜀地，你这趟出使的路途遥远，我们怎样才能帮助你呢？这首赠别诗就是王粲为了给文颖一些建议而写的，由此可推文叔良或年少于王粲，因为王粲在接下来的诗文所显示出的语气非常像长辈对晚辈的叮嘱。

他嘱咐文叔良到蜀地后要谨记三件事，第一是要谨慎，"君子敬始，慎尔所主"；第二要真诚，并为此举出延陵君子季札对徐君的例子；第三，要有方针策略，"谋言必贤，错说申辅""探情以华，覩着知微""视明听聪，靡事不惟"。他希望文叔良能够像董褐一样不仅出色地完成出使任务，更能够洞察蜀地的真实情况，了解蜀地的内忧外患。

王粲虽然对文叔良多有嘱托，但是他也不得不说"众不可盖，无尚我言""人之多忌，掩之实难。"由于文叔良的出使的具体情况风云莫测，所以王粲总结出的关键点就是"在众思欢"，如果大家都能满意，就能成功了。千万不要让"齐楚构患"，不然适得其反，所以说文叔良的出使任务是荆、蜀结盟，并且他特意强调"二邦若否，职汝之由"。可见文叔良此次出使任务艰巨。

最后王粲描写了临别时的实景，滔滔江水上泛着无尽的浪花，虽然你对我们有不舍之情，但是你肩负着重大责任，就不要多做逗留，我们之间是君子之间的友谊，不同于一般的情谊。

最后王粲说人谁能不辛苦劳累呢，你不要为我所担心的事而担忧，也就是说王粲嘱咐文叔良不要为自己忧心，由此可见此二人情谊深厚。

末两句王粲说自己在船上作诗赠予文叔良，点明了作诗地点。

在这首诗中王粲以一个长者的关切之心写出了自己对文叔良出使任务的慎重关切。

王粲赠答诗特点：

王粲的赠答诗都是四言诗体，内容多是临别赠诗，文辞雅正，长于用典，或引《诗经》或含典故。如在《赠士孙文始诗》中王粲曰“和通篪埙，比德车辅”，“和通篪埙”是化用《诗经·小雅·何人斯》“伯氏吹埙，仲氏吹篪”（郑玄《笺》曰“伯仲，喻兄弟也”），“比德车辅”则出自《吕氏春秋·权勋》“虞之于虢也，若车之有辅也。车依辅，辅亦依车”的语典。之所以王粲在诗中引用这么多典故，其原因就像他在《赠文叔良》中说的那样：“先民遗迹，来世之矩”“董褐荷名，胡宁不师”。他想通过引经据典来增加文辞的可信度，另外还能使诗文显得文采斐然。

《赠士孙文始》《赠蔡子笃》《赠文叔良》诗中皆流露出王粲深厚的个人感情，写得真挚动人。《古文苑》卷八《思亲为潘文则诗》章樵注引挚虞《文章流别论》曰：“王粲所与蔡子笃及文叔良、士孙文始、杨德祖诗，及所为潘文则作思亲诗，其文当而整，皆近于雅矣。”“文当而整，皆近于雅”实为王粲赠答诗的贴切评价。王粲将自己浓烈的感情隐藏在这些典雅的词句背后，我们可以看出王粲在赠别士孙文始、蔡子笃、文叔良时他的感情是有所不同的，士孙萌和蔡子笃是王粲的朋友，文叔良既是朋友似乎又是晚辈，王粲在这些诗中既写出了自己对友人的不舍之情，还在诗文的字里行间弥漫着一种儒士心怀家国天下的忧愁。王粲诗中的离别，很有《古诗十九首》之遗风，如“行行重行行，与君生别离。相去万余里，各在天一涯；道路阻且长，会面安可知？”王粲之“舫舟翩翩，以泝大江。蔚矣荒涂，时行靡通”“悠悠世路，乱离多阻”“尔行孔邈，如何忽勤”，这其中不仅表现出对远行友人前路的担忧，背后也蕴含着对自己对未来的担忧。而在这不舍与担忧之后，王粲最大的精神关注点还是在对现实的关注，对政治的热心。汉末士人以家国天下为己任，《世说新语》中记载了很多有澄清天下之志的名士，如汝南范滂、陈蕃、李膺等，王粲也是这样的名士，所以他在《赠文叔良》中王粲说“缅彼行人，鲜克弗留。尚哉君子，异于他仇”。这些士人能够因公忘私，如余英时先生所言，此种思想举动正显示了此时“士大夫群体之自觉”[③]。

---

③　余英时.《士与中国文化》. 上海：上海人民出版社，2013：251-269.

刘　祯

刘祯(？—217)，字公干，东平宁阳人。生年不详，建安中为司空曹操的军谋祭酒掾，建安二十二年卒。

刘桢《三国志·王粲传》裴注引《文士传》曰："祯父名梁，字曼山，一名恭。少有清才，以文学见贵，终于野王令。"《后汉书·文苑传》载："刘梁字曼山，一名岑，东平宁阳人也。梁宗室子孙，而少孤贫，卖书于市以自资。常疾世多利交，以邪曲相党，乃著《破群论》。时之览者以为：'仲尼作《春秋》，乱臣知惧。今此论之作，俗士岂不愧心！'又着《辩和同之论》以论儒家"修身""治国"的人生理想。尊儒贵学的家庭背景以及汉宗室血缘的关系，对刘桢的为人和处世都有较大的影响。

刘祯自幼才智过人，《太平御览》卷三百八十五引《文士传》称刘祯："少以才学知名。年八九岁，能诵《论语》、诗、论及篇赋数万言。警悟辩捷，所问应声而答，当其辞气锋烈，莫有折者。"其"警悟辩捷"之才智多被世人称赞，史料也记载了许多刘祯与他人的口舌之争，比较有名的是曹丕与刘祯关于"廓洛带"的言论，以及曹操与刘祯关于跪拜的争论。

刘祯在建安七子之中属于颇有个性的人，《三国志·王集传》裴注引《典略》曰："其后，太子尝请诸文学，酒酣坐欢，命夫人甄氏出拜。坐中众人咸伏，而祯独平视。太祖闻之，乃收祯。减死输作。"他为人耿直，藐视权贵，颇有风骨。

刘祯博学有才，以五言诗著称，曹丕在《与吴质书》中评其曰："公干有逸气，但未遒耳；其五言诗之善者，妙绝时人。"刘勰在《文心雕龙·明诗》中曰："若夫四言正体，则雅润为本；五言流调，则华丽居宗……兼善则子建、仲宣，偏美则太冲、公干。"钟嵘《诗品》将刘祯诗列为上品，其曰："其源出于《古诗》。仗气爱奇，动多振绝。真骨凌霜，高风跨俗。但气过其文，雕润恨少。然自陈思已下，桢称独步。"刘祯与王粲在七子之中文采斐然，明许学夷《诗源辨体》卷四即曰："公干、仲宣一时未易优劣，钟嵘以公干为胜，刘勰以仲宣为优。予尝为二家品评：公干气胜于才，仲宣才优于气。”清刘熙载《艺概·诗概》乃曰：“公干气胜，仲宣情胜，皆有陈思之一体。”又曰：“刘公干、左太冲诗壮而不悲。王仲宣、潘安仁悲而不壮。”

赠五官中郎将诗[1]

其 一

昔我从元后，整驾至南乡。
过彼丰沛郡[2]，与君共翱翔。
四节相推斥，季冬风且凉。
众宾会广坐，明镫[3]熺[4]炎光。
清歌制妙声，万舞在中堂。
金罍[5]含甘醴[6]，羽觞[7]行无方。
长夜忘归来，聊且为太康。
四牡向路驰，欢悦诚未央。

【注释】

[1] 五官中郎将古代官职名，建安十六年曹丕被封为五官中郎将，所以此处刘祯的赠五官中郎将指的是赠曹丕，写官职名是表示对曹丕的尊重，也可以表明写作的大致时间。吴淇说：“《赠五官中郎将》四首，旧注以为文帝视疾去后奉赠之诗也。先是，公干于夏月出居漳滨养疾。冬十月，文帝将有西行，遂来视疾，兼以别之也。临别，文帝期以明春即还相见，迄秋未归。文帝有诗赠，故公干赋此诗以答之，而追叙其本末。诗语自明白。”④吴淇之言甚有道理，观刘祯《赠五官中郎将》四首，第二首曰“自夏涉玄冬，弥旷十余旬。”第三首曰“秋日多悲怀，感慨以长叹。”第四首曰“凉风吹沙砾，霜气何皑皑。”应当是按照时间顺去从去年冬天到今年秋冬之时的四首诗作。

[2] 沛郡，曹丕家乡沛国谯郡。

[3] 镫，六臣本注云：“五臣作灯。”案镫为挂在马鞍两旁的铁制脚踏，与此处的场景不太相合，故应作“灯”。

[4] 熺，放射。

[5] 罍，古代一种盛酒的容器。

[6] 甘醴，美酒。

[7] 羽觞，古代一种酒器。作鸟雀状，左右形如两翼。

---

④ 〔清〕吴淇、汪俊，黄进德点校.《六朝诗选定论》[M].扬州：广陵书社，2009：139。

诗评：

刘祯在这首诗中追忆了自己追随曹操，和曹丕一起出征荆州，一起欢宴畅饮的日子。是文开篇说“昔我从元后，整驾至南乡”。“元后”指的是曹操，“南乡”指的是荆州，刘祯说昔日我追随曹司空征战荆州，路过沛国谯郡与您在那里共同翱翔，度过了一段美好的时光。虽然历来我们都认为刘祯在建安七子中是个不谄媚权贵品性高洁的人，并且曾因不满曹丕纳甄后，不跪拜曹操等事而颇享赞誉，但是我们从这首诗中可以看到，刘祯称曹操为“元后”，“元后”一词不应是一个司空应该承受的尊称，我们从刘祯的其他诗中还是可以看到刘祯对曹氏父子的感恩的，如《诗·青青女萝草》中写的“青青女萝草，上依高松枝。幸蒙庇养恩，分惠不可赀。风雨虽急疾，根株不倾移”。在《诗·昔君错畦畤》中刘祯也表示了对曹氏父子的感恩：“昔君错畦畤，东土有素木。条柯不盈寻，一尺再三曲。隐生置翳林，控傯自迫速。得托芳兰苑，列植高山足。”

刘祯在这首诗中紧接着写那时正是冬季，“季冬风且凉”，虽然天气不作美，但是我们的聚会却非常热闹，刘祯详细描绘了这个热闹的场面，“众宾会广坐，明灯熺炎光。清歌制妙声，万舞在中堂。金罍含甘醴，羽觞行无方”。高朋满座，灯火通明，在轻歌曼舞之中我们畅饮美酒，觥筹交错，此情此景甚是欢愉。在建安时期，邺下文人集团的游乐活动是相当频繁的，曹丕在《又与吴质书》中说：“昔日游处，行则连舆，止则接席，何曾须臾相失。每至觞酌流行，丝竹并奏，酒酣耳热，仰而赋诗，当此之时，忽然不自知乐也。”王粲在《公宴诗》中亦描写道：“高会君子堂，并坐荫华榱。嘉肴充圆方，旨酒盈金罍。管弦发徽音，曲度清且悲。合坐同所乐，但愬杯行迟。常闻诗人语，不醉且无归。今日不极欢，含情欲待谁。”所以在建安邺下诗人的文章中常常有描写公宴体裁的诗歌，王粲、陈琳、阮瑀等都写过《公宴诗》，刘祯也有一首《公宴诗》传世，其曰：“永日行游戏，欢乐犹未央。遗思在玄夜，相与复翱翔。辇车飞素盖，从者盈路傍。月出照园中，珍木郁苍苍。清川过石渠，流波为鱼防。芙蓉散其华，菡萏溢金塘。灵鸟宿水裔，仁兽游飞梁。华馆寄流波，豁达来风凉。生平未始闻，歌之安能详。投翰长叹息，绮丽不可忘。”刘祯的《公宴诗》不同于王粲“愿我贤主人，与天享巍巍。克符周公业，奕世不可追”，应玚“巍巍主人德，佳会被四方”和阮瑀“阳春和气动，贤主以崇仁”多有歌功颂德，阿谀奉承之语，刘祯的《公宴诗》只是描写宴会的欢乐，独有清高之气。

最后刘祯说：“长夜忘归来，聊且为太康。四牡向路驰，欢悦诚未央。”在欢饮之后，刘祯说自己长夜忘归路，权且当这里是太康吧，架着四匹马的马车在路上飞驰，心中的欢乐愉悦实在是还没有尽呀！

在刘祯的这首诗中我们似乎可以看到建安士人的另一面，建安士人不仅是心怀天下的有志之士，也是潇洒自由的豁达之人，他们有“冰霜正惨凄”的忧愁，也有“四牡向路驰，欢悦诚未央”的洒脱。这才是一个浑圆的人儿，一个真实的人儿！

其 二

余婴[1]沉痼[2]疾，窜身[3]清漳[4]滨。
自夏涉玄冬[5]，弥旷[6]十余旬[7]。
常恐游岱宗[8]，不复见故人。
所亲一何笃[9]，步趾慰我身。
清谈[10]同日夕，情盼[11]叙忧勤。
便复为别辞，游车归西邻。
素叶随风起，广路扬埃尘。
逝者如流水，哀此遂离分。
追问何时会，要我以阳春。
望慕结不解，贻尔新诗文。
勉哉修令德，北面自宠珍。

【注释】

[1] 婴，缠绕，婴疾。

[2] 沉痼，历时较久，顽固难治的病。

[3] 窜身，藏身。

[4] 清漳，河水名，漳河上流，源出于山西省平定县南大黾谷。《山海经·北山经》：“又东北百二十里，曰少山，其上有金玉，其下有铜。清漳之水出焉，东流于浊漳之水。”

[5] 玄冬，冬季，玄为黑丝，古代以四方为四季之位，北方冬位，其色黑，故冬天又别称“玄冬”。东晋张望《贫士诗》曰：“炎夏无完絺，玄冬无暖褐。”

[6] 弥旷，久别。李善注曰：“杜预《左氏传》注曰：‘弥，远也。’《仓颉篇》曰：‘旷，疎旷也。’”李周翰 注：“言卧疾从夏至冬，相与远疎已十余旬也。”

[7] 旬，此处指十日为一旬，一月有三旬。

[8] 游岱宗，指死亡。《遁甲开山图》曰：“泰山在左，亢父在右，亢父知生，泰山主死。”《博物志》曰：“泰山一曰天孙，言为天帝之孙，主召人魂魄，知生命之长短也。”《后汉书·乌恒传》载：“中国人死者魂神归泰山也。”所以游岱宗就是指死亡。

[9] 笃，深厚。

[10] 清谈，清雅的谈论。

[11] 盻，音 xì，看意。六臣本《文选》注云：“善作眄。”眄音 miǎn，看、望意。

诗评：

刘祯此诗主要描写与曹丕分别时的场景，以表达对友人的思念。诗文开篇说“余婴沉痼疾，窜身清漳滨。自夏涉玄冬，弥旷十余旬”，其意思就是他自己身患沉痾，藏身在清漳河畔，从夏天到冬天已经百余日了。时常害怕自己会死去，不能再见故人。孙志祖《文选考异》云：“‘自夏涉玄冬，弥旷十余旬。’《说文系传》‘疒’部痁字引作‘自夏及徂秋，弥旷十余旬。’若按自夏涉冬，则不止十旬矣。”笔者以为此说十分有道理，载录以备。

然后刘祯描写了曹丕与他分别那日的场景，诗曰“所亲一何笃，步趾慰我身”，意思是曹丕与自己十分亲厚，亲自到刘祯身边，为他送来慰藉。那日曹丕和刘祯还像以前那样清谈了一会儿，又向刘祯叙说了自己的忧愁和勤劳。随后曹丕与自己道别，要去西征了。刘祯在此处说“游车归西邻”，用词显得轻松随意，好像曹丕的西征是在游玩当中就能让西边的邻居归降。这很可能指的是建安十六年曹操西征马超的事。紧接着刘祯描写了曹丕离开时的情景，叶子随风而起，宽广的道路上扬起尘埃。

回忆到分别的场景，病中的刘祯有一些哀伤，他说：“逝者如流水，哀此遂离分。”刘祯前说“常恐游岱宗”，此处又说“逝者如流水”，可能此时刘祯的病情不太乐观，所以他害怕这些分别的场景，并为此感到哀伤。所以分别时他追问曹丕何时回来，曹丕与他相约来年春天再见。刘祯写到希望自己与曹丕一直友谊长存，即“望慕结不解”。所以他给曹丕写了新诗。可见刘祯与曹丕之间有着真挚的友谊，张溥《汉魏六朝百三家集题辞》说：“公干平视甄夫人，操收治罪，文帝独不见怪。死后致思，悲伤绝弦，中心好之，弗闻其过也。其知公干，诚如钟期、伯牙云。”最后他对曹丕殷勤叮嘱要修德，这样恩宠自来。

从这首诗中我们不仅能够看到刘祯和曹丕的友情，还能看出他们的另一层关系，即主从关系。我们细看这首诗的内容，曹丕在出征前到刘祯处，“清谈同日夕，情盻叙忧勤”。曹丕之清谈，所叙之忧勤很可能包括了对此次西征的顾虑，并为此询问于刘祯，刘祯曾任丞相掾属，追随曹操南征北讨，参谋军机，所以曹丕在出征之前询问刘祯是恰当的。从刘祯的《遂志赋》中我们可以看到：“伊天皇之树叶，必结根于仁方。梢吴夷于东隅，掣叛臣乎南荆。戢干戈于内库，我马絷而不行。扬洪恩于无涯，听颂声之洋洋。四寓尊以无为，玄道穆以普将。翼俊乂于上列，退仄陋于下场。”刘祯将自己归曹视为“结根于仁方”，并且主张以军事手段实现天下统一，刘祯最后对曹丕的嘱咐也是从一个谋臣的角度出发的，建安十六年，刘祯曾短暂出任平原侯曹植庶子，但不久即改任五官中郎将文学，随侍曹丕。可见在曹丕、曹植兄弟二人的夺嫡阵营中，刘祯选择了曹丕，所以他才会对曹丕写出如此的嘱咐。

对于这首诗方东树《昭昧詹言》卷二评曰：“摆脱一切，直抒胸臆，于此可会。而一切清警，情词斐然，亦所谓‘文雅纵横飞’者也。”⑤ 陈祚明在《采寂堂古诗选》中评曰：“楚楚直叙，情自宛切，句亦俊快。”

其 三

秋日多悲怀，感慨以长叹。
终夜不遑[1]寐，叙意于濡翰[2]。
明灯[3]曜闰中[4]，清风凄[5]已寒。
白露涂前庭，应门[6]重其关。
四节相推斥，岁月忽已殚[7]。
壮士远出征，戎事将独难。
涕泣洒衣裳，能不怀所欢。

【注释】

[1] 遑，闲暇；不遑，不安定的样子。

[2] 濡翰，蘸笔书写或绘画。濡，沾湿；翰，毛笔，翰墨。

[3] 灯，六臣本《文选》作“镫”，注云：“五臣作灯。”笔者以为应作“灯”。

[4] 闰中，半夜。

[5] 凄，云雨兴起的样子。

[6] 应门，古代王宫的正门。

[7] 殚，尽。

诗评：

秋天人常常感到悲伤满怀，感慨长叹。我整夜整夜睡不好觉，我的心思全在文章上。以至半夜屋里的灯还亮着，至此夜半，凉风旋起，云雨相聚，十分寒冷。白露沾满前庭，宫里的应门也应该早已经关闭了。季节先后轮转，岁月忽然逝去，所剩无几。壮士（曹丕）远征，你一个人处理这些军务应该很艰难吧，一想到我不能在你身边帮助你，就不禁涕泪连连沾湿衣襟，心中又怎能欢快起来呢！

---

⑤ 〔清〕方东树著，汪绍楹校点.《昭昧詹言》[M]. 北京：人民文学出版社，2006：78.

刘祯在这首诗中说自己“终夜不遑寐，叙意于濡翰”。又在《赠五官中郎将诗（其四）》中说：“赋诗连篇章，极夜不知归。”可见刘祯对文章诗赋的喜爱。在魏晋时期，文的概念非常广泛，既包含诗、赋等文学性作品，也包含奏议、书论、铭诔等形式的作品。曹丕在《典论·论文》中说：“夫文本同而末异，盖奏议宜雅，书论宜理，铭诔尚实，诗赋欲丽。此四科不同，故能之者偏也，唯通才能备其体。”这个文的概念就包含了奏议、书论、铭诔、诗赋四科。陆机将文体分为诗、赋、碑、诔、铭、箴、颂、论、奏、说十体，而诗的概念也非常广泛，既指当时人们创作的诗歌，也包含《诗经》，并且“诗”这一概念也不局限于现代意义上“诗歌”这一种文学体裁，还包含赋、连珠等，皇普谧《三都赋序》曰：“诗人之作，杂有赋体。子夏序《诗》曰：‘一曰风，二曰赋。’故知赋，古诗之流也。”傅玄《连珠序》曰：“所谓连珠者，……合于古诗劝兴之义，欲使历历如贯珠，易观而可悦，故谓之连珠也。”可见魏晋时期或有将有韵的文体都归类于诗之类目下的倾向。

其　四

凉风吹沙砾[1]，霜气[2]何皑皑[3]。
明月照缇[4]幕，华灯散炎辉[5]。
赋诗连篇章，极夜不知归。
君侯多壮思，文雅纵横飞。
小臣信[6]顽卤，僶俛[7]安能追。

【注释】

[1] 砾，小石头。

[2] 霜气，六臣本《文选》注云：“五臣作氛霜。”

[3] 皑皑，雪白的样子。

[4] 缇，橘红色。

[5] 辉，《书抄》作晖。

[6] 信，守信用，《荀子·富国》曰：“小信未孚。”

[7] 僶俛，勤勉、努力。

诗评：

刘祯的这首诗是的主旨是表达了自己对诗赋的喜爱以及对曹丕的夸赞。由于《文选》等诗文集将此诗载为刘祯《赠五官中郎将》组诗中的最后一首，所以历来将此诗的写作时间定为五官中郎将出征时作。但是我们从这首诗的内容上看，是很难看出时间段的，开篇说“凉风吹沙砾，霜气何皑皑”。只能推测这首诗是作于秋冬有霜时，在《赠五官中郎将诗（其三）》中刘祯也说到“白露”，从内容可以明确看出是写作于五官中郎将西征时候的秋冬，但是《赠五官中郎将（其四）》所表达的内容和情感与刘祯在《赠五官中郎将诗（其三）》中所表达的相去甚远。在《赠五官中郎将诗（其三）》中刘祯表达出对曹丕西征的挂念和嘱咐，而在《赠五官中郎将（其四）》中刘祯所表达的是对曹丕文采的赞赏。如果这首诗是作于曹丕出征时，那么刘祯在军国大事面前只专注曹丕的诗赋不是显得很奇怪吗？

刘祯在诗中说“明月照缇幕，华灯散炎辉”。一轮圆月照在缇幕之上，华灯散耀着火焰的光辉。我写作了一首又一首诗赋，到深夜也不知道归寝。这足以显示曹丕对诗文的喜爱。然后刘祯表示出对曹丕诗赋的赞赏，他评价曹丕文雅而多壮思，最后谦逊地表示我是一个固执顽卤的人，即使勤奋地写诗也不能追上您的文采诗赋。

曹丕的文采在当时确实是非常卓越的，刘勰《文心雕龙·才略篇》评价曹丕文采曰：“魏文之才，洋洋清绮，旧谈抑之，谓去植千里，然子建思捷而才俊，诗丽而表逸；子桓虑详而力缓，故不竞于先鸣。而乐府清越，《典论》辩要，迭用短长，亦无懵焉。但俗情抑扬，雷同一响，遂令文帝以位尊减才，思王以势窘益价，未为笃论也。”三曹之才思确实堪为建安文坛领袖！

赠徐干诗[1]

谁谓相去远，隔此西掖[2]垣[3]。
拘限[4]清切[5]禁，中情无由宣。
思子沉[6]心曲，长叹不能言。
起坐失次第[7]，一日三四迁[8]。
步出北寺[9]门，遥望[10]西苑园。
细柳夹道生，方塘含清源。
轻叶随风转，飞鸟何翻翻。
乖[11]人易感动，涕下与衿[12]连。
仰视白日光，皦皦高且悬。
兼烛八纮[13]内，物类无颇偏。
我独抱深感，不得与比焉。

【注释】

[1] 徐干，与刘祯同属“建安七子”，与刘祯关系甚笃，《晋书·阎缵传》中载：“昔魏文帝之在东宫，徐干、刘祯为友，文学相接之道并如气类。”

[2] 西掖，中书省之别称。

[3] 垣，墙。

[4] 拘限，约束，限制。拘，《初学记》或作“所”。限，《初学记》或作“此”。

[5] 清切，代指皇宫，皇帝居住的宫殿设有门禁。

[6] 沉，李善本《文选》作“沈”。

[7] 次第，规矩，秩序。

[8] 迁，迁移，徘徊。

[9] 北寺，清代方东树在《》中说：“《赠徐干》，时徐为太子文学，故在西园，所云‘北寺’，当是被刑输作署吏时作。”

[10] 望，《初学记》作“见”。

[11] 乖，不顺，《说文》：“乖，戾也。”《广雅》：“乖，背也。”

[12] 衿，交领。

[13] 八纮，八方之地。

诗评：

读罢刘祯的这首诗，笔者感受到了他深深的孤独、压抑、徘徊、无助的感情。想必徐干应是刘祯挚友，所以他才会在如此孤寂的时候写这样一首诗给他。刘祯在开篇说谁说我们相隔得很远呢？我们之间只隔了一道西掖的墙！正所谓咫尺天涯，虽然刘祯与徐干同在宫中，但是却不能相见，一道墙就像万仞屏障，隔开了彼此。刘祯说我被拘束限制在宫中，心中的情感无处宣泄。我在心中深沉地思念着你，千言万语想对你说，但是却又不能说出来，唯有长叹感慨。

然后刘祯用细节化的语言形容了自己的踟蹰彷徨，今日我不住起来坐下，徘徊不安，失了规矩。刘祯如此怕是既有对徐干的思念，又有对前途的迷茫。他说我从北寺门走出来，遥望西苑。那里西柳夹道而生，方塘有清澈的湖水，清风吹动着树叶，飞鸟扇动着翅膀。刘祯遥望到西苑美景，所以很可能也想到了曾经美好的时光，正像他在《公宴诗》中写的：“永日行游戏，欢乐犹未央。……月出照园中，珍木郁苍苍。……灵鸟宿水，仁兽游飞梁。生平未始闻，歌之安能详。投翰长叹息，绮丽不可忘。”这树，这水、这飞鸟都没有变，但是曾经“绮丽不可忘”的美好情景却已经距离我很远了。想到此，刘祯说，很能是因为我身处逆境吧，所以才会泪下沾襟。

最后四句刘祯写得尤其动人，他说在白天我仰视太阳，它还是高高悬挂在天空。在晚上我秉烛夜游，四处游走，万物好像都没有什么不同。而我只能一个人有这种深切的感受，不能与它们相比呀！这世间万事万物皆没有变化，只有我陷入了这样的绝境，这种孤独压抑的感觉油然而生！

对于刘祯的赠诗，徐干也有一首诗回复即《答刘祯》："与子别无几，所经未一旬。我思一何笃，其愁如三春。虽路在咫尺，难涉如九关。陶陶朱夏德，草木昌且繁。"以笔者之见，这首诗很有可能也是一首残诗。这首诗是徐干在收到刘祯的赠诗之后，对他的回答，按照目前这八句诗来看，徐干诗文的顺序是暗合了刘祯赠诗中的情谊与写法的。刘祯写"谁谓相去远，隔此西掖垣"，徐干写"与子别无几，所经未一旬""虽路在咫尺，难涉如九关"；刘祯写"思子沉心曲，长叹不能言"，徐干写"我思一何笃，其愁如三春"；刘祯写"细柳夹道生，方塘含清源"，徐干写"陶陶朱夏德，草木昌且繁"。刘祯在"方塘"句之后才着重写出自己的而孤独、压抑，而徐干的诗到这里就戛然而止了，以"陶陶朱夏德，草木昌且繁"为结尾显得非常突兀，诗中没有对徐干"我独抱深感，不得与比焉"的情感回应，显得意犹未尽。我们看徐干的《室思诗》《情诗》《于清河见挽船士新婚与妻别诗》，其中的情感和写法诗非常细腻，而只有这首诗的结尾写得很仓促，所以笔者认为这是一首残诗。

徐干在这几句诗中写与你（刘祯）分别虽然并没有几日，还没有一旬那么多，但是我却对你非常思念，我们之间好像三年未见了一样。徐干在此引用了《诗经·王风·采葛》中的"一日不见，如三秋兮"。我们虽然只有咫尺的距离，但是若要相见似乎又隔着天门九重。我们在夏天分别，草木茂盛。这之后一定还有其他诗文，只是于今我们已不能得知。如若论事，说不定又有一段如伯牙子期般的佳话！

赠从弟[1]

其 一

泛泛[2]东流水，磷磷[3]水中石。
苹藻[4]生其涯，华叶纷扰溺。
采之荐宗庙，可以羞[5]嘉客。
岂无园中葵？懿[6]此出深泽。

【注释】

[1] 从弟，堂弟。

[2] 泛泛，水流貌。

[3] 磷磷，水中石头突立的样子。

[4] 苹藻，水草。

[5] 羞，通“馐”，美味的食物，珍馐。

[6] 懿，美好。

诗评：

刘祯这首诗是以物写人，深有所指。表面上这首诗写的是平藻生长在泛泛东流的河水，水中磷磷的石头旁，苹藻随着水波漂荡，华叶纷扰，清逸美好。实际上这苹藻指代的就是自己的从弟。形容他像苹藻一样，在清澈的环境中长成高洁的样子。然后刘祯说水中苹藻堪为宗庙之祭，可为嘉宾口中的美食。意指从弟堪为大用。《左传隐公三年》“君子曰：苟有明信，涧溪沼沚之毛，萍蘩蕴藻之菜……可荐于鬼神，可羞于王公。”最后刘祯说“岂无园中葵？懿此出深泽！”难道没有园中葵菜可以采摘吗？并不是这样，而是因为这苹藻是采自深处的水域。此二句更加表示出对从弟进行肯定。

其　二

亭亭[1]山[2]上松，瑟瑟[3]谷中风。
风声一何[4]盛，松枝一何劲！
冰[5]霜正惨凄[6]，终岁常端正。
岂不罹[7]凝寒？松柏有本性。

【注释】

[1] 亭亭，挺拔高耸的样子，《文镜秘府》作“青青”。

[2] 山，《文镜秘府》作“陵”。

[3] 瑟瑟，形容风声。

[4] 一何，多么。

[5] 冰，《艺文类聚》作“风”。

[6] 惨凄，凛冽。凄，李善本《文选》作“怆”。

[7] 罹，遭受。

诗评：

刘祯这首诗以松柏喻从弟，赞扬其有高洁的品性。魏晋以前就有诗赋文章写松柏长青、高傲特性的诗文，如汉代刘向在《说苑·谈丛》中说："草木秋死，松柏独存。"杜笃在《首阳山赋》中说："长松落落，卉木蒙蒙。"但是似乎是到了魏晋时期才开始常以松柏喻人，并注重其凌霜傲立，高洁不屈的特性。

刘祯在这首诗中写到山上亭亭而立的松树，在瑟瑟的谷中山风中傲然独立，这风声是多么的强盛，这松枝是多么的坚韧！尽管现在冰霜凛冽，但是松柏却能不惧严寒始终端正矗立。这难道是因为它们没有遭受令万物凝结的寒冷吗？那是因为松柏自有其本性！

刘祯在这首诗中赞扬自己的从弟，同时也说他之所以没有受到重用是因为世道凄惨，当时的社会环境确实非常动荡，刘祯在《诗·天地无期竟》中写："天地无期竟，民生甚局促。为称百年寿，谁能应此录。低昂倏忽去，炯若风中烛。"民生局促，尤若风中烛火，确实可喻为冰雪凄惨的寒冬。而他希望从弟就像松柏一样能够抵抗这压力，不因外界的严酷环境而改变自己高洁的品格。

其 三

凤皇[1]集南岳，徘徊孤竹根。
于心有[2]不厌[3]，奋翅凌[4]紫氛[5]。
岂不常勤苦？羞与黄雀[6]群。
何时当来仪[7]？将[8]须圣明君。

【注释】

[1] 凤皇，即凤凰。

[2] 有，《初学记》作"存"。

[3] 厌，同"餍"，满足。

[4] 凌，《初学记》作"腾"。

[5] 紫氛，云霄，高空。

[6] 黄雀，《文选》李善注云："黄雀，喻俗士也。"《初学记》作"雀同"。

[7] 来仪，凤凰来仪。

[8] 将，《初学记》作"要"。

诗评：

这首诗依旧表达了刘祯对从弟的赞扬，以凤凰喻之。“凤凰”是传说中的神鸟，雄的叫“凤”，雌的叫“凰”，总称为凤凰，《山海经·南山经》：“丹穴之山……有鸟焉，其状如鸡，五彩而文。名曰凤凰，首文曰德，翼文曰义，背文曰礼，膺文曰仁，腹文曰信。是鸟也，饮食自然，自歌自舞，见则天下安宁。”《淮南子》：“羽嘉生飞龙，飞龙生凤皇，凤皇生鸾鸟，鸾鸟生庶鸟，凡羽者生于庶鸟。”认为凤凰是飞龙之子，可见凤凰不仅是祥瑞的象征，而且与凡鸟不同，卓尔不群，绝世高蹈。刘祯以凤皇喻从弟，是对他的肯定和鼓励。南岳，《建安七子集校注》：“南岳：即丹穴山。”《山海经·南山经》：“丹穴之山有鸟焉，其状如鹤，五采而文，名曰凤。”

在这首诗中刘祯说凤凰在南岳相集，它们在枯萎的竹林下徘徊，它们屈居于此，心有不甘，想要奋力振翅高飞，凌驾于高高的天空上。但是这样岂不是要常常很辛苦？但是它们不怕辛苦，因为它们羞与黄雀为伍。那何时才能实现凤凰来仪的盛景？只要等到有圣明君主出现的时候就好了！

我们可以看到刘祯在《赠从弟》这三首组诗中都表达了对从弟的赞赏，从这三首诗中可看出他的从弟在当时应该是郁郁不得志的，但是刘祯分别以“平藻”“松柏”“凤皇”作为比喻，这是与楚辞影响下的以香花、仕女喻君子是有很大差别的，香花、仕女易碎，凤凰、松柏雄健，这反映了魏晋时期不同的审美趣味，魏晋时期尤其是建安时期，士人之中充斥着匡扶天下、挥斥方遒、激昂扬励的社会精神气质，而刘祯的精神世界更是如此，他有一种奋斗拼搏的勇气，在《射鸢诗》中刘祯说：“鸣鸢弄双翼，飘飘薄青云。我后横怒起，意气凌神仙。发机如惊猋，三发两鸢连。流血洒墙星，飞毛从风旋。庶士同声赞，君射一何妍。”在《斗鸡诗》中刘祯说：“丹鸡被华采，双距如锋芒。愿一扬炎威，会战此中唐。利爪探玉除，瞋目含火光。长翘惊风起，劲翮正敷张。轻举奋勾喙，电击复还翔。”鸢鸟、斗鸡皆是雄纠纠、气昂昂，洋溢着生命的气息，更不要说刘祯笔下的将士了，《诗·旦发邺城东》“旦发邺城东。莫次溟水旁。三军如邓林。武士攻萧庄。”更见其精神世界的阳刚雄健之气。

刘祯赠答诗特点：

刘祯的赠答诗都是五言诗，这已经显示出建安时期诗歌诗体的创作风气，刘勰在《文心雕龙·明诗》中说：“暨建安之初，五言腾踊。”五言诗兴起的原因是多方面的，但是如果从刘祯的五言赠答诗入手去思考，去探索五言诗兴起的原因的化，我们可以看到刘祯的五言诗是明显受到《古诗十九首》影响的，尤其是刘祯的《赠从弟》诗，其二曰“亭亭山上松，瑟瑟谷中风”与“青青陵上柏，磊磊涧中石”在意象与写作手法上都十分相似。当然《赠从弟》的组诗的写法不仅受到《古诗十九首》的影响，也深受《诗经》影响，全诗都用比兴，意在言后，像《豳风·鸱鸮》《魏风·硕鼠》《小雅·鹤鸣》等诗也是用这种手法写作的。对于刘祯诗歌的评价刘勰与钟嵘有相反的评价，刘勰谓之“偏美”，钟嵘说他“雕润恨少”，“偏美”自然指的是文章风格主要指修辞，“雕润”也指的是此方面。那么如何理解刘勰与钟嵘截然不同的评价呢？笔者以为从赠答诗来看刘祯的赠答诗较少引用典故，但是长于比喻，又善于抒情，如果从用典的角度说他的诗自然“雕润”少，但是如果从比喻的角度说则就显得偏美了。而且刘祯非常擅长通过寥寥数语构建诗文中的意向，尤其是《赠从弟》组诗，其写的平藻、松柏、凤凰都是形象非常鲜明的。而《赠五官中郎将》组诗，多是铺陈叙事，所用的诗辞虽然称不上华丽，但是也多有润饰。《赠徐干》诗将情与景做了很好的结合，但是若细究就显得情胜于文。所以笔者以为钟融的评价还是非常贴切的。

曹　植

曹植（公元192年——232年12月27日），字子建，沛国谯人，出生于东阳武，是曹操与武宣卞皇后所生第三子，生前曾为陈王，去世后谥号“思”，因此又称陈思王。

曹植年少时才思敏捷，善于署文，因此颇受曹操爱重并一度想立曹植为太子，《三国志·陈思王传》载：“陈思王植字子建。年十岁余，诵读《诗》《论》及辞赋数十万言，善属文。太祖尝视其文，谓植曰：‘汝倩人邪？’植跪曰：‘言出为沦，下笔成章，顾当面试，奈何倩人？’时邺铜爵台新成，太祖悉将诸子登台，使各为赋。植援笔立成，可观，太祖甚异之。性简易，不治威仪。舆马服饰，不尚华丽，每进见难问，应声而对，特见宠爱。……植既以才见异，而丁仪、丁廙、杨修等为之羽翼。太祖狐疑，几为太子者数矣。……”然而建安二十二年到建安二十四年间曹植屡屡犯禁，夜闯司马门，醉酒误救曹仁等等事件的发生最终使曹植在夺嫡之战中错失良机。

曹丕称帝后，剪去曹植羽翼，诛杀丁仪、丁廙并其男口，且屡屡迁封、贬斥曹植。于是曹植过上了惶惶不可终日的痛苦生活，他在《上责躬应诏诗表》中说：“臣自抱衅归藩，刻肌刻骨，追思罪戾，昼分而食，夜分而寝。”在《封鄄城王谢表》中说：“臣愚驽垢秽，才质疵下，过受陛下日月之恩，不能摧身碎首，以答陛下厚德。而狂悖发露，始干天宪，自分放弃，抱罪终身……”曾经的潇洒少年如今竟堪如阶下之囚，不禁使人感慨，成王败寇，不过如此！

曹植的文采历来备受称赞，陈寿评其曰：“陈思文才富艳，足以自通后叶。”（《三国志·陈思王传》）刘勰评其：“陈思以公子之豪，下笔琳琅。”钟嵘对其大加赞扬，《诗品》将曹植诗列为上品，其评曰：“其源出于国风。骨气奇高，词彩华茂。情兼雅怨，体被文质，粲溢今古，卓尔不群。嗟乎！陈思之于文章也，譬人伦之有周孔，鳞羽之有龙凤，音乐之有琴笙，女工之有黼黻。俾尔怀铅吮墨者，抱篇章而景慕，映余晖以自烛。故孔氏之门如用诗，则公干升堂，思王入室，景阳潘陆，自可坐于廊庑之间矣。”

赠徐干[1]

惊风[2]飘白日，忽然归[3]西山。
圆景[4]光未满，众星粲以[5]繁[6]。
志士[7]营[8]世业[9]，小人亦不闲。
聊且[10]夜行游，游彼双阙[11]间。
文昌[12]郁[13]云兴[14]，迎风高中天。
春鸠[15]鸣飞栋，流猋[16]激棂轩[17]。
顾念蓬室士[18]，贫贱诚[19]足怜。
薇藿[20]弗充虚，皮褐犹不全。
慷慨有悲心，兴文自成篇。
宝弃怨何人？和氏有其愆[21]。
弹冠[22]俟[23]知己，知己谁不然？
良田无晚岁，膏泽多丰年。
亮怀玙璠[24]美，积久德愈宣。
亲交义在敦[25]，申章复何言！

【注释】

[1] 徐干，字伟长，“建安七子”之一。

[2] 惊风，乍起的风。

[3] 归，到。

[4] 圆景，代指月亮，《文选》李善注：“月也。”

[5] 以，《文选》注作“已”。

[6] 繁，繁盛。

[7] 志士，仁人志士，志向远大的人。

[8] 营，经营。

[9] 业，功业。

[10] 聊且，姑且，暂且。

[11] 双阙，左思《魏都赋》：“岩岩北阙，南端逌遵。竦峭双碣，方驾比轮。”代指魏宫。

[12] 文昌，邺城魏宫的正殿名曰文昌殿。

[13] 郁，高耸的样子。

[14] 兴，起。

[15] 鸠，鸟名。

[16] 猋，同“飙”，原指犬奔跑的样子，又指暴风、旋风。

[17] 棂轩，有窗格的长廊。

[18] 蓬室士，以蓬草为屋顶的贫士。

[19] 诚，实在。

[20] 薇藿，菜名。

[21] 愆，亏，损，丧失。《左传·昭公二十六年》：“王昏不若，用愆厥位。”

[22] 弹冠，弹去冠上的灰尘，整理衣冠。

[23] 俟，等待。

[24] 玙璠，美玉，常喻品德高尚的人。《左传·定公五年》：“季平子 行 东野，还，未至，丙申，卒于房，阳虎将以玙璠敛。”杜预注：“玙璠，美玉，君所佩。”

[25] 敦，深厚。

诗评：

曹植的《赠徐干》写作时间应在建安中后期（张可礼、宿美丽在《曹操 曹丕 曹植集》集中认为这首诗作于建安十二年徐干出仕之前。笔者认为文章最后说他与徐干“亲交义在敦”，显示出他们之间已经有较为深厚的友情基础了，所以笔者认为应该是徐干出仕之后，只有在徐干出仕时他才有可能与曹植有较为深厚的友谊，出仕之前徐干可能很难和曹植的生活有深厚的交集。参见 张可礼、宿美丽 .《曹操 曹丕 曹植集》[M]. 南京：凤凰出版社，2014：146.），在徐干出任司空军谋祭酒掾属或五官中郎将文学辞官之后。徐干字伟长，北海郡剧县人，虽然徐干也是“建安七子”之一，但是他志不在仕途，出仕时间也很短，《先贤行状》曰：“干清玄体道，六行修备，聪识洽闻，操翰成章，轻官忽禄，不耽世荣。建安中，太祖特加旌命，以疾休息。后除上艾长，又以疾不行。”但是徐干才名很高，所著《中论》在当时颇有影响，曹丕在《又与吴质书》中说：“《中论》二十篇，成一家之言，辞义典雅，足传于后。”徐干在七子中应该名望较高，刘祯亦有《赠徐干》诗。

在这首诗中，曹植表达了自己对徐干的知己之情。曹植写诗，善于以真实而诗化的环境描写起兴，开头的几句环境描写似乎与诗中的情感搞无关联，但正是这种看似无意的描写才更能烘托出情之所起的真实感，这正是曹植的高明之处。文章开头四句写惊风乍起，忽然就吹到了西山。残月当空，繁星璀璨。在这皎皎月光，熠熠星辉下曹植突然生出了感慨，有志之士在这世间辛苦经营，小人亦不能偷闲。

接着曹植写他星夜出游，到了魏都双阙之间，看到文昌殿郁郁高耸几乎入云，迎风观高可入天。春鸠鸟在高高的屋檐上鸣叫，狂风在阑干间流转。这些又引起曹植的另一番思绪，他想到蓬室中的士人，也就是徐干，曹植感到徐干如此贫贱的处境让他非常怜悯。他想着徐干过着食不果腹，衣不保暖的生活，也许徐干只能以薇藿那样的野菜充饥，身上的皮毛衣服或是粗布衣服或许也有缺损，《中论序》中写徐干“潜身穷巷”“并日而食”。可见徐干在去官之后日子过得非常清苦。但是徐干是一个秉正独立，志有所存的人，曹植说他“慷慨有悲心，兴文自成篇”。曹植认为徐干以慷慨悲悯之心写就《中论》，而《中论》所述关乎国计民生，写这样的书不仅需要作者的才智，更需要作者对社会的极大关注和热忱。

但是曹植不由感慨，这样的人为什么没有得到重用呢？“宝弃怨何人？”“宝”指的就是徐干，接着曹植说“和氏有其愆”。和氏指的就是识宝之人，也就是人主曹操，曹植认为如果当初这块璞玉没有被发现，被遗弃了，那么对于和氏来说也是一个损失。⑥《韩非子·和氏》载：“王闻之，使人问其故，曰：‘天下之刖者多矣，子奚哭之悲也？’和曰：‘吾非悲刖也，悲夫宝玉而题之以石，贞士而名之以诳，此吾所以悲也。’”然后曹植说我们整理衣冠等待知己，其实知己也在等着我们。这也是对徐干发出的一种邀请，他希望能和徐干成为知己。

曹植认为徐干一定会被认可，会被重用，因为良田膏泽一定会结出丰厚的粮食，也就是说徐干才识优秀，一定会有很好的成果，即使丰收欠晚也没关系。他夸赞徐干是怀揣美玉的君子，时间久了，德名会更加彰显。最后曹植说我们是亲近的朋友，我们的情义敦厚，我写这首诗给你，纸短情长，无须多言。

从曹植的这首《赠徐干》来看，曹植是非常欣赏徐干的，并为他的才能没有受到重用而感到惋惜，曹植也非常想与徐干深交，成为知己，但是徐干是一个“恬淡寡欲，有箕山之节”（曹丕《与吴质书》）的彬彬君子。徐干在《中论·爵禄》中说：“爵禄之贱也，由处之者不宜也，贱其人斯贱其位矣；其贵也，由处之者宜之也，贵其人斯贵其位矣。”徐干认为爵禄是功德的体现，而他自己又是一个“俗之毁誉，有如浮云”（《中论序》）的人，如果徐干真如史料所载淡泊明志，那么曹植写这样的诗，只能说明曹植对徐干不够了解。

但是曹植的行文诗非常高明的，尤其是对景物、环境的描写。曹植诗中写的这些景物描写看似是实景描绘，但是若要深究，这些意向都能引发人的联想。比如诗前写的“圆景光未满”之景与诗后写的“和氏有其愆”之情是有所照应的。再比如“游彼

⑥ 王巍的《曹植集校注》认为此二句诗，宝玉指的徐干，和氏指的曹植自己，这一句诗的意思是“徐干这样的才能之士不被重用，自己作为徐干的朋友是有过失的。”参见：王巍.《曹植集校注》[M].石家庄：河北教育出版社，2013：10

双阙间”，曹植看到了文昌殿、迎风观，与随后写的“蓬室士”形成了对比。这些环境描写看似白描，但实际上是用铺陈叙事的手法意有所指，更有深意。

赠丁仪[1]

初秋凉气发，庭树微销落[2]。
凝霜依玉除[3]，清风飘飞阁[4]。
朝云不归山，霖雨成川泽。
黍稷委[5]畴陇[6]，农夫安所获。
在贵多忘贱，为恩谁能博？
狐白[7]足御冬，焉念无衣客。
思慕延陵子[8]，宝剑非所惜[9]。
子其宁尔心，亲交义不薄。

【注释】

[1] 丁仪，字正礼，沛郡人，丁廙之兄，丁冲之子，曾作《刑礼论》，兼具法家、儒家思想，被曹操赏识，曹操评其曰：“丁掾，好士也，即使其两目盲，尚当与女，何况但眇？是吾儿误我。”曹操所指是《魏略》载曹操欲将女妻丁仪，遭到曹丕反对，后来曹操赏识丁仪，故有此论。在二曹兄弟的选择中，丁仪与曹植亲善。丁仪，一说作“丁翼”，《文选》《太平御览》皆作“丁翼”。《文选》李善注：“《集》云：‘与都亭侯丁翼’，今云‘仪’，误也。”

[2] 销，衰敝，衰残，耗尽。《汉书·龚胜传》：“薰以香自烧，膏以明自销。”

[3] 玉除，用玉石砌成或装饰的台阶。班固《西都赋》：“于是玄墀扣切，玉阶彤庭，碝碱采致，琳瑉青荧，珊瑚碧树，周阿而生。”

[4] 飞阁，高阁。

[5] 委，《文选》李善注：“弃也。”

[6] 畴陇，田地。

[7] 狐白，基本意思是狐狸腋下的白毛皮。《汉书·匡衡传》：“夫富贵在身而列士不誉，是有狐白之裘而反衣之也。”颜师古注：“狐白，谓狐腋下之皮，其色纯白，集以为裘，轻柔难得，故贵也。”

[8] 延陵子，代指君子季札。

[9] 宝剑非所惜，刘向所作《新序·杂事卷七》中载：季札奉命向西出使晋国，佩带宝剑拜访徐国国君，徐国国君欣赏季札之剑，但是季札因为有出使上国的任务就没有把剑赠予徐国国君。在季札完成任务后返还徐国，可是徐国国君已经去世，季札于是将剑挂于徐君墓前。

诗评：

这首诗似乎是曹植对丁仪的安慰之言，按诗中所述全诗可以分为三部分，前四句为一部分，中间八句为一部分，后四句为一部分。这三部分，第一部分写景，第二部分叙理，最后一部分说情。

第一部分曹植写景，同时也指出了写作时间，他说初秋天气渐凉，庭院中的树叶已经开始凋零了，树叶也开始飘落。霜气在庭前的台阶上凝结，轻风在高阁间飘荡。这样的景物描写让人感到有一点萧索。

第二部分曹植由景入理。“朝云不归山，霖雨成川泽。黍稷委畴陇，农夫安所获。”这两句实际上比喻的是好的人才没有得到好的安置。古人认为云彩是从山里出来的，所以晚霞要回到山中。晚霞没有回到它该回到的地方就会造成霖雨灾害。田地间的黍稷如果不能得到农夫的好好照顾，农夫怎么能有所收获呢？黍稷显然指的是丁仪，或是其他的像黍稷一样的还未被重用的才士，而农夫指的就是曹植自己，当权者。然后他替丁仪写出了心中的担忧，显贵之位的人多会忘记贫贱之士，谁有能有广博的仁心呢？好的狐裘大衣足以御寒，又有谁会念及没有衣服穿的人？曹植这样写其实是为后文做铺垫，曹植是一个非常懂得寒士之心的人，在《赠徐干》中曹植也写道：“顾念蓬室士，贫贱诚可怜。”正与此处的“狐白足御冬，焉念无衣客”情义相对。

文章最后四句写自己非常思慕延陵君，并引用季札挂剑的典故，来说明自己是一个非常讲究诚信的人。所以他最后对丁仪说，你安心，我定不辜负与你之间的亲厚交情。这实质上是对丁仪的宽慰，丁仪是一个有政治理想的人，曾作《刑礼论》提倡刑礼并重，其曰：“君之为治也，先礼而后刑……礼以教训为美，刑以威严为用。”提倡儒、法并用，深得曹操之心。但是从目前的史料来看，他似乎在政治上无甚显著建树，早期曾任西曹掾，所以他很有可能有对此感到不安、不满。曹植以此诗安慰丁仪，实际上建安二十一年左右随着曹植权力的增大，曹植也兑现了自己的承诺，丁仪在此时权力很大，甚至群臣都很怕他，不敢正眼相视，崔琰自杀，毛玠获罪，丁仪起了很大作用。尚书傅选曾对何夔说：“丁仪已经害了毛玠，您应对他稍稍低头。”可见丁仪曾有一时之盛。

赠王粲[1]

端坐苦愁思，揽衣起西游[2]。
树木发春华，清池[3]激长流。
中有孤鸳鸯，哀鸣求匹俦[4]。

我愿执此鸟，惜哉无轻舟。

欲归忘故道[5]，顾望但[6]怀愁。

悲风鸣我侧，羲和[7]逝不留。

重阴[8]润万物，何惧泽[9]不周？

谁令君多念[10]，自[11]使怀百忧。

【注释】

[1] 王粲字仲宣，“建安七子”之一。

[2] 西游，向西边游览，此处应指游西苑，王粲在《杂诗》中有“日暮游西园”；刘祯在《赠徐干诗》中写“步出北寺门，遥望西苑园”，可见邺下文人集团经常在西苑活动。

[3] 清池，清澈的池水。西苑中应有一湖，被邺下诗人多次提到。

[4] 俦，伴侣。

[5] 故，一作“古”。

[6] 但，只。

[7] 羲和，神话中的太阳神，此处代指时间。

[8] 重阴，原指云层密布的阴天，蔡邕《月令章句》：阴者，密云也。”张衡《南都赋》：“玄云合而重阴，谷风起而增哀。”此处指阴雨。成公绥《啸赋》：“济洪灾于炎旱，反亢阳于重阴。”李周翰注：”云雨谓之重阴也。”葛洪《抱朴子·守墉》：“亢阳则出谷扬尘，重阴则滔天凌丘。”李善注：“重阴以喻太祖。”

[9] 泽，润泽。

[10] 念，挂念。

[11] 自，一作“遂”。

诗评：

这首诗很可能是曹植在看到王粲郁郁不得志的形貌之后，写给王粲的诗。诗中既表达出自己不能与王粲形成鸳鸯伴侣的无奈，又对王粲有所鼓励。曹植说自己端坐苦思，忧愁难解，忧愁的原因很可能就是诗末尾写的“谁令君多念，自使怀百忧”。他为王粲之忧而愁。百思不得其解，只好提起衣衫去西苑游览排解。

然后是曹植对西苑的景物描写，他说西苑的树木已经有春天的色彩了，清澈的池水中也激荡着绵延不绝的水流。眼前的景色是生机盎然的。但是在这一片春色之中，曹植又看到了池水中有一只鸳鸯，它不住哀鸣寻求同伴。这鸳鸯就是对王粲的比喻。曹植说自己看到了王粲的孤单，看到了王粲对知己的渴求，所以他接着说我愿意将这鸟儿捡起，但是可惜我没有轻舟。这里面透露出曹植的惋惜与无奈。

接下来曹植说我想要回去，但是忘记了旧路，四顾茫然只余下怀中忧愁。风声悲切在我身旁呼啸，夕阳西下，我无法挽留。在建安时期，天下纷争，人人都像水中的轻舟，万千士人怀揣雄图大志，但是在时代的浪潮中，又有几人能不忘初心。世事变迁，造化弄人，岁月流逝，时不我待，想到此处曹植悲从中来。

但是曹植的眼中不仅有悲伤，还有希望，他也以此鼓励王粲，他说阴雨能滋润万物，为何要害怕润泽不周全呢？他以此鼓励王粲，可看出曹植对曹操还是很有崇拜之情的。最后曹植说是谁令您多多挂怀，更由此使心中产生百般忧愁呢？表氏对王粲的关怀。

赠丁仪王粲

从军度函谷[1]，驱马过西京[2]。山岑[3]高无极，泾渭[4]扬浊清。
壮哉帝王居，佳丽殊[5]百城。员阙[6]出浮云，承露[7]槩[8]泰清。
皇佐[9]扬天惠，四海无交兵。权家虽爱胜，全国为令名。
君子在末位，不能歌德声。丁生怨在朝，王子欢自营。
欢怨非贞则，中和诚可经。

【注释】

[1] 函谷，函谷关。

[2] 西京，汉代都城长安。

[3] 山岑，山峰。六臣本《文选》注云：“五臣作峰。”

[4] 泾渭，泾水，渭水。古说泾水浊，渭水清，合流时清浊分明。

[5] 殊，区别。

[6] 员，同“圆”。《三辅黄图》：“建章宫周围三十里，又于宫门北造圆阙，高二十五丈，上有铜凤凰。”

[7] 承露，承露盘。《三辅故事》：“建章宫承露盘，高二十丈，大十围，以铜为之。上有仙人掌承露盘。”

[8] 槩，音 gài，同“溉”，洗涤。

[9] 皇佐，指曹操。

诗评：

这首诗应该是建安十六年曹植随曹操西征时写就的。在这首诗中曹植表达了对曹操的崇拜，和对友人的责备与关怀。

从这首诗中我们可以感受到曹植在处在一个春风得意马蹄疾的阶段，他在诗中对丁仪与王粲的责备正显示出他对未来充满希望，全诗的前半段洋溢这一种新鲜快活的生命力。即使是后半段的责备之言也透露出一种明媚的希望之感。的确，建安十五年曹操建铜雀台，曹植立而赋诗，文采斐然，其茂才尽显，风光无限。建安十六年又随曹操西征，这样的顺境，使他的诗中字里行间都有一种奋进的自信。

文章开头写我随军队度过函谷关，驾着战马来到西京长安，这里的山很高，好像没有极限，泾渭之水扬起或清澈或浑浊的浪花。这里先代帝王居住的宫殿非常壮丽，这里的好的美丽的东西很多，与别处都不同。圆阙宫从云彩中浮现，承露盘几乎要连到天上。这样的景色描写，充满显示出曹植充满了好奇，也充满了自信，他看到的，都是积极阳光的一面，正如此时的心境。

然后他夸耀起自己的父亲。皇帝的辅佐重臣，此处指曹操，代皇帝弘扬上天的恩惠，使四海都没有战事。但是实际情况是战争连年不断，曹操也有了好战的名声，所以曹植为他解释说有权力的人虽然喜爱胜利，但这不是他的本意，是为了保全国家，才让他有了这样的名声。所以曹植认为，人们不该以此非难曹操。可能这个时候丁仪对曹操西征有所不满，所以曹植说君子处在低位，不能歌颂有德者是不对的。丁仪您在朝中言语怨怼，王粲您独自欢欣经营，不为明主效力。这样的欢乐和怨怼都不是贞清的表现，中和之品质才实在是可奉行的。

赠丁廙[1]

嘉宾填[2]城阙，丰膳出中厨。吾与二三子，曲宴此城隅。

秦筝发西气[3]，齐瑟扬东讴[4]。肴来不虚[5]归，觞[6]至反无余[7]。

我岂狎[8]异人，朋友与我俱[9]。大国多良材，譬海出明珠。

君子义休偫[10]，小人德无储。积善有余庆[11]，荣枯立可须[12]。

滔荡[13]固大节，时俗多所拘[14]。君子通大道，无愿为世儒[15]。

【注释】

[1] 丁廙，一作丁翼，字敬礼，丁仪之弟。《文士传》曰：“廙少有才姿，博学洽闻。初辟公府，建安中为黄门侍郎。”

[2] 填，充斥，填满。

[3] 西气，一作“西音”，由于秦筝指的是古代琴地的一种弦乐器，来自西边，所以说是西气。

[4] 讴，歌唱，东讴，指的是来自东面的歌声。齐瑟指来自古代齐地的瑟，齐地在东，伴着齐瑟歌唱就是齐瑟扬东讴。

[5] 虚，空，不虚归，不空着回去。

[6] 觞，酒具，这里指酒。

[7] 反同“返”。反无余，回去的时候没有余下的。

[8] 狎，亲近。

[9] 俱，一起。

[10] 休，停止。偫，音 zhì，贮备。“君子义休偫”，君子已经在道义上很完满了，所以停止贮备。

[11] 积善有余庆，语出《周易·坤》：“积善之家，必有余庆；积不善之家，必有余殃。”

[12] 须，用。《尔雅·释诂》：“须，待也。又资也，用也。与需通。”

[13] 滔荡，李善注引《淮南子》：“使神滔荡而不失其充。”

[14] 拘，拘束。

[15] 世儒，俗儒。

诗评：

丁廙是曹植的朋友，他是曹植在政治上的幕僚，文学上的诗友。《文士传》载：“廙尝从容谓太祖曰：‘临菑侯天性仁孝，发于自然，而聪明智达，其殆庶几。至于博学渊识，文章绝伦。当今天下之贤才君子，不问少长，皆愿从其游而为之死，实天所以钟福于大魏，而永授无穷之祚也。’欲以劝动太祖。”曹植《与杨德祖书》曰：“昔丁敬礼尝作小文，使仆润饰之，仆自以才不能过若人，辞不为也。敬礼云：‘卿何所疑难乎！文之佳丽，吾自得之。后世谁相知定吾文者邪？’吾常叹此达言，以为美谈。”可见丁廙与曹植关心亲厚。

这首诗虽然说是赠丁廙的，但是全诗写的是他们欢宴的场景，并且在最后曹植表明了自己的心迹。按照开篇所说在城阙中填满了嘉宾，丰富的菜肴不断从厨房中端出。我与您二三位在城中的一隅欢宴。可能当时魏都有庆典活动，在主会场有很多人参加了这次活动，但是曹植与两三个朋友在城中另辟一处布了酒席。可以看出他们独特的情意。然后曹植形容了这次欢宴的场景。秦筝发出来自西边的声音，齐瑟奏响来自东方的乐调。菜肴送过来，没有白来，全吃完。美酒送回去的时候没有剩余。可见曹植与丁廙等人的宴会十分尽兴，宾主尽欢。然后曹植说我难道是亲近异人，不是的，是朋友同我一起来的。曹植不禁感慨，我们魏国良才很多，就像明珠出海一样无穷无尽。君子有义，小人无德。积善有余庆，荣枯立马可以见到。他说自己想努力去顾全大节，但时俗多有限制。他愿做通往大道上的君子，不愿做腐儒。

赠白马王彪[1]·并序

黄初四年五月，白马王、任城王与余俱朝京师[2]，会节气[3]。到洛阳，任城王薨[4]。至七月，与白马王还国[5]。后有司[6]以二王归藩[7]，道路宜异宿止[8]，意每[9]恨之。

盖以大别在数日，是用自剖，与王辞焉，愤而成篇。

谒帝承明庐[10]，逝将归旧疆。
清晨发皇邑[11]，日夕过首阳。
伊洛广且深，欲济川无梁[12]。
泛舟越洪涛，怨彼东路长。
顾瞻恋城阙，引领[13]情内伤。
太谷[14]何[15]寥廓，山树郁苍苍。
霖雨泥[16]我涂，流潦[17]浩纵横。
中逵[18]绝[19]无轨，改辙[20]登高岗。
修[21]坂[22]造[23]云日，我马玄以黄[24]。
玄黄犹能进，我思郁以纡[25]。
郁纡将何念，亲爱在离居。
本图相与偕，中更[26]不克[27]俱。
鸱枭[28]鸣衡轭[29]，豺狼当路衢[30]。
苍蝇间[31]白黑，谗巧令亲疏。
欲还绝无蹊[32]，揽辔止踟蹰。
踟蹰亦何留？相思无终极。
秋风发微凉，寒蝉鸣我侧。
原野何萧条，白日忽西匿。
归鸟赴乔林，翩翩厉[33]羽翼。
孤兽走索[34]群，衔草不遑[35]食。
感物伤我怀，抚心长太息。
太[36]息将何为，天命与我违。
奈何念同生，一往形不归。
孤魂翔故域，灵柩寄京师。
存者忽复过[37]，亡殁[38]身自衰。
人生处一世，去[39]若朝露晞。
年在桑榆[40]间，影[41]响不能追。
自顾[42]非金石，咄唶[43]令心悲。
心悲动我神，弃置莫复陈。
丈夫志四海，万里犹比邻。

恩爱苟[44]不亏，在远分日亲。
何必同衾帱[45]，然后展殷懃[46]。
忧思成疾疢[47]，无乃[48]儿女仁。
仓卒[49]骨肉情，能不怀苦辛？
苦辛何虑思，天命信[50]可疑。
虚无求列仙，松子[51]久吾欺。
变故在斯须，百年谁能持？
离别永无会，执手将何时？
王其爱玉体，俱享黄髮期[52]。
收泪即长路，援笔从此辞。

【注释】

[1]《三国志·陈思王传》曰："四年，徙封雍丘王。其年，朝京都。"《魏氏春秋》曰："是时待遇诸国法峻。任城王暴薨，诸王既怀友于之痛。植及白马王彪还国，欲同路东归，以叙隔阔之思，而监国使者不听。植发愤告离而作诗曰：'谒帝承明庐，逝将归旧疆……'"白马王彪，即曹彪，字朱虎，曹植异母弟。又《三国志·武文世王公传》载："楚王彪字朱虎。建安二十一年，封寿春侯。黄初二年，进爵，徙封汝阳公。三年，封弋阳王。其年徙封吴王。五年，改封寿春县。七年，徙封白马。"与曹植诗中所述不同。

[2] 黄初四年五月，黄初，为文帝曹丕年号，黄初四年即公元223年。五月，一作"正月"。任城王，曹彰，字子文。曹植同母兄。

[3] 会节气，魏制每年的立春、立夏、立秋、立冬四个节气的前十八天，诸王到京师朝会，举行迎节气的典礼。

[4] 薨，诸侯死曰薨。

[5] 还国，回到属国。

[6] 有司，官吏名称。

[7] 归藩，回到封地。

[8] 道路宜异宿止，诸侯王在道路上不能通行同住的规定。

[9] 每，一作"毒"。笔者以为"毒"字在此处较为合适，毒恨，痛恨。

[10] 谒，拜谒。承明庐，魏宫殿名称。

[11] 皇邑，魏京师洛阳。

[12] 济，渡过；梁，桥梁。

[13] 顾瞻，顾，四顾；瞻，眺望。引领，伸长脖子看。

[14] 太谷，山谷名，又称“通谷”，在洛阳东南五十里。

[15] 何，多么。

[16] 泥，指泥泞。

[17] 潦，潦音 lào，古同“涝”，雨水过多，水淹，积水。

[18] 逵，大道，逵途，逵路。

[19] 绝，没有。

[20] 改辙，改道。辙，车辙。

[21] 修，长。

[22] 坂，山坡。

[23] 造，至。

[24] 玄以黄，马病貌。《诗·周南·卷耳》：“陟彼高岗，我马玄黄。”陆机《七征》：“策玄黄于榛险，凭穴岩而放言。”

[25] 郁以纡，郁，郁结，忧郁；纡，苦闷盘结胸中。以，“玄以黄”“郁以纡”之以均为语气助词，无实际意义。

[26] 更，改变。

[27] 克，能。

[28] 鸱枭，音 chī xiāo，又称“鸱鸮”，猫头鹰。

[29] 衡轭，指皇帝车架。

[30] 衢，道路。

[31] 间，乱。“苍蝇间白黑，谗巧令亲疏。”语出《诗·小雅·青蝇》：“营营青蝇，止于樊。岂弟君子，无信谗言。营营青蝇，止于棘。谗人罔极，交乱四国。”《诗经·青蝇》意在劝诫君子不要听信谗言。

[32] 蹊，《类聚》作“径”，蹊、径同为道路意。

[33] 厉，用力振动。

[34] 索，单独，离群索居。

[35] 遑，闲暇。

[36] 太，《魏志》作“叹”。太息，叹息同意。

[37] 忽，《魏志》作“勿”。

[38] 殁，一作“没”。死去。

[39] 去，逝去。

[40] 桑榆，比喻晚年，垂老之年。《文选》李善注：“日在桑榆，以喻人之将老。”

[41] 影，一作“景”。

[42] 顾，顾念。

[43] 咄唶，音 duō jiè，叹息。

[44] 苟，如果，倘使。

[45] 衾帱，衾，被子；帱，床帐。

[46] 恩勤，一作殷勤，亲切的情谊。

[47] 疾疢，疾病，疢音 chèn。

[48] 无乃，岂非。

[49] 仓卒，亦作“仓猝”。匆忙急迫。

[50] 信，确信。

[51] 松子，传说中的神仙赤松子。

[52] 黄髮期，年纪大了，人老后头发会变黄。

诗评：

曹植的这首诗写作时间在黄初四年，公元 220 年，曹操去世，曹丕改建安二十五年为延康元年，后禅帝位，改国号为魏，改元黄初。曹丕登帝之后，曹植的人生发生了很大的转变，在建安时期，虽然曹丕曹植是曹操之子，但实际上他们共同享有人主的优待，而曹丕称帝后曹植成了臣下，并且是被曹植屡屡防备的臣下。在曹植黄初四年所作的《上责躬应诏诗表》中他说：“臣自抱衅归藩，刻肌刻骨，追思罪戾，昼分而食，夜分而寝。诚以天罔不可重离，圣恩难可再恃。窃感《相鼠》之篇，无礼遄死之义，形影相吊，五情愧赧。以罪弃生，则违古贤‘夕改’之劝，忍活苟全，则犯诗人‘胡颜’之讥……”从这段文字中我们可以看到此时的曹植的忐忑，忧虑，此时的曹植与《赠王粲》《赠丁仪》《赠丁仪王粲》诗中的曹植判若两人，这样的曹植与《野田黄雀行》中描绘“置酒高殿上，亲交从我游。中厨办丰膳，烹羊宰肥牛……主称千金寿，宾奉万年酬”的曹植简直判若两人。

黄初四年节气朝见，原本去的时候是白马王、任城王与曹植三人分赴京师，可是在洛阳任城王薨逝。到七月，曹植与白马王回到封地，曹植当时的封地在雍丘，今河南省杞县，按《赠白马王彪·序》言，此时曹彪的封地在白马，今河南滑县东。此二地都在洛阳之东，曹植与曹彪在归藩的路途中有一段路是可以同行的。但是曹植不许藩王亲近，《魏略》载：“初植未到关，自念有过，宜当谢帝。乃留其从官着关东，单将两三人微行，入见清河长公主，欲因主谢。而关吏以闻，帝使人逆之，不得见。太后以为自杀也，对帝泣。会植科头负铁领，徒跣诣阙下，帝及太后乃喜。及见之，帝犹严颜色，不与语，又不使冠履。植伏地泣涕，太后为不乐。诏乃听复王服。”后曹植有《求存问亲戚疏》，曹丕有答曰：“故夫忠厚仁极草木，则行苇之诗作；恩泽衰薄，不亲九族，则角弓之章刺。今令诸国兄弟，情理简怠，妃妾之家，膏沐疏略，朕纵不能敦而睦之，王援古喻义备悉矣，何言精诚不足以感通哉？”可见曹丕称帝后对宗子是十分防备的，所以有司认为两位诸侯王回到封地的途中不应通路，且不能同宿一地。曹植为此十分生气，意毒恨之。但实际上与《魏略》所载曹植欲入见清河公主事比起来，曹植意毒恨之恐怕不只是由于曹丕不允许他们兄弟同路这么简单，当然这只是笔者臆测。

曹植说由于我们在这几日就要大别，也就是分开好一阵了。此处的大别不应该理解为永别，因为会节气的制度还是存在的，虽然魏制规定藩国之间不能私自往来，但是年年各藩王都要回京朝贺。故此处所说的大别应该是分开得久一点。于是曹植决定自剖，就是剖析自己表露自己的心意，与曹彪辞别，“愤而成篇”。这个“愤”字其实就说明了全诗的基调，愤有悲愤、激愤、气愤、愤悱之意。

曹植的这首诗写得千回百转，先是由景入情，再由情入景，然后引发了情与理，感性与理性的徘徊思索，随后再回到现实情境中。

诗文开头写自己与诸位藩王在承明庐中拜见了黄帝，就要离去回到旧的地方，也就是自己的藩地。清晨从皇城洛阳出发，傍晚时刚刚度过首阳山。洛阳东有首阳山，在今偃师市。曹植归藩，应是驾车，但是从清晨到傍晚，并没有走很远。曹植在后文说明了理由。

他说伊洛河水既广且深，想要渡过却没有桥梁。只能泛舟跨越洪涛激流，不得不埋怨往东归藩的路怎么那么长！回顾眺望眷恋那城和城中的楼阁，引颈眺望不觉内心伤感。

回首遥望，但却不能回去，自然使曹植心伤。他又看眼前，太古山多么寥廓，山中的树木郁郁葱葱，苍苍茫茫。下了这么久的雨使道路都泥泞了，积水很多四处纵横。这半路上是绝没有车轨了，只好改道登上高冈。长长的坂坡几乎要直达云日，我的马都生病了。

这一段写曹植的离开洛阳后的行程十分艰难，很可能是实景描写，大雨滂沱，道路难行，回又回不去，前进又没有办法，马也生病了，曹植只得先上到高冈上。这样的遭遇让他心中十分苦闷、郁结。

他说即使马儿生病了也还是能前进，但是我心中郁结，要怎么办呢？我郁结忧心的是你我的分离呀！原本打算我们两个一块儿走，不想中间却发生变化不能一起。

曹植将这变化的原因归结到佞臣谗言上，认为是那些奸臣离间了他们兄弟之间的感情。他说猫头鹰在车驾上鸣叫，豺狼挡道路中间。苍蝇混淆黑色和白色，那些说着谗言和花言巧语的人令我们亲人之间疏远。曹植这里说的“猫头鹰”“豺狼”“苍蝇”暗指的就是《序》中说的“有司”，但实际上曹植埋怨的还是魏帝曹丕。

他说我想要回去却没有路，登车揽辔只能止步踟蹰。踟蹰也不是办法，因为没有地方能让我留下。然后他又表达了对白马王彪的思念，说我对你的相思没有终极。

接下来曹植由情又写到景，他说秋风已经微微发凉，寒蝉在我身旁鸣叫。原野上十分萧条，太阳匆匆西落。归鸟都赶赴林中、乔木丛中，翩翩飞舞扇动着翅膀。孤单的走兽离开了群体，衔着草都没有时间吃。看到这些事物让我深有所感心中伤怀，只能安抚内心常常叹息。曹植这一段虽然是景物描写但是深有所知，他写倦鸟归巢，写孤兽索群，其实就是写自己，写这些被迫与家人朋友分离的藩王们。鸟儿都知道回家，动物都知道找寻同伴，但是他们却只能分开。这种不满溢于言表。

但是曹植接着说叹息又有什么用呢？天命与我相违背呀！虽然我一直按捺不住地挂念你，但是我们一起来到这世上却不能一起回去！终有一日我们孤单的游魂要在藩地飘荡，只有灵柩能寄回到京师。生存着的人匆匆就渡过了生年，死去后身体自会衰灭。人生在这一世间，就好像朝露变干。我已在桑榆之年，这世间的景象与声音一切美好的事物都是我都追不上了。自顾我不是金石之身，终有一天也要衰败，只能叹息令心中伤悲。伤悲撼动了我的心神，但暂且弃而不说吧。这一段曹植由情入理。在理性的思索中显示出极强的悲观意识。他不仅感慨生命短暂，而且在这番感慨中有一种孤单、悲壮的情绪。

但很快曹植转变了思路，他说大丈夫应该志在四海，即使相距万里也要像相邻一样。你我之间的恩爱之情是不会缺损的，即使距离再遥远，我们也每一日都相亲相爱。何必要同塌而眠，才能展示你我之间殷勤的感情呢？若是忧思成疾，那不过是男女之间的小仁小爱罢了。他这是对曹彪的安慰，也是对自己的安慰，但是这安慰在现实面前显得十分无力，所以他紧接着说但是这仓促之间就要与骨肉分离，又怎能让我心中没有痛苦心酸呢？

既然是痛苦心酸又为何要苦苦思索呢？因为天命实在可疑！虚无地向诸位神仙求问，赤松子真的欺骗我太久了！变故在一瞬间就发生了，谁能掌握百年？曹植是写过很多游仙诗的，比如《升天行》《五游咏》《仙人篇》等，在这些诗中曹植对神仙的生活显示出一种宁静祥和恒远的描述，比如《仙人篇》曰：“湘娥拊琴瑟，秦女吹笙竽。玉樽盈桂酒，河伯献神鱼。四海一何局，九州安所如。”但是曹植现在却对这种描绘产生了怀疑，他认为没有什么事情是恒久的恶，也没有谁能够掌握世间百年的发展，变化都是在一瞬间完成的，这是他的切身体会。从人人称羡的公子到委顿的藩王不过数年时间，确实能让人生出变化无常的感慨。

最后曹植说你我这次离别，我担心永无再相会的日子，不知要等到何时才能再执手相对？你要爱惜自己的身体，静享黄发垂老之期。这是他对白马王彪的祝福，希望他身体康健，长命百岁。最后他写收掉眼泪即刻起程，执笔在此告辞。

从这首诗的写作方式看，曹植当时的感情应该非常丰沛，看到什么，想到什么就写了什么，这样景与情交替的写法增加了诗作的真实感。而且诗中多次用到自问自答的方式，这样的写法也更能表现出作者思索的过程，增加真实感。这首诗历来被诗作曹植后期诗作的代表。

曹植赠答诗特点：

曹植的者几首赠答诗，证实其人生经历的写照，我们可以非常明确地将这几首赠答诗分为两个阶段。《赠王粲》《赠丁仪》《赠丁仪王粲》《赠丁廙》明显是在建安二十五年之前写作的，通过这些诗展现了曹植的人生行历和当时的思想情感状况。比如《赠丁仪王粲》就能看出这首诗的写作时间是在建安十六年曹植随着曹操西征时，而且是去的路上的场景。这个时候曹植眼中的景物，对曹操的感情对一切事物都显得阳光积极，充满信心，并且他也去安慰丁仪王粲要充满信心。我们可以看到，这几首赠答诗中勾勒的曹植形象是一个谦谦君子，雍容大度，善于赏识人才，发现人才。但是如果细细品味这几首诗中的感情，尤其是与《赠白马王彪》一诗做对比，就会发现这几首诗中的感情是“隔”的，有真情，但是情不浓，就像遇到一个相熟的朋友，偶尔闲谈几句还是可以的。有一些客套，有一些距离，又有恰到好处的关怀。甚至与刘祯的《赠五官中郎将》比，曹植的这几首诗中的情感也显得淡了些。而《赠白马王彪》写得忧郁徘徊，欲言又止，一说三问，诗中的曹植将自己的痛苦、愤怒、伤心都隐晦地写在诗辞中。

历来诗论家对曹植的评价都非常高，而对曹植诗文风格的评价也是多说他文质并中，尤其是文辞，陈寿称其“富艳”，刘勰说他“下笔琳琅”，钟嵘说他“词彩华茂”，从这几首赠答诗中我们可以看出曹植非常善于寓情于景式的描写，他在诗文中要表现什么样的情感，那么诗文开头的景物描写一定与这些情感想联系，先构建出一个诗情的大环境，再徐徐说出在这个环境中自己的所思所感，这样的渲染手法使诗文很有感染力，而且曹植高明的是他并不是在诗文开头就写出非常有情感意向的景物，他对环境的勾勒总是淡淡的，看似与诗中情感没有直接关系，但是又完全符合作者所思所想的意境。比如《赠徐干》他写“文昌郁云兴，迎风高中天。春鸠鸣飞栋，流猋激棂轩”。好像与徐干没什么关系，但是在高楼大厦之间仍然心中顾怜蓬室中的才士，更能突出他对徐干的怜惜。《赠丁仪》中“初秋凉气发，庭树微销落。凝霜依玉除，清风飘飞阁”寥寥几句就写出了一个有些寥落的秋天，寥落的秋天与寥落的丁仪正好相称。《赠王粲》写“揽衣起西游”，这一切似乎都与王粲无关，但是当曹植看到“中有孤鸳鸯”的时候马上就想到了王粲，这种写法让人觉得情之所起是非常真实的。所以这是一个高明作者的高明之处。看似不刻意地引起真情真意才更显珍贵。

对于曹植的赠诗，曹彪有《答东阿王诗》，但可惜的是这首诗现在已经只余下四句了，载于《初学记》，其曰：“盘径难怀抱，停驾与君诀。即车登北路，永叹寻先辙。”

嵇　康

嵇康，字叔夜，谯郡铚人。嵇康之父名昭，字子远，曾任督军良，治书侍御史，早卒。其兄名喜，字公穆，早年以秀才身份从军出征，后曾任太仆、扬州刺史、宗正等官。《嵇康传》书嵇康："家世儒学，少有俊才，旷迈不群，高亮任性，不修名誉，宽简有大量。学不师授，博洽多闻，长而好老、庄之业，恬静无欲。"

嵇康为曹魏宗室的女婿，娶曹操曾孙女长乐亭主为妻。官至中散大夫，世称"嵇中散"。后隐居不仕，常年在山阳县竹林中与好友一起谈玄论道，《魏氏春秋》载："康居河内之山阳县，与之游者，未尝见其喜愠之色。与陈留阮籍、河内山涛、河南向秀、籍兄子咸、琅邪王戎、沛人刘伶相与友善，游于竹林，号为'七贤'。"关于竹林七贤，在《群辅录》与《名士传》中也有记载，《群辅录》载："魏步兵校尉陈留阮籍字嗣宗、中散大夫谯嵇康字叔夜，晋司徒河内山涛字巨源，建威参军沛刘伶字伯伦，始平太守陈留阮咸字仲容，散骑常侍河内向秀字子期，司徒琅邪王戎字浚冲。右魏嘉平中并居河内山阳，共为竹林之游，世号竹林七贤。"《名士传》载："袁宏《名士传》云：'宏以夏侯泰初、何平叔、王辅嗣为正始名士，阮嗣宗、嵇叔夜、山巨源、向子期、刘伯伦、阮仲容、王浚冲为竹林名士。裴叔则、乐彦辅、王夷甫、庾子嵩、王安期、阮千里、卫叔宝、谢幼舆为中朝名士。'"由此可见，"竹林七贤"在当时诗影响较大的名士集团之一，而嵇康作为"竹林七贤"的领头人在当时还是非常有影响力的。

嵇康拒绝出仕，并由此写过《与山巨源绝交书》。嵇康也曾与钟会不睦。《世说新语·文学》载："钟会撰《四本论》，始毕，甚欲使嵇公（康）一见。置怀中，既定，畏其难，怀不敢出，于户外遥掷，便回急走。"但是钟会似乎并没有收到嵇康的回应，《晋书·嵇康传》载："初，康居贫，尝与向秀共锻于大树之下，以自赡给。颍川钟会，贵公子也，精练有才辩，故往造焉。康不为之礼，而锻不辍。良久，会去，康谓曰：'何所闻而来？何所见而去？'会曰：'闻所闻而来，见所见而去。'"可见嵇康是一个颇有傲骨的人。孙绰《喻道论》曰："帛祖衅起于管蕃，中散祸作于钟会。二贤并以俊迈之气，昧其图身之虑，栖心事外，轻世招患，殆不异也。"景元四年，由于受到好友吕安案子的牵连而被司马昭处死，时年四十岁。

嵇康通晓音乐，曾作《琴赋》《声无哀乐论》，又传嵇康擅长弹奏《广陵散》并作有《风入松》《孤馆遇神》等曲。其作《长清》《短清》《长侧》《短侧》四首琴曲，被称作“嵇氏四弄”，与蔡邕的“蔡氏五弄”合称“九弄”。向秀的《思旧赋》曰：“余与嵇康、吕安居止接近，其人并有不羁之才。然嵇志远而疏，吕心旷而放，其后各以事见法。嵇博综技艺，于丝竹特妙，临当就命，顾视日影，索琴而弹之。”其所弹奏的就是《广陵散》。

不仅如此，嵇康还擅长文学创作，其诗现存五十余首。有四言、五言、七言和杂言，而以四言成就较高。何焯《文选评》称：“四言不为《风》《雅》所羁，直写胸中语，此叔夜高于潘、陆也。”刘勰《文心雕龙》评为：“嵇志清峻。”又说：“叔夜俊侠，故兴高而采烈。”钟嵘《诗品》将嵇康诗评为中品，曰：“颇似魏文。过为峻切，讦直露才，伤渊雅之致。然讬喻清远，良有鉴裁，亦未失高流矣。”陈寿《三国志》说：“时又有谯郡嵇康，文辞壮丽，好言老、庄，而尚奇任侠。”

在书法与绘画上嵇康也颇有造诣，张彦远《历代名画记》载其时有嵇康《巢由洗耳图》《狮子击象图》，今已亡佚。其书法也被评为“精光照人，气格凌云”。嵇康在音律、诗文、书法、绘画方面都有所成就。

嵇康的赠答诗流传下来的有《赠兄秀才从军》（十八首），《五言赠秀才诗》《答二郭诗》《与阮德如诗》（三首）。

赠兄秀才入军

其　一

鸳鸯于飞[1]，肃肃[2]其羽。朝游高原，夕宿兰渚[3]。

邕邕[4]和鸣，顾眄[5]俦侣[6]。俛[7]仰慷慨，优游容与[8]。

【注释】

[1] 鸳鸯，喻志同道合的兄弟。曹植《释思赋》：“况同生之义绝，重背亲而为疏。乐鸳鸯之同池，羡比翼之共林。”

[2] 肃肃，鸟羽、虫翅的振动声。《诗·小雅·鸿雁》：“鸿雁于飞，肃肃其羽。”《毛传》曰：“肃肃，羽声也。”

[3] 兰渚，渚的美称。曹植《应诏诗》：“朝发鸾台，夕宿兰渚。”吕向注：“鸾台、兰渚，并路边地，美言之也。”

[4] 邕邕，通“雍”，群鸟和鸣声。《文选·枚乘》：“螭龙德牧，邕邕群鸣。”李善注：“《尔雅》

曰：‘邕邕，鸣声和也。’”

[5] 顾眄，回顾。曹植《美女篇》：“顾眄遗光彩，长啸气若兰。”

[6] 俦侣，伴侣，朋友。

[7] 俛，音fǔ，同“俯”，屈身，低头。

[8] 优游，容与，都指悠闲自得的样子。《诗·大雅·卷阿》：“伴奂尔游矣，优游尔休矣。”《楚辞·九歌·湘夫人》：“时不可兮骤得，聊逍遥兮容与。”

其　二

鸳鸯于飞，啸[9]侣命俦[10]。朝游高原，夕宿中洲[11]。
交颈振翼，容与清流。咀嚼兰蕙，俛仰优游。

【注释】

[9] 啸，呼啸；命，命令。啸、命可理解为呼唤。

[10] 侣，俦都指伴侣，同伴。

[11] 中洲，洲中。

其　三

泳[12]彼长川，言[13]息[14]其浒[15]。陟彼高冈[16]，言刈其楚[17]。
嗟我征迈[18]，独行踽踽[19]。仰彼凯风[20]，涕泣如雨。

【注释】

[12] 泳，游泳。

[13] 言，语助词。

[14] 息，休息。

[15] 浒，水边。

[16] 陟彼高冈，语出《诗经·周南·卷耳》：“陟彼高冈，我马玄黄。”意为登上那高高的山坡。

[17] 言刈其楚，语出《诗经·周南·汉广》：“翘翘错薪，言刈其楚。”意为用刀割取那荆条。

[18] 征迈，行进。阮籍《采薪者歌》：“寒暑代征迈，变化更相推。”

[19] 踽踽，独行貌。《诗经·唐风·杕杜》：“有杕之杜，其叶湑湑。独行踽踽。岂无他人？”《毛传》曰：“踽踽，无所亲也。”

[20] 凯风，语出《诗经·邶风·凯风》：“凯风自南，吹彼棘心。棘心夭夭，母氏劬劳。”《毛诗序》曰：“《凯风》，美孝子也。”“仰彼凯风，涕泣如雨”表达了对亲人的思念。

其 四

泳彼长川，言息其沚[21]。陟彼高冈[22]，言刈其杞[23]。

嗟我独征，靡瞻靡恃[24]。仰彼凯风，载坐载起[25]。

【注释】

[21] 沚，水中的小块陆地。

[22] 陟，登高。

[23] 杞，野生灌木，带钩刺。

[24] 靡，无。瞻，瞻念。恃，依赖。靡瞻靡恃，没有可瞻念，可依赖的，形容孤独无依。

[25] 载，词缀，嵌在动词前边，如载歌载舞，载欣载奔（陶渊明《归去来兮辞》）。载坐载起，形容坐立不安。王粲《赠士孙文始》："我思弗及，载坐载起。"

其 五

穆穆[26]惠风[27]，扇彼轻尘。奕奕[28]素波[29]，转[30]此游鳞[31]。

伊我之劳[32]，有怀遐人[33]。寤言永思[34]，寔钟所亲[35]。

【注释】

[26] 穆穆，温和的。

[27] 惠风，柔和的风。

[28] 奕奕，犹施施，缓行貌。

[29] 素波，白色的波浪。

[30] 转，使……转。

[31] 游鳞，即游鱼。

[32] 伊，发语词。劳，忧愁，愁苦。《诗·邶风·燕燕》："实劳我心。"

[33] 怀，想。遐，远方的。

[34] 寤言，醒后说话。《诗·卫风·考盘》："独寐寤言，永矢弗谖。"

[35] 寔，音shí，同"实"，确实意。钟，集中，专一。亲，亲友，此处指嵇喜。

其 六

所亲安在，舍我远迈[36]。弃[37]此荪芷[38]，袭[39]彼萧艾[40]。

虽曰幽深，岂无颠沛[41]。言念君子，不遐[42]有害。

【注释】

[36] 舍，舍弃。迈，迈进，前行。

[37] 弃，抛弃。

[38] 荪芷，香草。

[39] 袭，穿着，佩戴。

[40] 萧艾，艾蒿，臭草。《楚辞·离骚》："何昔日之芳草兮，今直为此萧艾也！"

[41] 颠沛，受磨难、挫折。

[42] 不遐有害，语出《国风·邶风·泉水》："遄臻于卫，不瑕有害？"意为不会招来后患。

其　七

人生寿促[43]，天地长久。百年之期，孰云其寿[44]。

思欲登仙，以济[45]不朽。缆辔[46]踟蹰，仰顾我友[47]。

【注释】

[43] 促，短促。

[44] 寿，长寿。

[45] 济，补益，达到。

[46] 缆，用绳子拴住。辔，缰绳。缆辔，登车缆辔，指停车。

[47] 我友，此处指嵇喜。

其　八

我友焉[48]之，隔兹[49]山梁。谁谓河广，一苇[50]可航[51]。

徒[52]恨永离，逝[53]彼路长。瞻仰弗[54]及，徙倚[55]彷徨。

【注释】

[48] 焉，如何。

[49] 兹，此。

[50] 苇，苇叶。

[51] 航，航行。谁谓河广，一苇可航，语出《诗经·卫风·河广》："谁谓河广？一苇杭之。"意为谁说河水很宽广，驾一片苇叶就能渡过。

[52] 徒，只。

[53] 逝，去，往。

[54] 弗，不。

[55] 徙倚，徘徊，流连不去。《楚辞·远游》：“步徙倚而遥思兮，怊惝怳而乖怀。”王逸注：“彷徨东西，意愁愤也。”

其 九

良马既闲[56]，丽服有晖[57]。左揽繁弱[58]，右接忘归[59]。

风驰电逝，蹑景追飞[60]。凌厉[61]中原，顾盼生姿。

【注释】

[56] 良马既闲，语出《诗经·周南·卷耳》：“君子之马，既闲且驰。”郑玄曰：“闲，习也。”此处闲，同“娴”，娴熟。

[57] 晖，光彩照耀，《庄子·天下》：“不侈于后世，不靡于万物，不晖于数度。”

[58] 繁弱，古代良弓名，《左传·定公四年》：“分鲁公以大路、大旂，夏后氏之璜，封父之繁弱。”杜预注：“繁弱，大弓名。”

[59] 忘归，良箭名。《公孙龙子·迹府》：“龙闻楚王张繁弱之弓，载忘归之矢，以射蛟兕于云梦之圃。”

[60] 蹑景追飞，形容速度很快。《抱朴子·内篇序》：“奋翅则能凌厉玄霄，骋足则能追风蹑景。”

[61] 凌厉，意气昂扬，气势猛烈。

其 十

携我好仇[62]，载[63]我轻车。南凌[64]长阜[65]，北厉[66]清渠[67]。

仰落惊鸿[68]，俯引渊鱼。盘[69]于游田[70]，其乐只且[71]。

【注释】

[62] 仇，古同“逑”，匹配。《尔雅·释诂》：“仇，匹也，合也。”《诗·周南·无衣》：“赳赳武夫，公侯好仇。”

[63] 载，乘载。

[64] 凌，《广雅》曰：“乘也。”

[65] 阜，土山。

[66] 厉，涉水。王逸《楚辞章句》注曰：“渡也。”司马相如《上林赋》：“越壑厉水。”

[67] 渠，水渠。

[68] 落，击落。鸿，大雁。

[69] 盘，盘桓。

[70] 游，游猎；田，田猎。

[71] 只且，语气词，表感叹。张衡《西京赋》：“盘于游畋，其乐只且。”

其十一

凌高远眄[72]，俯仰咨嗟[73]。怨彼幽縶[74]，室迩路遐[75]。
虽有好音，谁与清歌。虽有姝颜[76]，谁与发华[77]。
仰讯[78]高云，俯托[79]轻波。乘流远遁[80]，抱恨山阿[81]。

【注释】

[72] 眄，一作眄。遥望。

[73] 咨嗟，叹息。

[74] 怨，一作宛。幽縶，囚禁。孔融《论盛孝章书》：“身不免于幽縶，命不期于旦夕。”

[75] 迩，近。遐，远。

[76] 姝颜，一作朱颜，美丽的容貌。

[77] 发，表达；华，美丽而有光彩的。发华，表现出美丽。

[78] 讯，问。一作诉，向……诉说。

[79] 托，请求。

[80] 遁，遁去。

[81] 山阿，山岳。

其十二

轻车迅迈[82]，息[83]彼长林。春木载[84]荣，布[85]叶垂阴。
习习谷风[86]，吹我素琴[87]。交交黄鸟[88]，顾俦[89]弄音。
感悟驰情[90]，思我所钦[91]。心之忧矣，永啸[92]长吟。

【注释】

[82] 迅，迅疾。迈，迈进，前行。

[83] 息，停止，休息。

[84] 载，乃。

[85] 布，分散到各处，遍布。

[86] 习习谷风，语出《诗经·邶风·谷风》：“习习谷风，以阴以雨。”习习，和暖舒适的样子。谷风，东风。和煦的东风轻轻吹。

[87] 素琴，不加装饰的琴。

[88] 交交黄鸟，语出《诗经·秦风·黄鸟》："交交黄鸟，止于棘。"交交，鸟鸣声。黄鸟，即黄雀。

[89] 俦，伴侣，朋友。一作畴。

[90] 驰情，神往。《古诗十九首·东城高且长》："驰情整中带，沉吟聊踯躅。"

[91] 钦，钦慕。

[92] 永啸，长啸。魏晋名士雅好长啸，《世说新语·雅量》："谢太傅盘桓东山时，与孙兴公诸人泛海戏。风起浪涌，孙、王诸人色并遽，便唱使还。太傅神情方王，吟啸不言。"又西晋成公绥作有《啸赋》其曰："触类感物，因歌随吟。""音韵不恒，曲无定制。"

其十三

浩浩[93]洪流，带我邦畿[94]。萋萋[95]绿林，奋荣扬晖[96]。
鱼龙瀺灂[97]，山鸟群飞。驾言出游，日夕忘归。
思我良朋，如渴如饥。愿言不获[98]，怆[99]矣其悲。

【注释】

[93] 浩浩，广阔壮大。

[94] 带，连着，连带。邦畿，王城及其所属周围千里的地域。

[95] 萋萋，草木茂盛的样子。

[96] 奋荣，繁花怒放，草木争荣。曹植《大暑赋》："寒泉涌流，玄木奋荣。"扬晖，发出光辉。曹植《七启》："符采照烂，流景扬辉。"

[97] 瀺，音 chán，灂音 zhuó，游鱼沉浮、出没。潘岳《闲居赋》："游鳞瀺灂，菡萏敷披。"

[98] 愿言不获，想得到的东西却没能得到，感觉非常遗憾。

[99] 怆，悲怆。

其十四

息徒兰圃[100]，秣马华山[101]。流磻平皋[102]，垂纶长川[103]。
目送归鸿，手挥五弦。俯仰自得[104]，游心太玄[105]。
嘉彼钓叟[106]，得鱼忘筌[107]。郢人逝矣[108]，谁与尽言。

【注释】

[100] 兰圃，李善注曰："蕙圃也。"

[101] 《毛诗》曰："之子于归，言秣其马。"《毛传》曰："秣，养也。"华山，李善注曰："山又光华也。"

[102] 磻，音 bō，古代射鸟用的拴在丝绳上的石箭镞。皋，音 gāo，水边的高地，岸。

[103] 纶，李善注曰：“以丝为之纶。”长川，长流。

[104] 自得，《淮南子》曰：“自得者。全其身者也。全其身则与道为。”《楚辞》曰：“漠虚静以恬愉兮，澹无为而自得。”

[105] 太玄，道也。

[106] 叟，翁。

[107] 得鱼忘筌，语出《庄子·外物》：“筌者所以在鱼，得鱼而忘筌；蹄者所以在兔，得兔而忘蹄；言者所以在意，得意而忘言。”

[108] 郢人逝矣，语出《庄子·徐无鬼》：“郢人垩漫其鼻端若蝇翼，使匠石斫之。匠石运斤成风，听而斫之，尽垩而鼻不伤，郢人立不失容……自夫子之死也，吾无以为质矣，吾无与言之矣。”“郢人”喻知己。

其十五

闲夜肃清[109]，朗月照轩[110]。微风动袿[111]，组帐高褰[112]。
旨酒盈樽[113]，莫与交欢。鸣琴在御[114]，谁与鼓弹[115]。
仰慕同趣，其馨若兰[116]。佳人不存，能不永叹。

【注释】

[109] 肃，肃静；清，安静。

[110] 朗月，明月。轩，窗户。

[111] 袿，音 guī，衣后襟；或音 guà，同“褂”。李善注曰：“或为帷，《周礼》曰：‘幕人掌帷幕幄帟绶之事。’郑司农曰：‘帟，平帷也。绶，组绶。所以系帷也。’王逸《楚辞注》曰：‘以幕组结束玉璜为帷帐也。’”

[112] 组，古代指丝带，自处指用丝带。褰，音 qiān，揭起，《诗经·郑风·褰裳》：“子惠思我，褰裳涉溱。”

[113] 旨酒，美酒，李善注引：“《毛诗》曰：旨酒欣欣。”盈樽，满酒杯。

[114] 鸣琴在御，李善注引：“《毛诗》曰：琴瑟在御，莫不静好。”

[115] 谁与，与谁。鼓弹，弹奏。

[116] 其馨若兰，《易》曰：“同心之言，其臭如兰。”

其十六

乘风高逝[117]，远登灵丘[118]。托好松乔[119]，携手俱游。

朝发太华[120]，夕宿神州[121]。弹琴咏诗，聊以忘忧。

【注释】

[117] 逝，逝去。

[118] 灵丘，神话中仙人出没的灵山。

[119] 托，一作“结”。松乔是中国神话传说中仙人，赤松子。扬雄《太玄赋》：“纳傿禄于江淮兮，揖松乔于华岳。”

[120] 太华，一作“泰华”，《山海经·西山经》：“又西六十里，曰太华之山，削成而四方，其高五千仞，其广十里，鸟兽莫居。”

[121] 神州，神话中的地名。

其十七

琴诗自乐[122]，远游可珍[123]。含道[124]独往，弃智遗身[125]。

寂乎无累[126]，何求于人。长寄灵岳[127]，怡志养神。

【注释】

[122] 乐，娱乐。

[123] 珍，珍惜。

[124] 含道，一作舍道。

[125] 弃智遗身，《庄子·大宗师》曰：“堕肢体，黜聪明，离形去知，同于大通，此谓坐忘。”《老子》曰：“绝圣弃智，民利百倍。”

[126] 寂，清寂，寂寥。无累，无所挂碍。

[127] 灵岳，灵秀的山岳。嵇康《答二郭》曰：“结友集灵岳，弹琴登清歌。”

其十八

流俗难悟[128]，逐物不还[129]。至人远鉴[130]，归之自然。

万物为一[131]，四海同宅[132]。与彼共之，予何所惜[133]。

生若浮寄[134]，暂见[135]忽终。世故纷纭，弃之八戎[136]。

泽雉[137]虽饥，不愿园林。安能服御[138]，劳形苦心。

身贵名贱[139]，荣辱何在。贵得肆志[140]，纵心无悔。

【注释】

[128] 流俗，世俗，一作“流代”。悟，感悟，一作“寤”。

[129] 逐物不还，语出《庄子·天下》："惠施之才，骀荡而不得，逐万物而不反，是穷响以声，形与影竞走也，悲夫！"

[130] 至人，指古时具有很高的道德修养，超脱世俗，顺应自然而长寿的人。《庄子·逍遥游》："至人无己，神人无功，圣人无名。"远鉴，对长远的未来有所考虑。

[131] 万物为一，《庄子·齐物论》曰："天地与我并生，而万物与我为一。"

[132] 四海同宅，《西京赋》曰："是时也，并为强国者有六，然而四海同宅西秦，岂不诡哉。"

[133] 惜，可惜。

[134] 浮寄，无所依托。生若浮寄，《庄子·刻意》："其生如浮，其死如休。"曹植《文帝诔》："生若浮寄，惟德可论。"

[135] 见，同现。

[136] 八戎，八方之戎。《史记·商君列传》："施德诸侯，而八戎来服。"此处指偏远的地方。

[137] 泽雉，生长于沼泽地的野鸡。《庄子·养生主》："泽雉十步一啄，百步一饮，不蕲畜乎樊中。"

[138] 服御，使用，役使。 嵇康《琴赋》："永服御而不厌，信古今之所贵。"

[139] 身贵名贱，以身体为贵，以名誉为贱。

[140] 肆，放肆。

诗评：

嵇康的这首诗是送给他的兄长嵇喜的，嵇喜，字公穆，生卒年不详，《晋书·嵇康传》称喜"有当世才"，按嵇康所写，其兄曾选任"秀才"，"秀才"是汉魏时荐举科目之一，所谓秀才是指具有特别优秀才干者，即"可为将相及使绝国"的特殊人才，《三国志》载，管辂、文立、张表都曾"举秀才"。

嵇康的《赠兄秀才入军》十八章，也有学者认为是十八首，但是从这十八章诗的写作手法和所表达的思想感情来看，似乎应该是可以分为几个阶段，应该不是一次性创作。

诗文其一，嵇康将自己与兄长比作鸳鸯，在魏晋时期经常将"鸳鸯"比作志同道合的兄弟，曹植《释思赋》亦曰："况同生之义绝，重背亲而为疏。乐鸳鸯之同池，羡比翼之共林。"嵇康说鸳鸯飞起来时，发出肃肃的拍动羽毛的声音。早晨它们在高原游玩，晚上在长着兰草的小洲旁休息。它们发出邕邕的和鸣声，回过头来看着彼此的伴侣。俯仰之间尽显慷慨之情，悠闲自得地四处游走。

其二写，鸳鸯飞起来了，互相呼唤着自己的伙伴。早上在高原游玩，晚上在洲中休息。它们亲密地交颈，振动翅膀。在清澈的水流旁自由地来来去去。它们咀嚼兰草、蕙草，俯仰之间悠闲自得地四处游走。

第一章和第二章的句式非常相似，第一章首句写"鸳鸯于飞，肃肃其羽"。第二章首句写“鸳鸯于飞，啸侣命俦”。第一章次句写“朝游高原，夕宿兰渚”。第二章次句写“朝游高原，夕宿中洲”。这种写法很有《诗经》重章叠局的味道，能明显看出颇受《诗经》影响。这两章主要是通过“鸳鸯”的比喻，形容兄弟二人和谐美好的交情，他们之间亲密又志同道合。同时为后文思念之情的产生做铺垫。

其三写，在长长的山川中游泳，在水边休息。登上那高冈，割下荆棘。唉！我出行前进，一个人踽踽独独行。迎着南风，泣涕如雨。

其四写，在长川中游泳，在水中的小块陆地上休息。我登上那高高的山冈，割掉杞棘。唉！我一个人独自出行，孤独无依。迎着南风，坐立不安。

从这一章开始，以往对这首诗的解读产生了分歧，一些人认为余下篇章是嵇康想象兄长嵇喜出征的生活，而摹写的诗。也就是说嵇康站在嵇喜的角度，凭借自己的想象和对出征生活的构想而写作的接下来的大部分篇章。因为“良马既闲，丽服有晖。左揽繁弱，右接忘归”“携我好仇，载我轻车。南凌长阜，北厉清渠”“轻车迅迈，息彼长林”等等诗句很像是出征在外的人才能有的游猎生活。但是笔者以为，嵇康的这十八章诗全是站在自己的角度，站在第一视角写的。因为这些游猎、驾车的生活很可能是嵇康的亲身经历，或者是在嵇康亲身经历的基础上有所夸张修饰写出来的。因为在这些描写游猎、远行的章节后所表达的是作者悲伤、犹豫、徘徊、思念的感情。这种感情不应该是想象兄长对自己对挚友的思念，而应该是表达自己对兄长对知己的思念以及由此产生的悲伤、忧愁等消极情绪。所以，笔者以为《赠兄秀才入军》诗十八章全是嵇康站在自己视角写作的。

第三、第四章主要突出的是作者的孤独感。由于兄长的离开，“交颈振翼”的鸳鸯变成了“独行踽踽”的孤人，所以自己才会涕泣如雨，载坐载起。同时我们可以看到这两章诗人大量引用了《诗经》中的辞句，如“陟彼高冈”“言刈其楚”等。这些对《诗经》辞句的引用虽然加上了作者自己的理解，但是这种直接引用原句的做法，或许是钟嵘评价其“讦直露才，伤渊雅之致”的原因。毕竟与曹植、王粲等对《诗经》辞句引用的手法相比，嵇康的引用过于直白。

其五写，和煦的惠风，扇起轻轻的尘埃。美丽的波浪里有自由游弋的鱼儿。我为什么忧伤呢？是因为我想着远方的人。我永久思念的是我的亲人啊！

其六写，我的亲人在什么地方呢？他离我而去，在远远的地方前行。他抛弃了荪芷香草，而去佩戴萧艾恶草。虽说他前往的路十分幽深，但是在这路上难道没有颠沛难行的时候吗？我想念这位君子，希望他没有祸害。

第五、第六章主要表达的是嵇康对嵇喜的思念之情。从写法上来说，这两章的风格还是援引《诗经》的，同时对“荪芷”“萧艾”的引用又加入了《楚辞》的元素。

嵇康在第五章主要是表达了对亲人的思念。他通过对比的手法，先写和煦的风景，再对比写出在此美景中的我心中却满是忧伤，这样更能突出自己对亲人的思念。第六章在思念的基础上又写出了自己对嵇喜的担忧。这一章的辞句是比较隐晦的，嵇康写“弃此荪芷，袭彼萧艾”。“荪芷”是香草，既可以指嵇喜与嵇康从前在一起“优游容与”的生活，又可以指嵇康自己。“萧艾”是恶草，既可以指嵇喜现在入仕从军的生活，又可以指嵇喜现在身边的人。嵇康认为嵇喜选择的这一条路诗非常幽深的，而且充满颠沛坎坷，但是他仍然祝愿嵇喜，希望他没有祸害，平安顺遂。也许这就是亲人之间的感情，我不赞同你，但是我也不希望你经受坎坷。

其七写，人生的时间是非常短暂的，天地是非常长久的。人即使能活到百年之期，谁有能说这是长寿呢？我想要登仙，以成就不朽。但是缆辔踟蹰，又回头想起我的朋友。

其八写，我的朋友在哪里呢？我们隔着山梁。谁说河水宽广，如果想要渡河一叶芦苇就可航行。只恨与你永远分离，你与我之间的的路那么长。我瞻望远眺都看不到你，只能彷徨徘徊，流连不去。

第七、八章与前面的六章在诗文的逻辑思想上似乎有一点间隔。第一二章写我与兄长的感情很好像鸳鸯一样，第三、四章写兄长离开我一个人感到很孤单，第五、六章写我十分思念兄长，虽然他选择了一条不好走的路，但是我依然希望他平安。但是从第七章开始这种感情短暂地中断了，诗人转而开始思考起人生的道理，并且开始掺杂道家的思想。第七、八章中透露的诗人思想可以看作是儒道结合的。第七章我们可以看出诗人的徘徊，他说想要登仙，但是顾念亲人又不舍得。第八章同样显示了诗人的犹豫徘徊，他既说“谁谓河广，一苇可航”，又说“徒恨永离，逝彼路长”。到底是“一苇可航”还是“逝彼路长”，诗人也是“徒倚彷徨”。这是理想与现实之间的争斗，诗人的犹豫不决在此显露无遗。

其九写，有娴熟的好马，我有美丽而有光彩的衣服，我左手揽着繁若弓，右手拿着忘归箭。风驰电掣，追飞掠影。以凌厉之势前往中原，顾盼生姿。

其十写，和我的好朋友一起，驾着轻车。向南登上长丘，向北渡过清渠。仰身射落天上雁，俯身引出渊中鱼。在田野上盘桓游猎，多么快乐！

第九、第十章与前文又似乎有所割裂。第九、十章描绘的两段非常浪漫的游猎生活，从中我们可以看到主人公雄姿英发、自由自在。这两章历来也是最多被解读为嵇康对嵇喜从军生活的想想与描写。确实“揽繁弱”“接忘归”，驾轻车，凌厉中原确实非常像军旅生活。但是这只是一种推测，这两章也有可能是嵇康对自己生活的描绘，因为诗中描绘的弯弓射箭，临渊垂钓的生活对隐逸的嵇康来说也并不是十分遥远的生活。

其十一写，登高远眺，俯仰嗟叹。那将你困住的地方，在遥远的他方。我这里虽然有好的音乐，但是能有谁一起唱起清歌呢？我这里虽然有朱颜美人，但能与谁一起欣赏呢？我只能抬起头向天边高高的云彩诉说，俯下身托付轻波将这些告诉你。随波逐流，越走越远，这些遗憾只能让我抱恨至死了。

第十一章如果从诗文逻辑上来说是能与第九、十章衔接的，第十章写驾车游猎，第十一章开头写登高远望，从事件上来说是可以联系的。而且从感情上来说，诗人在经历了自由的游猎后，联想到兄长囚于俗世的不自由生活是很自然的情感转变。“怨彼幽絷，室迩路遐”既可以指嵇喜在远方军旅中，距离嵇康非常遥远，又可以指嵇喜困在世俗中，距离嵇康很远。嵇康想到嵇喜与自己渐行渐远，不禁感慨清歌无人共唱，姝颜无人共赏。想要托付浮云流水告知，但是理智上自己知道这不现实，所以只能抱恨。由此我们也可以看到，嵇康从第七章开始就一直在理想与现实，理智与情感之间徘徊。

其十二写，我驾着轻车走得很快，在长林处休息。春天里草木开始生长，到处可见树叶垂下的树荫。舒缓的东风，吹响了我的素琴。交交叫着的黄鸟，与同伴一起唱出动人的歌声。目有所见，心有所感，我情驰骋，这些让我想到了我所钦慕的人。心中不免产生忧伤，只能长久地啸吟。

其十三写，浩浩荡荡的洪流，像玉带一样流经我这里的城邦，萋萋的绿林，努力展现出欣欣向荣的景象。鱼龙在水中游荡，鸟儿成群在山中飞翔。我驾车在此种游赏，直到夕阳西下都忘记了归去。我深深地思念我的良友，如饥如渴。想见他却见不到，徒余悲怆在心中。

第十二、十三章可以看作是第五章的反复，从写作手法上来说，第五章、第十二章、第十三章都是先营造出一种和谐的环境，然后再写自己的思念之情与这种环境形成对比，以突出诗人的思念之情。但是我们可以发现到第十二、十三章的时候，诗人在诗辞上受《诗经》的影响明显减少了。

其十四写，在开满兰花的野地中休息，在芳草遍地的山上喂马。在平坦的草地上射鸟，在长河里垂钓。目送鸿雁归去，手中弹奏着五弦琴。俯仰之间，尽是自得，心在大道中逍遥而游。这钓鱼的人真值得称赞，他做到了得鱼忘筌。但知己已经逝去，这一切又能与谁说呢？

第十四章是嵇康《赠兄秀才入军》组诗的代表章节，这一章也有很多人认为是诗人对嵇喜生活的构想与描绘。但是笔者认为这一章是嵇康对自己生活的设想。从前面的章节看，嵇康对嵇喜的生活认定非常明确，他认为嵇喜生活在“幽絷”中，过着弃荪芷，袭萧艾的生活，怎么又会在后面为他构建“得鱼忘筌”的生活场景呢？这样的生活场景是嵇康对自己理想生活的描绘，第十四、十六、十七、十八章都是嵇康对自己理想生活、思想的展现。第十四章结尾的“郢人”知己，才指的是嵇喜，嵇康认为嵇喜"逝"矣，不仅指嵇喜从军远去，还指嵇喜与自己的生活、思想渐渐远离。所以他才说"谁与尽言"。现实的距离不可怕，可怕的是人心的疏远。

其十五写，夜色清冷肃静，朗朗明月照在窗户上，卫风吹动了我的衣襟，将帷帐高高挂起。美酒盛满了酒樽，没有人能与我一起交欢。琴瑟在我身旁，能弹与谁听？仰慕那些志同道合能在一起的人，他们同心同德，像兰草一样芳香。佳人不在我的身边，我怎能不长叹呢？

第十五章顺着第十四章的情感、思维写作。嵇康说自己"仰慕同趣"，其实就是说自己的知己，嵇喜已经"佳人不存"了。

其十六写，乘着风高高地飞去，远远地登上灵丘。与赤松子结好，携手一起逍遥而游。早上从泰华出发，晚上在神州休息。弹琴咏诗，姑且让我忘记忧愁。

第十六章，诗人的思想发生了很大的转变，如果说从第七、第八章开始诗人就已经显示出儒、道思想的结合与徘徊，那么从第十六章开始明显可以看出诗人的思想已经逐渐倾斜到道家思想中。在这一章诗人描绘了理想中与神仙赤松子在一起的生活，这种生活是非常浪漫、自由的，很有庄子"逍遥游"的味道。

其十七写，琴诗能够让人快乐，远游弥足珍贵。在大道中我只身前往，抛却智想遗弃身形。一个人虽然寂寞但是也因此没有累赘，没什么要央求别人。长久地寄身在灵岳仙山，养神又怡志。

其十八写，世俗很难理解，追逐万物而不返还。至人有远见，回归到自然。万物的本质是一样的，四海同在道中。我与你也都在其中，有什么好惋惜的呢？人生犹如浮萍，寄于天地之间，只能短暂地显现，很快就会终结。世故纷纷扰扰，不如将这些都远远地抛弃了。在草泽中做一只野鸡虽然要忍受些饥饿，但是我也不会回到园林中。我怎能服从御使，为此劳累身心。我以为，此身为贵，名誉为贱，荣辱到底在什么地方？我以我心中之志自由驰骋为贵，放纵心神，绝不后悔。

第十七章、十八章已经近乎玄言诗了。嵇康在这两章中大量阐述了自己对道家有其是庄子的思想、生活的理解，引用了大量的《庄子》《老子》的言辞。"弃智遗身""至人远鉴""归之自然""万物为一"先等的表述方式是纯道家的。在这两章中我们可以看到嵇康已经不再为"独行踽踽"而"涕泣如雨""载坐载起"了，他非常认同这种"含道独往"的方式，认为这是"寂乎无累"可以"怡志养神"的。从这十八章组诗中我们可以看到嵇康思想、情感的转变，由最初对兄长单纯的思念之情，转而在思念的基础上掺杂了对兄长所选择的世俗道路的不认同，进而嵇康逐渐确立了自己的生活理想，也就是道家的生活、思想方式，同时也意识到自己与兄长嵇喜在现实距离和思想距离上都渐行渐远，所以最后嵇康发出了"泽雉虽饥，不愿园林"的宣言，嵇康最后说“身贵名贱，荣辱何在。贵得肆志，纵心无悔”。这也是他与嵇喜思想情感割裂的告白。自此嵇康与嵇喜已经不再是“邕邕和鸣”“交颈振翼”可以“优游容与”的鸳鸯，而各自走上了不同的人生道路。

五言赠秀才诗

双鸾[1]匿[2]景曜[3]，戢[4]翼太山崖。
抗首[5]漱[6]朝露，晞阳[7]振[8]羽仪[9]。
长鸣戏云中，时下息兰池。
自谓绝尘埃，终始永不亏[10]。
何意世多艰，虞人[11]来我维。
云网[12]塞[13]四区[14]，高罗[15]正参差[16]。
奋迅[17]势[18]不便[19]，六翮[20]无所施[21]。
隐姿[22]就[23]长缨，卒为时所羁。
单雄翩独逝，哀吟伤生离。
徘徊恋俦侣，慷慨高山陂。
鸟尽良弓藏，谋极身必危。
吉凶虽在己，世路多崄巇[24]。
安得反[25]初服[26]，抱玉[27]宝[28]六奇[29]。
逍遥游太清，携手长相随。

【注释】

[1] 鸾，传说中凤凰一类的神鸟。

[2] 匿，藏匿。

[3] 景曜，亦作“景耀”，光芒，光彩照耀。

[4] 戢，音 jí，收敛，收藏。

[5] 抗，举起，曹植《七启》：“抗皓手而清歌。”抗首，仰头。

[6] 漱，吮吸，饮，漱腴。

[7] 晞，沐浴，沐受。晞阳，沐浴阳光。

[8] 振，振动。

[9] 仪，同衣，羽仪，羽翼。

[10] 亏，衰败，损坏。不亏，不衰，不损。《诗·鲁颂·閟宫》：“不亏不崩，不震不腾，三寿作朋，如冈如陵。”《毛传》：“亏、崩皆谓毁坏也。”扬雄《长林赋》：“事罔隆而不杀，物靡盛而不亏。”

[11] 虞人，管山林草木鸟兽的人。《尚书·舜典》："帝曰：畴若予上下草木鸟兽，佥曰益哉。帝曰：'俞咨益，汝作朕虞。益拜稽首。'"

[12] 云网，像云彩般无处不在的网。

[13] 塞，充塞。

[14] 四区，东南西北四方，指到处都是。

[15] 高罗，高高的罗网。

[16] 参差，高低不齐。

[17] 奋，奋力；迅，迅速。奋迅，迅猛疾飞。

[18] 势，环境，形势。

[19] 不便，不方便。

[20] 翮，音 hé，羽毛。六翮，出自《战国策·楚策四》，谓鸟类双翅中的正羽，用以指鸟的两翼，有时指鸟。

[21] 施，施展。

[22] 隐姿，隐匿姿容。

[23] 就，去就。

[24] 巇，音 xī，危险。

[25] 反，同"返"，返回。

[26] 初，当初。服，服饰。初服，当初的衣服，指回到过去。

[27] 抱玉，怀抱德才，《老子》："知我者希，则我者贵，是以圣人被褐怀玉。"

[28] 宝，以……为宝。

[29] 六奇，指出奇制胜的谋略。

诗评：

黄省曾本将这首五言赠别诗与四言《赠兄秀才入军》合并，题为《兄秀才公穆入军赠诗十九首》。这首诗从诗意上来看，可以说是四言《赠兄秀才入军》诗的总结。

诗文开头写"双鸾匿景曜，戢翼太山崖。抗首漱朝露，晞阳振羽仪。长鸣戏云中，时下息兰池。自谓绝尘埃，终始永不亏"与四言《赠》诗的前两章的内容是相照应的。；两只鸾鸟在光芒中隐匿身姿，在泰山之崖收敛羽翼。一起仰头饮啜朝露，沐浴着阳光振动羽翼。在云中嬉戏长鸣，有时一起在兰草遍布的池水旁休息。自谓隔绝尘埃远离世俗，始终身心没有亏损。这几句是形容自己与嵇喜曾经在一起和谐惬意的而生活，诗中以鸾鸟作比，说二人曾经双宿双飞，过着隔绝尘俗的生活。

诗人既然说自己与兄长是凤凰之鸟，那么凤凰必要高飞展翅，怎么能委屈一崖，但是诗人紧接着写“何意世多艰，虞人来我维。云网塞四区，高罗正参差。奋迅势不便，六翮无所施”。写出了世道艰难。世事多艰难，虽然有虞人来保护我，但是罗网遍布让我无法展翅高飞。

在如此艰难的环境下，嵇喜与诗人选择了不同的道路。嵇康先写嵇喜，认为他是“隐姿就长缨，卒为时所羁”。嵇康认为嵇喜选择出仕、出征是在时事局限下的无奈选择，而且嵇喜是“隐姿”，隐去了自己的真实容姿心性，委屈而仕的。嵇康认为嵇喜选择的道路是崎岖危险的，他说“鸟尽良弓藏，谋极身必危。吉凶虽在己，世路多崄巇”。吉凶虽然掌握在自己手中，但是世事艰难。他希望嵇喜记得飞鸟尽良弓藏，在乱世中谋身立命犹如时刻处在危险之中。四言《赠》诗嵇康写“弃此荪芷，袭彼萧艾。虽曰幽深，岂无颠沛。言念君子，不遐有害”与此处的用意是一样的。虽然孙登说嵇康“君性烈而才隽”，王烈评嵇康“叔夜志趣非常而辄不遇”，但是从嵇康的两首《赠》诗以及《家诫》来看，嵇康虽然能保持自身的清峻，但是他对亲人的关怀是不同的，还是有柔和世俗的一面的。比如他在《家诫》中说：“夫言语，君子之机，机动物应，则是非之形著矣。故不可不慎。”“自非知旧、邻比，庶几已下，欲请呼者，当辞以他故，勿往也。”等等，与此处说的“鸟尽良弓藏，谋极身必危”是一样的心理。

与嵇喜不同，嵇康说他自己选择了另一条道路，“单雄翩独逝，哀吟伤生离。徘徊恋俦侣，慷慨高山陂”。面对嵇喜的离去嵇康成了“单雄”，只能一个人孤独地飞翔，他对与兄长生离别发出阵阵哀鸣。徘徊不前顾恋自己的伴侣，在高山坡上慷慨激昂。嵇康担心自己的兄长深陷世路崄巇之中，不能回到初心，回到最初的模样。所以他问“安得反初服，抱玉宝六奇”。怎样才能回到最初的模样，珍视自己的本心，逍遥地在太清圣境中“游”，与你携手相互追随。“初服”是当初穿的衣服，这里代指最初的模样，“六奇”原本指智谋，但是在这里笔者以为作本心讲更合适，也能与“初服”形成照应。这四句与四言《赠》诗的第十七、十八章一样都表达出归心于道的愿望。

笔者以为五言《赠》诗很像是四言《赠》诗的缩写。这两首诗写作时间应该相去不远，只是四言《赠》诗中的感情更加细腻，五言《赠》诗虽然用了魏晋间较为流行的五言诗体，但是从诗辞到情感似乎都略逊四言一筹。历代诗论家对这首五言还是给予了相当好的评价的，钟嵘说：“叔夜双鸾，五言之敬策篇者也。”钟嵘对这首五言诗的评价主要是从内容上来说的，其所说的“警策”，应该值得是对嵇康“鸟尽良弓藏，谋极身必危。吉凶虽在己，世路多崄巇”的评价。陈柞明《采菽堂占诗选》评曰：“诗颇矫健低徊。”“矫健低徊”应该说的是诗意诗情，“单雄翩独逝”可谓矫健，“徘徊恋俦侣”可称低徊。

对于嵇康的赠诗，嵇喜有《答嵇康诗》（四首）。

附：嵇喜

嵇喜，字公穆，生卒年不详，魏时曾选秀才，入晋后历任江夏太守、徐州刺史、扬州刺史、太仆、宗正。《晋书·嵇康传》载："兄喜，有当世才，历太仆、宗正。"嵇喜积极入世的人生阅历不被当时清流所重，《晋书·阮籍传》载："籍又能为青白眼，见礼俗之士，以白眼对之。及嵇喜来吊，籍作白眼，喜不怿而退。喜弟康闻之，乃赍酒挟琴造焉，籍大悦，乃见青眼。"《世说新语·简傲》载："嵇康与吕安善，每一相思，千里命驾。安后来，值康不在，喜出户延之，不入，题门上作'凤'字而去。喜不觉，犹以为欣。故作凤字，凡鸟也。"但是从嵇喜的四首《答嵇康诗》来看，嵇喜对于归隐、入仕等观点有自己的价值判断，从这四首诗来看，嵇喜的思想中有明显的"外道内儒"的倾向，其思想从本质上来说还是儒家思想居主要地位，他提倡知变化，识时务，积极投身世俗生活的人生观。而他的诗虽然略显平淡，但是也能反映出儒士之诗在玄学乍兴的正始时期的变化。

答嵇康诗

其　一

华堂[1]临浚沼[2]，灵芝茂[3]清泉。
仰瞻春[4]禽翔，俯察绿水滨。
逍遥步[5]兰渚，感物怀古人。
李叟[6]寄周朝，庄生游漆园[7]。
时至忽蝉蜕[8]，变化无常端。

【注释】

[1] 华堂，华丽的殿堂。

[2] 浚，深；沼，池子。浚沼，很深的池子。

[3] 茂，生长旺盛，繁茂。

[4] 春，一作“青”。“仰瞻春禽翔”可理解为抬头仰望春天的禽鸟。所以“春”比“青”更符合诗意。

[5] 步，漫步。

[6] 李叟，指老子。《史记·老子列传》：“老子者，楚苦县厉乡曲仁里人也，姓李氏，名耳，字聃，周守藏室之史也。”

[7] 庄生游漆园，庄周曾做过宋国地方的漆园吏，故此说。

[8] 蝉蜕，蝉蜕去的外壳。此处指变化。

其　二

君子体[1]变通，否泰[2]非常理。
当流[3]则蚁行[4]，时逝[5]则鹊起[6]。
达者鉴[7]通机[8]，盛衰为衣里[9]。
列仙徇[10]生命，松乔[11]安足齿[12]。
纵躯任世度[13]，至人不私己[14]。

【注释】

[1] 体，体悟，领悟。

[2] 否，坏。泰，好。

[3] 当流，顺着潮流。

[4] 蚁行，比喻循序渐进。

[5] 时逝，时势逝去。

[6] 鹊起，指趁机行动或乘势奋起。

[7] 鉴，观察，审察。

[8] 通机，通达机变。

[9] 为衣里，互为表里。

[10] 徇，顺从。

[11] 松乔，是中国神话传说中仙人赤松子与王子乔的并称。

[12] 齿，谈说，重视。安足齿，怎么值得重视。

[13] 任，任由。度，裁度。任世度，任世事裁度。

[14] 不私己，不以己为私，指忘我的境界。

其　三

达人与物化[1]，无俗不可安[2]。
都邑可优游[3]，何必栖山原[4]。
孔父策良驷[5]，不云世路难。
出处因时资[6]，潜跃[7]无常端。
保心守道居，睹变安能迁[8]。

【注释】

[1] 达人，出类拔萃的人。与物化，与外物一同变化。

[2] 俗，世俗。安，安然处之。《诗纪》作“世俗安可论。”

[3] 优游，从容闲适。

[4] 栖，栖息。山原，山中、原野。

[5] 孔父，孔子。策，驱策、驾驶。良驷，好马。

[6] 资，资历。

[7] 潜跃，出没，多用以比喻出仕和退隐。

[8] 迁，放逐。

其　四

饰车驻驷[1]，驾言出游。
南厉伊渚，北登邛丘。
青林华茂，春[2]。

【注释】

[1] 驷，马车。

[2] 下缺。

诗评：

嵇喜在这四首诗中阐述了自己的思想也对嵇康的赠诗做出了回答。嵇喜与嵇康的思想有非常大的不同，嵇康认为乱世之中远离朝堂，游心太玄才能保持自身的高洁，但是嵇喜主张入仕，他认为君子应当“当流则蚁行，时逝则鹊起”。这是两种不同人生观、价值观的碰撞。我们在研究正始时期的文学、历史的时候往往很看重此时世道的混乱与玄学的兴起，对此时诗歌的整体风格判断也以刘勰“正始明道，诗杂仙心”的论断为主。确实，在何宴、嵇康、阮籍等一批正始时期的代表诗人那里我们看到了他们诗歌中大量的含有道家、玄学思想的诗文，但是我们也不能忽视此时如嵇喜一般积极入世的士人的诗作。

在嵇喜的《答嵇康》组诗中，其一嵇喜主要写了自己对出仕的看法，首句嵇喜写华丽的殿堂临着深池，灵芝在这清泉中生长得很茂盛。灵芝是传说中的仙草，在此比喻杰出的人才。这两句其实暗喻在庙堂之上也是有很多俊杰的。嵇喜说自己仰看飞禽翱翔，俯察水中（游鱼）。逍遥地在兰草遍布的水边漫步，不禁因物起兴，缅怀古人。他想起李耳曾经在周朝担任藏室之史，庄周也曾经做过漆圆吏。以此来说明这些在嵇康以及很多高蹈之士看来都是偶像般的、标榜般的人物，其实也曾有仕途生活，所以自己选择身在庙堂也就不能说明自己是世俗鄙薄的。他认为人要随着时势而变化，适应时势，因为变化是没规律的。

其二写君子要体察通变，因为否泰都不按常理发展。正始时期是非常混乱的，尤其是在曹爽与司马氏的争斗中，很多士人都不能左右自己的命运，成为了政治的牺牲品。不仅如此，可以说自汉末以来时代都非常混乱，战争、灾害、政治催动着时代的发展，每一个士人都像是时代洪流中的沧海一粟，所以自汉末动乱之后，人们常发出“否泰非常理”的感慨。嵇喜接下来说出自己与嵇康不同的人生观，嵇康认为朝堂是桎梏，幽深、充满危险，所以应该避而远之。但是嵇喜则展示出了一个儒士逆流而上的思维模式，他说：“当流则蚁行，时逝则鹊起。达者鉴通机，盛衰为衣里。”“当流则蚁行，时逝则鹊起”这句话语出《庄子》，谢朓《和伏武昌登孙权故城诗》李善注引《庄子》（佚文）曰：“鹊上高城之垝，而巢于高榆之颠，城坏巢折，陵风而起。故君子之居世也，得时则蚁行，失时则鹊起。”《庄子》这段话的意思是鹊鸟上到危险的高城，在高高的榆树之上筑巢，城墙被损坏了，巢也会随之毁坏，鹊鸟就只能凌风而起。所以君子居于世上，如果的得到时代的照拂，处在一个相对安定的时代则要循序渐进，像蚂蚁那样有规律地行走，但是处在乱世之中就要像鹊鸟一样遇到危险马上飞起来。而嵇喜引用《庄子》这句话的意思并不是要表示赞同，而是要表示反对，因为他随后说：“达者鉴通机，盛衰为衣里。”他说通达的人才能够鉴别疏通万物的机要关键之处，而最要紧的是盛衰是互为表里的，就像老子说的“福兮福所依，福兮祸所伏”。福与祸，盛与衰，当流与时逝，顺境与逆境是相对的。所以他其实是对嵇康提出了反问：怎么能确定现在所处的时代、环境一定是逆境呢？你怎么能确定我一定是在“幽絷”之中呢？

实际上，历史已经给出二人答案，认为自己过着“目送归鸿，手挥五弦。俯仰自得，游心太玄”的嵇康刑于东市，而嵇喜强调“君子体变通”却在晋时历江夏太守、徐州刺史、扬州刺史、太仆、宗正。其实从嵇喜的诗中我们可以看出他的思想是外道内儒的，虽然他也屡屡引用道家之言，但是他思想的本质上还是儒家的。他重通变，识时务，积极地参与到现实生活中。嵇康在四言《赠》十六章中描写了他想象着与赤松子、王子乔一起逍遥游的情景“乘风高逝，远登灵丘。托好松乔，携手俱游”。但是嵇喜却说：“列仙徇生命，松乔安足齿。”认为诸位神仙也是要顺从命运的安排，赤松子、王子乔又何足挂齿呢？嵇喜认为真正的“至人”并不是要归之“自然”，而是要“不私已”，嵇喜所说的“不私己”与《庄子·大宗师》所说的“外物”、“外生”是不一样的，嵇喜的“不私已”是从儒家角度考虑的不以自己的利益为先，而且的纵身投入到世俗生活中，让世事去裁夺孰是孰非。所以说嵇喜是外道内儒的价值观，《论语·阳货》曰：“阳货欲见孔子，孔子不见，归孔子豚。孔子时其亡也而往拜之，遇诸涂。谓孔子曰：‘来，予与尔言。’曰：‘怀其宝而迷其邦，可谓仁乎？’曰：‘不可。’‘好从事而亟失时，可谓知乎？’曰：‘不可！’‘日月逝矣，岁不我与！’孔子曰：‘诺，吾将仕矣。’”这就是儒家的价值观，孔子认为不可以“怀其宝而迷其邦”，不可以“好从事而亟失时”，嵇喜就继承了这种儒士思想。

其三嵇喜写除了自己对于出仕与归隐的理解，他说通达的人能与万物化一，既然能与万物同一，那么世俗、朝野也是万物，所以没有什么世俗情理是不可以安然面对的。他认为在都城中也可以优游从容地渡过，何必一定要栖息在山野之中呢？正如东方朔所说：“小隐隐于野，中隐隐于市，大隐隐于朝。”归隐山林不问世事的避世做法是一种人生选择，但是如果能在俗世中悠游自得从容面对，不也是一种选择吗？嵇喜说孔子曾驾着良马四处奔走，《史记·孔子世家》载：“孔子适郑，与弟子相失，孔子独立郭东门。郑人或谓子贡曰：‘东门有人，其颡似尧，其项类皋陶，其肩类子产，然自要以下不及禹三寸。累累若丧家之狗。’子贡以实告孔子。孔子欣然笑曰：‘形状，末也。而谓似丧家之狗，然哉！然哉！’”孔子曾经为了能实现自己的政治抱负四处奔走，甚至流离失所，但是他仍然不认为世间道路难行。所以嵇喜认为我们也不能因为身处乱世就放弃一切归隐山野。而且他还说我出来是为时事所迫，隐居与出仕没有一定的形式规矩。我即使出仕为官，依然可以保持自己的真心守护着道义，我们都是亲眼目睹世间变化的人，怎能自我放逐呢？从这里我们可以看出嵇喜还是有一些儒家的救世思想的，以天下为己任，《论语·泰伯》载“曾子曰：‘士不可以不弘毅，任重而道远。仁以为己任，不亦重乎？死而后已，不亦远乎？’”所以说嵇喜的思想中本质上还是儒家化的。

第四首是残诗，笔者不想过度解读，其写整理好车准备好马，要驾车出游，向南到伊河边，向北登上邙山。青葱的树林繁华茂密，余下不存。

附：郭遐周

郭遐周，与他兄弟郭遐叔都是魏晋时期的名士、隐士。他们二人都有《赠嵇康诗》。二郭之诗平美有余，文淡言简，情远愁深。

赠嵇康诗

其　一

吾无佐[1]世才，时俗所不量。归我北山阿，逍遥以倡佯。
同气自相求，虎啸谷风凉。惟予与嵇生，未面分好[2]章。
古人美倾盖[3]，方此何不臧[4]。援筝执鸣琴，携手游空房。
栖迟衡门[5]下，何愿于姬姜[6]。予心好永年，年永怀乐康。
我友不斯卒，改计适他方。严车[7]感发[8]日，翻然[9]将高翔。
离别在旦夕，惆怅以增伤。

【注释】

[1] 佐，辅佐。

[2] 分好，情义，友谊。

[3] 倾盖，指初次相逢或相交。

[4] 臧，善。

[5] 栖迟，游息。衡门，横木为门。指简陋的房屋。《诗经·陈风·衡门》：“衡门之下，可以栖迟。”

[6] 姬姜，春秋时，周王室姓姬，齐国姓姜，二姓常通婚姻，因以“姬姜”为贵族妇女之称。在此指美女。

[7] 严车，谓整备车辆。

[8] 发，出发。

[9] 翻然，高飞貌。

其 二

风人[1]重离别，行道犹迟迟。宋玉哀登山[2]，临水送将归。
伊此往昔事，言之以增悲。叹我与嵇生，倏忽[3]将永离。
俯察渊鱼游，仰观双鸟飞。厉翼太清中，徘徊于丹池。
钦哉得其所，令我心独违[4]。言别在斯须[5]，惄[6]焉如朝饥。

【注释】

[1] 风人，诗人。曹植《求通亲亲表》：“是以雍雍穆穆，风人咏之。”吕延济注：“风人，诗人也。”

[2] 宋玉哀登山，典出《楚辞·九辩》：“悲哉秋之为气也！萧瑟兮草木摇落而变衰，憭慄兮若在远行，登山临水兮送将归，……皇天平分四时兮，窃独悲此廪秋。……靓杪秋之遥夜兮，心缭悷而有哀。”

[3] 倏忽，很快。

[4] 违，违背。

[5] 斯须，片刻。

[6] 惄音 nì，失意忧伤的样子。《诗经·周南·汝坟》：“未见君子，惄如调饥。”《毛传》：“调，朝也。”

其 三

离别自古有，人非比目鱼[1]。君子不怀土[2]，岂更得安居。
四海皆兄弟，何患无彼姝。严穴隐传说，空谷纳白驹[3]。
方各以类聚，物亦以群殊。所在有智贤，何忧不此如。
所贵身名存，功烈在简书[4]。岁时[5]易过历，日月忽其除。
勖哉[6]乎嵇生，敬德在慎躯。

【注释】

[1] 比目鱼，《尔雅·释地》：“东方有比目鱼焉，不比不行，其名谓之鲽。”旧说此鱼一目，须两两相并始能游行，以比喻形影不离的朋友。

[2] 怀土，怀恋故土。

[3] 白驹，白色骏马。比喻贤人、隐士。语出《诗·小雅·白驹》：“皎皎白驹，食我场苗。”

[4] 简书，用于告诫、策命、盟誓、征召等事的文书。《诗·小雅·出车》：“岂不怀归，畏此简书。”朱熹《集传》：“简书，戒命也。”

[5] 岁时，岁月，时间。

[6] 勖，音 xù，勉励。

诗评：

郭遐周的这三首诗的主旨都是写他即将隐匿于山野之间，所以要与嵇康诀别，在分别之际追念他们之间的友谊，同时为嵇康送去祝福。

其一写我没有辅佐世事的才能，也不能勘量时俗，所以我要逍遥悠闲地到北边的山林归隐了。与我志同道合的人自会找到我，老虎会在凉风阵阵的山谷中咆哮。唯有我与嵇康你没有见面诉说离别。古人以初识为美，我们为什么不也效仿古人呢？以初见为善。我与你那时弹筝鸣琴，携手在空空的院落中游荡。在简陋的房屋休息，我们有彼此就够了，不需要什么美女。我心中想与你永远相好，并且一直健康快乐。但是我的朋友不愿意这样到老，我们决定去别的地方。整理好车马在出发的日子里突然有感，我们将翻然高飞了。在离别之际，不禁惆怅增添伤感。

其二写诗人重视离别，迟迟不肯离开上路。宋玉曾经写下登山临水送别的哀伤，想起这些过去的事情，让我更加悲伤。可叹我与嵇康你马上就要分别了。俯察渊中之鱼，仰观天上双飞鸟。在太清之镜中展翅飞翔，在丹池旁徘徊。真羡慕它们找到了适合自己的地方，让我独自感到事与愿违。马上我们就要分别了，让我感到十分失落。

其三写离别自古就有，人不是比目鱼，总要分别。君子如果能不怀恋故土，那岂不是更能得到安居之所？四海皆兄弟，为何要为失去彼此而忧心忡忡呢？山中的洞穴能隐藏传说，空谷中能容纳贤士。物以类聚，人以群分。只要所在之处有智慧贤德，何必为不如此处而忧伤？人们常以身名长存为贵，将功烈都写在书简上。但是时间易逝，日月忽去。嵇康啊，真正的敬德是保全其身。

从这三首诗来看，郭遐周表达了自己离去时对嵇康的不舍，同时写出了自己归隐山林的决心。

附：郭遐叔

赠嵇康诗

每念遘会[1]，惟曰不足。昕[2]往宵归，常苦其速。
欢接无厌，如川赴谷。如何忽尔，将适他俗。
言驾有日，巾车[3]命仆。思言君子，温其如玉。
心之忧矣，视丹如绿。如何忽尔，超将远逝。
心之忧矣，将以怵惕[4]。怵惕惟何，惟思惟忧。
展转反侧，寤寐追求。驰情运想，神往形留。
心之忧矣，增其劳愁。不见可欲，使心不乱。
譬彼造化[5]，抗[6]无崖畔。封疆昼界，事利任难。
唯予与子，本不同贯[7]。交重情亲，欲面无算。
如何忽尔，时适他馆。明发不寐，耿耿极旦。
心之忧矣，增其愤叹。天地悠长，人生若忽。
苟非知命，安保旦夕。思与君子，穷年卒岁。
优哉逍遥，幸无陨越[8]。如何君子，超将远迈。
我情愿关，我言愿结。心之忧矣，良以忉怛[9]。

【注释】

[1] 遘会，相逢，聚会。

[2] 昕，太阳将要出来的时候。

[3] 巾车，指有帷幕的车子，又指整车出行。

[4] 怵惕，惊惧。

[5] 造化，自然。

[6] 抗，同亢，高亢，高远。

[7] 同贯，一体。

[8] 陨越，死的婉称。

[9] 忉怛，啰嗦，唠叨。

其　二

君子交有义，不必常相从。天地有明理，远近无异同。

三仁[1]不齐迹，贵在等贤踪。众鸟群相追，鸷鸟独无双。

何必相呴濡[2]，江海自从容。愿各保遐年[3]，有缘复来东。

【注释】

[1] 三仁，代指郭遐周、郭遐叔、嵇康三人。原指殷末之微子、箕子、比干。《论语·微子》："微子去之，箕子为之奴，比干谏而死。孔子曰：'殷有三仁焉。'"

[2] 呴濡，喻慰藉。

[3] 遐年，高龄；长寿。

诗评：

郭遐叔的这两首诗也是写与嵇康的赠别之言，但是相较于郭遐周，郭遐叔的这两首诗言辞清丽，情谊洒脱，不落沉珂，更有隐士之气。

郭遐叔写每每想起我们相聚的日子就要感叹不足。清晨我们就去往相聚的地方到晚上才回来，就这样也常常为时间流逝得太快而苦恼。我们在一起的欢宴即使一次接着一次也不能让我感到满足，我们在一起的快乐就好像川流归谷，自然而然地发生了。郭遐叔先是写了他与嵇康之间在一起美好的日子，然后感慨为何这么快我就要去适应其他地方的习俗了？定好了出行的日子，命仆从整顿好车马。又想起你，温润如玉的你。我心中的忧伤让我即使看到红色也觉得是绿色。为什么这么快我就要远远地离开。我心中的忧伤甚至让我害怕分别。辗转反侧，寤寐求之。纵情去想象，神思去了，形体还留在这里。我心中的忧伤啊，这样想只能徒增忧愁。郭遐叔在形容他对嵇康的忧思之深重时写道："心之忧矣，视丹如绿。"这个比喻非常有创造力，从郭遐叔的这两首诗来看他的文采要远胜于其兄，同时写离别的不舍，郭遐叔的诗写得更细腻，更言之有物。而且郭遐叔在诗中并不如郭遐周一样时时写他们将去隐逸山林的故事，只是感慨分别的不舍，用"适他俗""适他馆"等言辞代替，这样其实是郭遐叔的体谅与高明。从嵇康的《赠兄秀才入军诗》我们已经能看出嵇康非常想过隐逸的而生活，但是他毕竟没有真正远离世俗，而郭遐叔用较为隐晦的词语代替，其实就是对嵇康的体谅。

郭遐叔在余下的诗中写出了他对嵇康的拳拳不舍之情，他说如果不见到想要的，就不会使心中烦乱。譬如这造化，高远得没有边际。封疆画界原指在国土边缘设置标志以明确领土界线，郭遐叔说虽然做这样的事情是非常好的，但是任务艰巨，实行起来很难。我与你，原本就不是一体。我们只是交情深重，情谊亲厚，我想和你见面却没有办法。怎么就这么快我就要马上去其他地方了。从晚上到早上我不能入睡，心中烦忧直至早晨。我心中的忧愁只能增加忧愤感叹。

郭遐叔说天地悠悠长久，人生匆匆而逝。如果不知道命运，怎么能保旦夕安宁？我希望能够和君子你一起整年到头地在一起，悠哉逍遥地一起生活，没有灾难。但是我却要马上远行了。我的感情、言语都要在此终止，我心中实在凄惨。

但是郭遐叔毕竟是郭遐叔，他要是一味地期期艾艾、缠缠绵绵便失去了隐士的风骨。所以在最后郭遐叔说君子以义相交，不必常相随从。天地之间有明明白白的道理，你与我之间远或者近没有什么不同。我们三个即使不在一起，但是留下贤明的踪迹是相同的。也就是说我们三个人即使不在一起，但是我们心性是一样的，是志同道合的。只有凡鸟才成群结队，雄鹰是独自翱翔的。我们又何必执着于相濡以沫。各自在江海中从容而游，相忘于江湖不也正好？但愿我们各自能长寿，若有缘终会相见。

答二郭诗

其　一

天下悠悠[1]者，不能趋[2]上京。二郭怀不群，超然来北征[3]。

乐道托[4]蓬庐，雅志无所营[5]。良时遘[6]其愿，遂结欢爱情。

君子义是亲，恩好笃平生。寡智自生灾，屡使众衅[7]成。

豫子[8]匿梁侧，聂政[9]变其形。顾此怀怛惕[10]，虑在苟自宁。

今当寄他域，严驾不得停。本图终宴婉[11]，今更不克[12]并。

二子赠嘉诗，馥如幽兰馨。恋土思所亲，能不气愤盈。

【注释】

[1] 悠悠，忧愁思虑。

[2] 趋，去。

[3] 北征，北行，北上。

[4] 托，寄身。

[5] 营，迷惑，《淮南子·原道》：“精神乱营。”

[6] 遘，相合。

[7] 衅，隔阂，嫌隙。

[8] 豫子，即豫让。春秋战国时期晋国人，是晋国正卿智伯瑶的家臣。晋出公二十二年（公元前453年），赵、韩、魏联手在晋阳之战中攻打智氏，智伯瑶兵败身亡。为了给主公智伯瑶报仇，豫让用漆涂身，吞炭使哑，暗伏桥下，谋刺赵襄子未遂，后为赵襄子所捕。临死时，求得赵襄子衣服，拔剑击斩其衣，以示为主复仇，然后伏剑自杀，留下了“士为知己者死，女为悦己者容”的历史典故。

[9] 聂政，战国时侠客，以任侠著称，为春秋战国四大刺客之一。聂政为韩大夫严仲子报仇，刺杀侠累。因怕连累与自己面貌相似的姊姊荌，遂以剑自毁其面，挖眼、剖腹自杀。

[10] 怛惕，音dá tì，怵惕，惊惧。

[11] 宴婉，缠绵深厚之情。

[12] 克，能够，如：克勤克俭。

其　二

昔蒙父兄祚[1]，少得离负荷[2]。因疏遂成懒，寝迹[3]北山阿。
但愿养性命，终己靡[4]有他。良辰不我期[5]，当年值纷华[6]。
坎凛[7]趣[8]世教[9]，常恐婴[10]网罗。羲农[11]邈已远，拊膺[12]独咨嗟。
朔[13]戒贵尚容，渔父[14]好扬波。虽逸亦已难，非余心所嘉。
岂若翔区外[15]，餐琼[16]漱[17]朝霞。遗物弃鄙累[18]，逍遥游太和。
结友集灵岳，弹琴登清歌。有能从我者，古人何足多。

【注释】

[1] 祚，保佑。

[2] 负荷，负担。

[3] 寝迹，隐藏行踪，隐逸。

[4] 靡，没有。

[5] 期，会，合。

[6] 当年，正当年，正值有为的年纪。值，遇到，碰上，纷华，纷乱。

[7] 坎凛，不得志，屡经坎坷。

[8] 趣，同“去”，离开。

[9] 世教，世俗。

[10] 婴，一作“缨”，缠绕。

[11] 羲农，伏羲氏和神农氏的并称。班固《答宾戏》：“基隆于羲农，规广于黄唐。”张铣注：“羲，伏羲也；农，神农也。”

[12] 拊膺，捶胸。表示哀痛或悲愤。陆机《门有车马客行》：“拊膺携客泣，捶泪叙温凉。”

[13] 朔，杨雄《法言·渊骞》载：“非夷尚容，依隐玩世，其滑稽之雄乎！”另，朔一作“明”。

[14] 渔父，老渔翁。《庄子·秋水》：“夫水行不避蛟龙者，渔父之勇也。”

[15] 区外，域外，远方。

[16] 琼，美玉。

[17] 漱，饮。

[18] 鄙累，世俗的烦累。《庄子·山木》：“吾愿去君之累，除君之忧。”

其　三

详观[1]凌世务，屯险多忧虞[2]。施报更相市[3]，大道匿[4]不舒。

夷路值枳棘[5]，安步将焉如。权智相倾夺，名位不可居。

鸾凤避罻罗[6]，远托昆仑墟。庄周悼灵龟[7]，越稷畏王舆[8]。

至人存诸己，隐璞乐玄虚。功名何足殉[9]，乃欲列简书。

所好亮若兹，杨氏叹交衢[10]。去去从所志，敢谢道不俱。

【注释】

[1] 详观，详细观赏，详细观览。

[2] 屯险，艰险。忧虞，忧虑。《易·系辞上》：“悔吝者，忧虞之象也。”

[3] 市，引起，求取，如：市怨，市爱。

[4] 匿，隐匿。

[5] 夷路，平坦的道路。枳棘，枳木与棘木，比喻艰难险恶的环境。

[6] 罻罗，捕鸟的网，此处指世俗之网。

[7] 庄周悼灵龟，语出《庄子·秋水》载庄子曰：“吾闻楚有神龟，死已三千岁矣，王巾笥而藏之庙堂之上。此龟者，宁其死为留骨而贵乎？宁其生而曳尾于涂中乎？”庄子说他愿意作一只“曳尾于涂”的神龟，不愿在朝堂之上受到供奉。

[8] 越稷畏王舆，语出《庄子·让王》载：“越人三世弑其君，王子搜患之，逃乎丹穴。而越国无君，求王之搜不得，从之丹穴。王子搜不肯出，越人薰之以艾。乘以王舆。王子搜援绥登车，仰天而呼曰：“君乎君乎！独不可以舍我乎！”

[9] 殉，为某种目的而牺牲生命。

[10] 杨氏叹交衢，《列子·说符》载心都子曰：“大道以多歧亡羊，学者以多方丧生。学非本不同，非本不一，而末异若是。唯归同反一，为亡得丧。子长先生之门，习先生之道，而不达先生之况也，哀哉！”交衢，指道路交错要冲之处。

诗评：

嵇康的这三首诗是对二郭的答诗，二郭在诗中主要表达了对临别嵇康的不舍和对嵇康的祝愿。嵇康的答诗表达了自己对二郭隐逸生活的赞赏，但是也表明了自己不能同他们一道离去的原因。

嵇康首先表达了对二郭的赞赏之情，他说二郭是心怀天下的人，但是这样的人却不能到京城去，是非常可惜的。二郭不与世俗为群，选择超然北游。他们以道为乐，托身蓬庐，高雅的志向没有因世俗而混乱。在这个时候他们选择隐逸，达成自己的意愿，成就自己的欢爱之情。由此可见嵇康对二郭的选择是表示赞赏的。

接着他说君子因为义而彼此亲近，所以一生都能有深刻的恩爱友好之情。如果没有什么智慧就会自己生出灾祸，屡屡如此则会有很多不测。他说这句话其实是在暗示自己是一个没有大智慧的人，然后嵇康举例了豫让和聂政的故事。豫让在梁间藏匿为智伯瑶报仇，他是一个有义气的人，但不是一个有大智慧的人，所以最终身死自杀，为自己引来了祸患。聂政为韩大夫严仲子报仇，但为不牵连到姐姐而自毁容貌，最终身死。他也是一个有义而少智的人。嵇康这样比喻是说自己也是这样的人，所以为此担心，因此更不能与二郭一起。在这里嵇康写出了自己不能同二郭一同隐逸的原因。

嵇康说您二位赠我好诗，就像幽幽的兰草那么芳香。我怀恋故土心心念念我的亲人，而不能与你们一同归隐，怎能不满是愤慨之情呢？

第二首诗嵇康写昔日我承蒙父兄的照顾，从小就远离生活负担。因此养成了懒散的习惯，在北山隐居。我的志愿是保养生命，终了一生不做他想。我没有遇到一个好的时代，正值青壮年年时遇到纷乱浮华的世道。履经坎坷才离开世教，常常害怕被网罗其中。伏羲、神农的时代已经离我们非常遥远了，我只能拊膺叹息。有的人崇尚能与世俗合流的人，而渔父则好远离世俗扬波江上。虽然说如此的轻松闲逸已经十分艰难了，但是这也不是我心中最好的选择。这生活哪能比得上在世俗之外翱翔，以美玉为食，以朝霞为饮，抛却外物鄙弃所累，逍遥的在太和优游。与朋友在灵岳之中集结，一起弹琴唱歌。只要能有人与我一同过这样的生活，即是有再多的值得称赞的古人佳事怕是也比不上的。

第三首写我看过、经历过这世间的诸多事物后，心中充满了危险忧虑之感。施予和回报是互相可以买卖的，大道在这其中隐匿很难施展。前行的路上充满荆棘，我的心又怎么安宁呢？权力与智谋相互倾夺，名誉与职位不可具有，凤凰要避免被网罗，只能远远寄身在昆仑山上。庄周曾感叹灵龟不愿活在庙堂之上，越搜畏惧登上王驾。至人保全自身，在玄虚中隐藏自己，享受所乐。功名何足我们去殉命，我也不想名列功德簿上。如果我所喜爱的是这些东西，杨子也不会感叹世路多纷乱了。离去后希望你们能追求向往的生活，只能与谢谢你们，但不能与你们一道。

与阮德如[1]诗

含哀还旧庐，感切伤心肝。良时遘吾子，谈慰臭[2]如兰。

畴昔[3]恨不早，既面[4]侔[5]旧欢。不悟卒永离[6]，念隔[7]增忧叹。

事故无不有，别易会良难。郢人[8]忽已逝，匠石[9]寝不言。

泽雉[10]穷野草，灵龟乐泥蟠[11]。荣名秽人[12]身，高位多灾患。

未若捐[13]外累，肆志养浩然[14]。颜氏希有虞[15]，隰子慕黄轩[16]。

涓彭独何人[17]，唯志在所安。渐渍[18]殉近欲，一往不可攀。

生生在豫积[19]，勿以休自宽[20]。南土埠[21]不凉，衿计[22]宜早完。

君其爱德素[23]，行路慎风寒。自力致所怀，临文情辛酸。

【注释】

[1] 阮侃，字德如。

[2] 臭，同“嗅”，气味。

[3] 畴昔，往日，从前。

[4] 面，见面。

[5] 侔，等同。

[6] 不悟，没有觉察。卒，终于。

[7] 隔，分隔。

[8] 郢人，喻知己。《庄子·徐无鬼》载：“郢人垩漫其鼻端若蝇翼，使匠石斫之。匠石运斤成风，听而斫之，尽垩而鼻不伤，郢人立不失容。”

[9] 匠石，喻知己。

[10] 泽雉，生长于沼泽地的野鸡。《庄子·养生主》：“泽雉十步一啄，百步一饮，不蕲畜乎樊中。”

[11] 灵龟乐泥蟠，语出《庄子·秋水》，意为灵龟愿意曳尾于涂，而不愿意供奉于庙堂之上。

[12] 秽人，鄙俗之人。

[13] 捐，捐弃。

[14] 养浩然，谓培养本有的浩然正气。语出《孟子·公孙丑上》：“我善养吾浩然之气。”

[15] 颜氏指颜渊，孔子的弟子。希，仰慕。《后汉书·赵壹传》：“仰高希骥。”有虞，有虞氏，舜帝曾是有虞氏部落首领，后来接受尧帝的禅让，成为中原华夏部落联盟的首领，史称虞舜帝。

[16] 隰子，即隰朋，春秋时齐国大夫，是齐桓公的辅佐重臣。黄轩，黄帝又称轩辕帝。

[17] 涓，即涓子，《列仙传》载：“涓子者齐人也，好饵术，接食其精。至三百年乃见于齐，著《天人经》四十八篇。”彭，即彭祖，长寿之人，传说他历夏至殷末，活了八百余岁。

[18] 渐渍，浸润，引申为渍染，感化。

[19] 生生，养生。豫，安闲，舒适。积，积累。

[20] 休，吉庆，美善，福禄。

[21] 埠，音 hàn，同“焊”，炎热干燥。

[22] 矜计，胸中的打算。

[23] 德素，犹德性，德行。

诗评：

这首诗是嵇康写给阮侃的赠别诗，从嵇康的赠诗及阮侃的《答嵇康诗》来看，应该是嵇康与阮侃经过了短暂的相会，两人一见如故，互相将对方看作知己，在马上要分别的时候嵇康赠诗于阮侃，一方面表明自己不愿出仕，志在养生的心志，另一方面表达出阮侃的不舍与祝愿。

开头写我含着哀伤回到家里，伤感凄切伤心摧肝。想起我与你相聚的美好时光，我们互相交谈慰藉就好像闻到了兰花的芳香。嵇康回忆自己与阮侃在一起的快乐时光，两人有一种相识恨晚的知己之感。嵇康写从前恨不能与你早些相见，真到见面了就好像相识很久一样。不知不觉就要永远分别了，一想到我们要分开就徒增忧伤感叹。分别这种事情常常发生，分别很容易但是再相会就很难了。知己忽然之间已经离去，我只能默默躺在床上思念你。这一段写嵇康对阮侃的思念。

然后嵇康写了自己的志愿，他说生长在沼泽上的雉鸡要在野草中穷尽一生，灵龟也只能在泥潭中感到快乐。嵇康用《庄子》中的野雉、灵龟自比，表明了自己远离朝堂，心在太玄的志向。嵇康接着说荣誉名声都是鄙薄之人所在意的，处于高位的人多有灾患。不如捐弃外在的烦扰、拖累，随心所欲地养浩然之气。嵇康在这里虽然用到了《孟子》中的“浩然之气”的说法，但是他整个想要表达的意思还是属于道家的。接着嵇康列举很多先贤和古人的事迹，他说颜渊崇尚舜帝时代，隰朋羡慕黄帝时代。涓子和彭祖是何人？他们只不过是安于守志，身与志并存一处。为了向古代圣贤学习，几乎消磨生命，但是这些先贤的事已经逝去，我们是无论如何都攀附不上的。这几句诗不禁让人联想到嵇康在《与山巨源绝交书》中所说的“非汤武而薄周礼，越名教而任自然”。嵇康说生命的长久在于安闲舒适的逐渐积累，不要因为美好的生活而松懈下来。

最后嵇康表达了自己对阮侃的关切与祝愿，他说南方炎热不冷，你要早做打算。君子您爱本性自然，在路上要谨慎不要沾染风寒。他勉励彼此要自食其力完成心中所想，又说自己面对诗文不禁感到辛酸，表达了对阮侃的思念挂碍之情。

对与嵇康的赠诗，今存两首阮侃的答诗，两首诗内容颇为相似，今选一首附注于下：

附：阮侃

阮侃，字德如，陈留郡人。幼而聪慧好学，尝官至河内太守，尤对本草有所研究，著有《摄生论》二卷，今已亡佚。

答嵇康诗

旦发温泉庐，夕宿宣阳城。顾眄[1]怀惆怅，言思我友生。
会遇一何幸，及子遘欢情。交际虽未久，恩爱发中诚。
良玉须切磋，玙璠就其形。隋珠岂不曜[2]，雕莹[3]启光荣。
与子犹兰石，坚芳互相成。庶几弘古道，伐檀俟河清[4]。
不谓中离别，飘飘然远征。临舆执手诀，良诲一何精。
佳言盈我耳，援带以自铭。唐虞旷千载[5]，三代不我并[6]。
洙泗[7]久已往，微言[8]谁为听。曾参易箦毙[9]，仲由结其缨[10]。
晋楚安足慕[11]，屡空[12]守以贞。潜龙尚泥蟠，神龟隐其灵。
庶保吾子言，养真以全生。东野多所患，暂往不久停。
幸子无损思，逍遥以自宁。

【注释】

[1] 顾眄，回顾。

[2] 隋珠，夜明珠。曜，明亮耀眼。

[3] 雕，雕刻，打磨。莹，荧光。

[4] 伐檀俟河清，语出《诗经·魏风·伐檀》：“坎坎伐檀兮，置之河之干兮。河水清且涟猗。”《毛传》曰：“伐檀以俟世用，若俟河水清且涟。”

[5] 唐虞，唐尧、虞舜。旷，长时间所无，如：旷古绝伦。

[6] 三代，夏、商、周三代。不我并，不与我并存，就是说自己没有生活在夏、商、周三个朝代。

[7] 洙泗，鲁国的河流，代指儒家的思想文化。

[8] 微言，微言大义，之孔子的教诲。《汉书·艺文志》载：“仲尼没而微言绝。”

[9] 曾参易箦毙，语出《礼记·檀弓》季孙赏赐曾子一张箦，也就是席，曾子病重，睡在箦上，有一个童子看到了问：“华而睆，大夫之箦与？”曾子马上让自己的孩子为自己更换箦，曾元曰：“夫子之病革矣，不可以变，幸而至于旦，请敬易之。”曾子曰：“尔之爱我也不如彼。君子之爱人也以德，细人之爱人也以姑息。吾何求哉？吾得正而毙焉斯已矣。”在曾子的坚持下更换了箦。

[10] 仲由结其缨，语出《左传·哀公十五年》：孔子的弟子子路在战争中帽子上的缨断了，“子路曰：‘君子死，冠不免。’结缨而死。”

[11] 晋楚安足慕，晋楚是战国时期比较富裕的大国，《孟子·公孙丑》载曾子曰：“晋楚之富，不可及也；彼以其富，我以吾仁；彼以其爵，我以吾义，吾何慊乎哉？”

[12] 屡空，财务匮乏。

诗评：

这首诗是阮侃对嵇康的答诗，所以在诗的开篇阮侃说自己早早地从温泉旁的住处出发，晚上在宣阳城休息。由于想到了你，回顾来路使我不免惆怅。与你相会是多么幸运，和你一起享受欢情。我们之间在一起的时间虽然不长，但是我对你的爱是诚心诚意的。这几句表达了阮侃对嵇康的不舍。

然后是阮侃对嵇康的形容，他将嵇康比作天然去雕饰的美玉，但是稍做修饰能让璞玉更加夺目，他说好的玉需要切磋修饰，但是天然的美玉就按照它原来的样子就可以。夜明珠岂不耀眼，稍稍的雕饰能让它更加光彩夺目。阮侃用兰草与顽石比喻嵇康与自己的友情，我与你就像兰草和顽石，坚韧芳香互相成就。

在诗中阮侃说：“庶几弘古道，伐檀俟河清。”希望我们能弘扬古道，等到政治清明时能得到重用。这可能是嵇康与阮侃见面时说话的重点。

但是阮侃接着写不料我中途离别，飘飘然就要远征。在分别的车马前我们执手离别，你对我说的教诲是多么精确。这些好的言辞充盈着我的身心，我拉起腰带在上面记下你说的话。

唐尧虞舜的时代千载难逢，我恨不能逢像夏、商、周一样的光辉时代。孔子的言行已经离我们很久了，他的微言我们很难再听到了。曾子曾因换席而死，子路因为要结缨绳而亡。这些美好的时代，伟大的神人，对礼法的坚持等事物已经离我们远去了。这几句诗符合了嵇康赠诗中“渐渍殉近欲，一往不可攀”的诗句。

阮侃说自己也认为像晋和楚国那样的富有没有什么好羡慕的，我虽然贫穷，但是愿意守着贞洁。《庄子》说灵龟愿意在泥水中自由摇曳隐去自己的灵性。我希望自己能遵守您的教诲，养出真气本性以保全自身。

最后他表达了对嵇康的关心，他说东面多有忧患，希望你暂住不要久做停留。幸好你没有什么损伤，逍遥自在自我安宁。

嵇康赠答诗特点：

虽然何焯说嵇康的诗已经能“四言不为《风》《雅》所羁，直写胸中语”，但是从他的赠答诗来看这还是有一个过程的，从《赠兄秀才入军》诗的前十章来看，嵇康的四言诗还是深受《诗经》影响的，不仅多引用《诗经》中的诗句、诗辞、意向而且在写作手法上和文章风格上也对《诗经》多有摹仿。但是从第十一章开始嵇康的赠答诗注入了新的思想，就是逐渐偏向道家化，同时也呈现去《诗经》化，嵇康开始在诗中大量引用《庄子》以及其他子书、史书的言辞，这其中《庄子》当中灵龟的意象、郢人的意象多次被嵇康引用在诗歌中，前者主要说明嵇康希望远离朝堂的决心，后者诗嵇康对知己的比喻。但是融入道家思想后嵇康诗明显可以看到是少了一些“美”的意趣的，嵇康的《赠兄秀才入军诗》的第十八章就已经很有玄言诗的味道了，但是玄言诗的通病就是理盛情薄，在诗中一味重视对理论的阐述而忽略了诗歌意象的构建，使诗理显得干瘪枯燥。嵇康赠答诗在说理部分也有这个不足。由于大量直白地引用，钟嵘说嵇康诗“讦直露才，伤渊雅之致”。但是由于嵇康在诗中屡屡说自己愿意归隐的志趣，所以钟嵘又说他“然讬喻清远，良有鉴裁，亦未失高流矣”。

嵇康诗的高流源于他对道的追求，对隐逸生活的追求，对善独其身的追求。但是我们通过嵇康的赠答诗来看，嵇康到底是不是一个真正的隐士呢？我看不然。嵇康是身在原野心在庙堂，他既不满嵇喜出仕，认为这样容易招惹祸患，但是又不能真的归隐山林不问世事。他对世事、朝政、社会、世俗还是抱有一颗热心的，但是他的热心体现在对现实的不满上，但是他又被环境所迫不能对朝堂大放厥词，所以他以隐逸的态度来表达自己的不满。我们看嵇康的《答二郭诗》，嵇康在这三首诗中为自己不能归隐找了一些理由，第一个原因嵇康说我不能同你们一起归隐是应为我是一个寡智之人，我这样的人容易招惹祸端，所以我不能连累你们，我就姑且在此保全自己吧，即“寡智自生灾，屡使众衅成……顾此怀怛惕，虑在苟自宁”。第二个原因嵇康说我这个人容易思念故土又放不下亲友，所以我不能独自归隐。他说自己“恋土思所亲”，因为他的亲人对他太好了，“昔蒙父兄祚，少得离负荷”，所以他养成了疏懒的性格，“寝迹北山阿”就足够“养性命”啦。但是他心里还是很向往归隐的生活的，他认为那是神仙生活，“餐琼漱朝霞”“逍遥游太和”“结友集灵岳，弹琴登清歌”。最后嵇康还为自己找了一个很有说服力的理由：“所好亮若兹，杨氏叹交衢。去去从所志，敢谢道不俱”。用现代话语来说就是条条大路通罗马，我不一定要随你们归隐才能过上逍遥优游的生活。

但实际上呢，阮侃说得很明白，他跟嵇康之所以一见如故是因为他们在一起交谈的重点是“庶几弘古道，伐檀俟河清。”可见嵇康之所以说归隐、论逍遥不是他真的能离形去知，外万物而弃所累，而是因为时不我与，“荣名秽人身，高位多灾患”“虽曰幽深，岂无颠沛”。是因为世事艰难，他希望能保全自身，颐养天年，但是嵇康又不羡慕彭祖、涓子，他的长寿是为了什么呢？有没有可能是为了等到有一日天河清海晏的时候他再化作雄鹰一飞冲天呢？我们不得而知。

杜 挚

杜挚，字德鲁，河东人，博通经史，有才干。杜挚擅长属文，以《茄赋》得到魏文帝的赏识，拜司徒军谋吏。后来举孝廉，任郎中，转补校书，但很久不得升迁。《文章叙录》载“挚与毌丘俭乡里相亲，故为诗与俭，求仙人药一丸，欲以感切俭，求助也。俭答以诗。然挚竟不得迁，卒于秘书。”

赠毌丘俭诗

骐骥[1]马不试[2]，婆娑[3]槽枥间。壮士志未伸，坎轲多辛酸。
伊挚为媵臣[4]，吕望身操竿[5]。夷吾困商贩[6]，宁戚对牛叹[7]。
食其处监门[8]，淮阴饥不餐[9]。卖臣老负薪，妻畔呼不还[10]。
释之宦十年，位不增故官。才非八子伦[11]，而与齐其患。
无知不在此，袁盎[12]未有言。被此笃病久，荣卫[13]动不安。
闻有韩众药[14]，信来给一丸。

【注释】

[1] 骐骥，骏马，喻贤才。《晋书·冯素弗载记》：“吾远求骐骥，不知近在东邻，何识子之晚也！”

[2] 不试，不用，不被任用。

[3] 婆娑，盘桓，逗留。

[4] 伊挚为媵臣，伊挚，即伊尹。媵臣，古代随嫁的臣仆。《史记·殷本纪》载：“伊尹名阿衡。阿衡欲奸汤而无由，乃为有莘氏媵臣，负鼎俎，以滋味说汤，致于王道。”

[5] 吕望身操竿，吕望即姜太公。操竿，指钓鱼。《史记·齐太公世家》载：““吕尚盖尝穷困，年老矣，以渔钓奸周西伯。”

[6] 夷吾困商贩，夷吾，即管仲，相传管仲年少时为了谋生，做过当时认为是微贱的商人。

[7] 宁戚对牛叹，宁戚，宁戚，春秋时齐国大夫，姬姓，宁氏，名戚，宁戚出身微贱，早年怀才不遇，曾为人挽车喂牛。

[8] 食其处监门，食其，郦食其（yì jī）。监门，守门小吏。郦食其是刘邦的重要谋臣，曾游说齐

国归顺刘邦。但是他年少时家贫落魄，曾沦为陈留门吏。

[9] 淮阴饥不餐，淮阴，指淮阴侯韩信。《史记·淮阴侯列传》："淮阴侯韩信为布衣时，贫而无行。从人寄食，人多厌之。"

[10] 卖臣老负薪，妻畔呼不还。卖臣，即朱卖臣，西汉大臣。汉武帝时，为中大夫，累官至会稽太守、主爵都尉，位列九卿。没有出仕前朱卖臣家里很贫穷，40岁时仍常常靠砍柴卖柴换回粮食。

[11] 八子，不知所谓哪八子？古代传说中，有"帝俊八子"，相传是发明歌舞的人。东汉有郭林宗、宗慈 等八人为"八顾"。汉末魏时有"荀氏八龙""江夏八俊"等。

[12] 袁盎，《汉书》称爰盎，字丝，汉初楚国人，西汉大臣，个性刚直，有才干，以胆识与见解为汉文帝所赏识。

[13] 荣卫，泛指气血、身体。晋葛洪《抱朴子·道意》："若乃精灵困于烦扰，荣卫消于役用。"

[14] 韩众药，韩众，古代传说中的仙人。《列仙传》："齐人韩终，为王采药，王不肯服，终自服之，遂得仙也。"

诗评：

很明显杜挚的这首诗是一首求仕诗，杜挚在诗文开头就说明了这首诗的主旨"壮士志未伸，坎轲多辛酸"。他在诗中列举了非常多的历史人物和事件来说明这些有贤才大用的古代名人都曾明珠蒙尘，他想表达的是自己现在也是这样的情况，希望毌丘俭能做自己的伯乐。

杜挚将自己比作千里马说千里马得不到任用，只能在马槽之中徘徊。就像他壮志难酬，坎坷辛酸。但是他不放弃，因为尹伊也曾是媵臣出身，姜太公老来垂钓才遇上明君，得到重用。管仲做过商贩，宁戚喂过牛，韩信曾食不果腹，朱卖臣40岁了还在卖柴。所以和他们相比自己已经做了十年的官了，心里有些释然。但是他忧虑的是自己官位不进。他自认为自己没有"八子"之才，但是却与齐有一样的忧患。这个"齐"和"八子"指的是谁笔者才疏学浅无法考辩。

但是杜挚接着说自己也知道自己长久不被提升并不是因为才学不够，毌丘俭之所以不知道自己是因为毌丘俭生病了，而不是因为毌丘俭不注重任用贤士。在这里杜挚应用了一个关于袁盎的典故。《史记·袁盎传》载："盎告归，道逢丞相申屠嘉，下车拜谒，丞相从车上谢袁盎。袁盎还，愧其吏，乃之丞相舍上谒，求见丞相。丞相良久而见之。盎因跪曰：'愿请闲。'丞相曰：'使君所言公事，之曹与长史掾议，吾且奏之；即私邪，吾不受私语。'袁盎即跪说曰：'君为丞相，自度孰与陈平、绛侯？'丞相曰：'吾不如。'袁盎曰：'善，君即自谓不如。夫陈平、绛侯辅翼高帝，定天下，为将相，而诛诸吕，存刘氏；君乃为材官蹶张，迁为队率，积功至淮阳守，非有奇计攻城野战之功。且陛下从代来，每朝，郎官上书疏，未尝不止辇受其言，言不可用置之，言可受采之，未尝不称善。何也？则欲以致天下贤士大夫。上日闻所不闻，明所不知，日益圣智；君今自闭钳天下之口而日益愚。夫以圣主责愚相，君受祸不久矣。’丞相乃再拜曰：‘嘉鄙野人，乃不知，将军幸教。’入与坐，为上客。”杜挚的意思是自己也是有才学的，是属于“天下贤士大夫”之列的，而毌丘俭没有发现自己，任用自己不是因为毌丘俭也是一个“愚相”，而是因为毌丘俭身体不舒服，没顾上。他说毌丘俭“被此笃病久，荣卫动不安”，得这个病已经很久了，而且气血不调，所以自己求来了仙药赠予毌丘俭，希望它能快些好起来，也能帮助自己在官位上更上一层楼。

除了这首诗，杜挚于今还存还一首《赠毌丘俭荆州诗》，其曰：“鹄飞举万里，一飞翀昊苍。翔高志难得，离鸿失所望。”这很可能是一首残诗，在诗中杜挚将自己比作鸿鹄，能飞万里高空，但是由于离开雁群太久才造成了自己的失望。

杜挚赠答诗特点：

杜挚于今留下的诗文唯有《赠毌丘俭诗》《赠毌丘俭荆州诗》与《笳赋》，这其中《赠毌丘俭诗》与《笳赋》很像残篇，唯有《赠毌丘俭诗》比较完整。若从《赠毌丘俭诗》来看，杜挚的辞藻称不上华美，但是以用典多为特点，一首诗用了十几个典故，钟嵘说嵇康露才扬己，我看杜挚更胜一筹，但杜挚本就是想通过诗来展露才学，多用典故也可以理解，再从诗意来看，杜挚赠诗以求仕，但是却鄙薄毌丘俭不能识人，这反而不能得到毌丘俭的欢喜，所以最后落得“竟不得迁”也很好理解。而观《笳赋》：“是秋节既至，百物具成。严霜告杀，草木殒零。宾鸟鼓翼，蟋蟀悲鸣。羁旅之士，感时用情。乃命狄人，操笳扬清。吹东角，动南徵。清羽发，浊商起。刚柔待用，五音迭进。倏尔却转，忽焉前引。”从辞藻上来说写得错落有致，从音律上来说写得如珠玉斗出，从赋意上来说有构建了萧飒秋意与羁旅鸣笳，从文学性上来说就比《赠毌丘俭诗》高明许多。

毌丘俭

毌丘俭，字仲恭，河东闻喜（今山西闻喜县）人。三国时期曹魏后期的重要将领。陈寿评其曰："毌丘俭才识拔干。"

答杜挚诗

凤鸟翔京邑，哀鸣有所思。才为圣世出，德音何不怡。
八子未际遇，今者遭明时。胡康出垄亩[1]，杨伟无根基[2]。
飞腾冲云天，奋迅协光熙[3]。骏骥骨法异[4]，伯乐观知之。
但当养羽翮，鸿举必有期。体无纤微疾，安用问良医。
联翩轻栖集[5]，还为燕雀嗤[6]。韩众药虽良，恐便不能治。
悠悠千里情，薄言答嘉诗。信心感诸中，中实不在辞[7]。

【注释】

[1] 胡康出垄亩，胡康，《庐江何氏家传》曰："明帝时，有谯人胡康，年十五，以异才见送，又陈损益，求试剧县。诏特引见。众论翕然，号为神童。诏付秘书，使博览典籍。"裴松之案："魏朝自微而显者，不闻胡康；疑是孟康。卢弼《集解》引清代何焯、赵一清、潘眉说，以为"胡康"从出仕年龄、籍贯、治绩等情况看，当另为一人。

[2] 杨伟无根基，杨伟，字世英，冯翊人。三国时期曹魏宗室曹爽的参军。

[3] 奋迅，形容鸟飞或兽跑迅疾而有气势。光熙，光明。

[4] 骏骥，泛指良马。骨法，指人或其他动物的骨相特征。

[5] 联翩，鸟飞貌。陆机《文赋》："浮藻联翩，若翰鸟缨缴而坠曾云之峻。"李周翰 注："联翩，鸟飞貌。"轻栖，歇息，止息。潘岳《西征赋》："匪择木以栖集，鲋林焚而鸟存。"

[6] 嗤，嗤笑。

[7] 中实，犹真实。《墨子·尚贤中》："此非中实爱我也，假藉而用我也。"

诗评：

对于杜挚的赠诗中的请求，毌丘俭很婉转地拒绝了。

古人拒绝人也是很有礼很有谦谦君子之态的，所以毌丘俭在答诗的开篇说凤鸟在京邑中翱翔，哀哀鸣叫好像有所思。这是以凤凰比作杜挚，他接着说才士为圣世而出，为什么不发出一些和悦愉快的德音德言呢？这是在指责凤凰哀鸣，也是对杜挚的不情之请有所不满。毌丘俭说八子的际遇不好，今日正逢政治清明的时代。你的际遇不差，然后他举出了当朝的两位官宦，即胡康、杨伟，胡康出自田亩之间，杨伟也没有什么根基，他们没有什么背景，也没人提拔，但是在仕途上颇有作为，这是在敲打杜挚，应该自己奋力拼搏。

毌丘俭认为如真的是凤凰、鸿鹄那就应当一飞冲天，光满万丈。如果真的是千里马，那么一定骨相不凡，伯乐一看就知道了。毌丘俭在这里其实是在质疑杜挚的能力，但是他还是劝杜挚应该韬光养晦，积累才识。他说如果是鸿鹄那就应该养足羽翼，这样才能等到鸿飞之日。

杜挚在《赠》诗中说毌丘俭是因为“被此笃病久，荣卫动不安”才没能识贤任能提拔自己，但是毌丘俭在《答》诗中说得非常清楚，他说：“体无纤微疾，安用问良医。”我没有病，不应问良医。随后毌丘俭就说得非常不客气了，“联翩轻栖集，还为燕雀嗤。韩众药虽良，恐便不能治。”联翩本意指的是鸟飞起来的样子，在这里联翩之鸟指的是毌丘俭自己，毌丘俭说联翩之鸟不是很重视选择自己休息的地方，所以才被燕雀嗤笑。燕雀指的是杜挚。这句话背后的意思是毌丘俭对杜挚的轻蔑与不满。《文章叙录》说杜挚与毌丘俭是同乡，所以杜挚才写信给毌丘俭。但是我们看杜挚的《赠》诗其实写得非常傲慢，他说毌丘俭没有发现自己是由于毌丘俭病了，他还给毌丘俭送药。但是站在礼仪的角度来说，即使是由于毌丘俭真的生病了，杜挚想要表达关怀也不应该以这样的方式说出，杜挚的言辞还是有一些责怪、埋怨、不满的意思在里面的，有一种恃才傲物的感觉。站在位高权重的毌丘俭的角度来看，求人办事还这么不客气，那他当然有权利不高兴。所以毌丘俭虽然明面上说是燕雀嗤笑自己，其实说的是自己嗤笑杜挚。他说我就是太轻易地选择居住的地方了，才和你这样的人成了同乡，还被你这样的人嗤笑我有病，不能选贤任能，提拔同乡。所以对于杜挚的赠药，毌丘俭直接说韩众的药虽是良药，但是治不了我的病。因为我没有病！

但是在最后，毌丘俭还是保持了一个读书人的礼貌，他说面对你的悠悠千里情，我只能急急忙忙用这些浅薄的话回答你的好诗。我心中诚信感谢你，我的真诚不在这些言辞上。当然这话就是谦辞。

毌丘俭赠答诗特点：

毌丘俭于今存诗有三篇，《答杜挚诗》《之辽东诗》《在幽州诗》，文有表、疏几篇，赋有《承露盘赋》。《之辽东诗》《在幽州诗》是残诗，《答杜挚诗》从行文的角度来看表意清楚，举例恰当，保有风度，这种回绝别人的诗文在赠答诗中很少见，因为诗文赠答本应该是友人之间的沟通方式，但是杜挚以诗赠毌丘俭赠得有些直白唐突，所以毌丘俭的回答也很露骨。两首诗都称不上“美文”，但是胜在实用，这便是赠答诗最重要的用途。

费　祎

费祎，字文伟，江夏鄳县人，三国时蜀汉名臣，与诸葛亮、蒋琬、董允并称为蜀汉四相。深得诸葛亮器重，《三国志·费祎传》载："先主立太子，祎与允为舍人，迁庶子。后主践位，为黄门侍郎。丞相亮南征还，群僚于数十里逢迎，年位多在祎右，而亮特命祎同载，由是众人莫不易观。亮以初从南归，以祎为昭信校尉使吴。孙权性既滑稽，嘲啁无方，诸葛恪、羊衜等才博果辩，论难锋至，祎辞顺义笃，据理以答，终不能屈。权甚器之，谓祎曰：'君天下淑德，必当股肱蜀朝，恐不能数来也。'还，迁为侍中。亮住北住汉中，请祎为参军。以奉使称旨，频烦至吴。"诸葛亮评其："此皆（当中有费祎）良实，志虑忠纯，是以先帝简拔以遗陛下。愚以为宫中之事，事无大小，悉以咨之，然后施行，必能裨补阙漏，有所广益。"孙权评其："君天下淑德，必当股肱蜀朝。"

嘲吴群臣

诸葛恪别传曰：权尝飨蜀使费祎，先逆敕群臣，使至伏食勿起。至，权为辍食，而群下不起，祎嘲调之曰：

凤皇来翔，骐驎[1]吐哺。驴骡无知，伏食如故。

【注释】

[1] 骐驎，传说中的神兽，即麒麟。《战国策·赵策四》："有覆巢毁卵，而凤皇不翔；刳胎焚夭，而骐驎不至。"一本作"麒麟"。

诗评：

按《三国志》所载，这首诗的写作时间应该是在蜀汉后主刘禅登基及诸葛亮南征归来不久后，也就是在公元225年左右。按《三国志·邓芝传》载："先主薨于永安。先是，吴王孙权请和，先主累遣宋玮、费祎等与相报答。"可见在公元225年之前费祎已经屡次出使到吴国了。但是在公元225年的这次出使情况又有所不同，蜀汉先主薨逝，后主刚刚继位，而诸葛亮虽然刚南征归来但是蜀国内忧外患不断。所以费祎的这次出使显然是颇具劣势的，所以孙权才会“先逆敕群臣，使至伏食勿起”。费祎既然作为蜀汉代表出使，面对东吴群臣的无礼反应，费祎作了一首讥讽他们的诗。他以凤凰自比，说凤凰来了，麒麟就算是在吃饭，也会“吐哺”“吐哺”就是吐出口中的食物，因为在古代嘴里吃着饭与别人说话是非常不礼貌的，正吃着饭，“吐哺”而迎接客人，表示对客人的尊重，所以有“周公吐哺”一说。但是反观吴群臣还在埋头吃饭，这就说明你们不是“吐哺”，你们就是一群无知的“驴骡”。

费祎作为使臣，按说不应当堂大骂吴臣，但是由于后者无礼在先，所以他也不必顾忌了。其实在魏晋南北朝时期我们经常能看到士人发出这样的讥讽、调侃，《世说新语》有《排调》一篇，专为此言。若是在汉代这样的场景恐怕不易见的，而魏晋时期士人作此言语也反应当时人们洒脱、任性的士风。关于费祎的嘲讽，吴臣诸葛恪有答，载于后。

费祎赠答诗特点：

费祎于今日流传下来的诗唯有《嘲吴群臣》一首，另有文《甲乙论》一篇，从这一诗一文来看，《嘲吴群臣》的言辞是非常犀利的。《嘲吴群臣》若按照魏晋诗歌的行文风格来看太短了，但是短小精悍的言辞正反映了费祎敏捷的思辨和语言能力。

诸葛恪

诸葛恪（公元203—253），字元逊，琅邪阳都人。他是三国时期东吴权臣，蜀汉丞相诸葛亮之侄，大将军诸葛瑾长子。诸葛恪年少知名，弱冠即拜骑都尉，与顾谭、张休等侍太子登讲论道艺，并为宾友。诸葛恪大约才思敏捷，尤善言辞，所以《三国志·诸葛恪》传记载了好几例他机敏应答的事例，如“恪父瑾面长似驴。孙权大会群臣，使人牵一驴入，长检其面，题曰诸葛子瑜。恪跪曰：‘乞请笔益两字。’因听与笔。恪续其下曰：‘之驴。’举座欢笑，乃以驴赐恪。”又如孙权尝令诸葛恪劝张昭喝酒，说：“卿其能令张公辞屈，乃当饮之耳。”恪难昭曰：“昔师尚父九十，秉旄仗钺，犹未告老也。今军旅之事，将军在后，酒食之事，将军在先，何谓不养老也？”张昭听了十分高兴，一下喝了一整爵。

答费祎诗

恪别传曰：权尝飨蜀使费祎，先逆敕群臣：“使至，伏食勿起。”祎至，权为辍食，而群下不起。祎啁之曰：“凤凰来翔，骐驎吐哺，驴骡无知，伏食如故。”恪答曰：“爰植梧桐，以待凤凰，有何燕雀，自称来翔？何不弹射，使还故乡！”祎停食饼，索笔作麦赋，恪亦请笔作磨赋，咸称善焉。

爰[1]植梧桐，以待凤凰[2]。
有何燕雀，自称来翔。
何不弹射[3]，使还故乡。

【注释】

[1] 爰，是句首语气词，无实际意义。用在句首或句中，起调节语气的作用，如《诗经·邶风·凯风》：“爰有寒泉，在浚之下。”

[2] 古代以梧桐树为凤凰栖止之木，《诗经·大雅·卷阿》：“凤凰鸣矣，于彼高冈。梧桐生矣，于彼朝阳。”

[3] 弹射，用弹丸射击。

诗评：

面对费祎的嘲讽，诸葛恪回应说我种下了梧桐树想要等待凤凰，没想到等来了燕雀，还自称是凤凰来翔。我要不要用弹丸把他打回老家呢？

费祎将自己比作凤凰，将吴群臣比作驴骡，诸葛恪就说费祎是麻雀，还冒充凤凰，还说要把他打回老家。这些都是戏谑之言，不过在外交场合中争个一二，实际上两方敢用如此夹枪带棒的言语刺激对方也说明两方的实力相当，所以才要争。

诸葛恪赠答诗特点：

诸葛恪今存的诗唯有此一首，文有数篇如《谏齐王孙奋笺》《与丞相陆逊书》等。费祎的《嘲吴群臣》与诸葛恪的《答费祎诗》，都是以四言写就，这或许是受《诗经》影响，虽然他们的诗文内容都与《风》《雅》相去甚远，但是在魏晋时期这种正式的场合，其所用的诗一般都是四言诗体。即使诗的内容如《答费祎诗》一般充满戏谑，但是所用四言诗体还是反映出魏晋受《诗经》的影响。

在逯钦立的《先秦汉魏晋南北朝史》中还收录有一首这样外交风格的诗，即薛综的《嘲蜀使张奉》，其曰："有犬为独，无犬为蜀。横目苟身，虫入其腹。无口为天，有口为吴。君临万邦，天子之都。"薛综是吴国名臣，《三国志·吴志·薛综传》载："西使张奉于权前列尚书阚泽姓名以嘲泽，泽不能答。综下行酒，因劝酒曰：'蜀者何也？有犬为独，无犬为蜀，横目苟身，虫入其腹。'奉曰：'不当复列君吴耶？'综应声曰：'无口为天，有口为吴，君临万邦，天子之都。'"。这种风格的外交赠答诗看似口舌之争，其实是国威的体现。作这样的诗，要求作者才思敏捷，有机巧之妙想。

程　晓

程晓字季明，东郡东阿人。三国魏学者，卫尉程昱之孙，黄初中封列侯。嘉平中为黄门侍郎，后迁汝南太守。恪守儒家名教。注重三纲五常的教化及家庭伦理建设。著有《女典篇》以为妇德、妇言、妇工、妇容四教关系丈夫行为功过、家道谐允和国家兴亡，故极力提倡封建妇教，反对女子“丽色妖容，高才美辞”，认为此乃“兰形棘心”，“在邦必危，在家必亡”。

赠傅休奕[1]诗

茕茕[2]独夫，寂寂静处。酒不盈觞，肴不掩俎[3]。

厥客伊何[4]，许由巢父[5]。厥味伊何，玄酒瓠脯[6]。

三光飞景[7]，玉衡代迈[8]。龙集甲子[9]，四时成岁[10]。

权舆授代[11]，徐陈荡秽[12]。元服初嘉[13]，万福咸会。

赫赫应门[14]，严严朱阙[15]。群后扬扬[16]，庭燎晢晢[17]。

【注释】

[1] 傅休奕，即傅玄，字休奕。

[2] 茕茕，孤单无依貌。

[3] 俎，音 zǔ，古代盛酒食的器皿。樽以盛酒，俎以盛肉。

[4] 伊何，谁，何人。

[5] 许由，传说中的隐士。相传尧让以天下于许由，许由不受，遁居于颍水之阳箕山之下。巢父，传说为尧时的隐士。《高士传·巢父》：“巢父者，尧时隐人也，山居不营世利，年老以树为巢而寝其上，故时人号曰巢父。”

[6] 玄酒，指淡薄的酒。瓠脯，瓠瓜干。

[7] 三光，日、月、星。飞，飞快。景，同“影”，影子。

[8] 玉衡，泛指北斗。代，交替，替代。迈，迈进。

[9] 甲子，甲子为干支之一，干支顺序为第 1 个。中国传统纪年干支历的干支纪年中一个花甲的第 1 年称“甲子年”。甲子年对应公历年计算公式：设年份为 y，得 x，60x+4=y。

[10] 四时，四季。成岁，成为一年。

[11] 权，权力。舆，车。授，授予。代，代驾。

[12] 徐陈，陈指的是陈登，《世说新语·德行》载：“陈仲举言为士则，行为世范，登车揽辔，有澄清天下之志。”徐指徐稚，字孺子，东汉高士，才名远播但是不愿出仕，《后汉书·徐稚》载，徐稚曰：“为我谢郭林宗，大树将颠，非一绳所维，何为栖栖不遑宁处？”荡秽，清除污浊。

[13] 元服，古代男子的成年仪式，古称行冠礼为加元服。《三国志·齐王芳纪》载：“四年春正月，帝加元服，赐髃臣各有差。”元服属于嘉礼之一。初嘉，在魏晋时期，加元服可以初嘉、再嘉和三嘉。

[14] 赫赫，显赫盛大貌，显著貌。应门，古代王宫的正门。

[15] 严严，严肃威武。朱阙，借指皇宫、朝廷。

[16] 群后，泛指公卿，如：张衡《东京赋》：“于是孟春元日，群后旁戾。”李善 注：“群后，公卿之徒也。”扬扬，得意貌。

[17] 庭燎，古代庭中照明的火炬。晢晢，明亮貌。

诗评：

这首诗是赞颂齐王芳加元服的盛事。元服礼，又称冠礼，属于“五礼”中的嘉礼，是给跨入成年人行列的男子加冠的礼仪，即成人礼。这首诗的写作意图是庆祝曹芳“元服初嘉”，那么此诗的写作时间应该是正始四年齐王芳加元服之后不久。为什么皇帝加元服群臣之间就要大肆赞颂呢？因为皇帝举行元服礼的年龄和政治时机是皇帝政治地位变化的重大转折性事件之一，是皇帝亲政的重要时间标志。魏晋男子加元服的年龄从 11 岁至 20 岁不等，加元服的次数也可以是一次到三次不等。

正始四年曹芳 12 岁，这次加元服是在他初次加元服，就是第一次举行冠礼，按程晓所言“初嘉”则意味着以后准备有再嘉三嘉，可是由于曹芳福短，并未等来再嘉。

我们从《三国志·齐王芳纪》看，在齐王芳加元服后应该也没有实际上掌握军政大权，正始五年，齐王芳“讲尚书经通，使太常以太牢祀孔子于辟雍，以颜渊配；赐太传、大将军及侍讲者各有差”。正始六年“冬十一月，祫祭太祖庙”。嘉平元年之后权落司马宣王，曹芳就更无实权，但是从史集缝隙中我们能看到逐渐年长的曹芳对权力的渴望，当曹芳参与了李峰等人的谋废司马师的事件败露后，便被废。

但是无论如何在正始四年时，齐王芳加元服就是给了拥护曹魏政权的人一个希望。所以在这首诗中我们看到了程晓复杂的欣喜之情。

按这首诗的情景来看是程晓在等待傅玄共享酒宴时所作。

他在开篇说，我茕茕一人，在这寂寞静地。酒不满杯，菜不满盘。我的客人是谁?是像许由、巢父一样的人。我的饭菜的味道如何？不过是些薄酒和瓠瓜干。程晓写自己招待傅玄的是如此简单的菜肴更能说明两人情笃。

然后程晓说日、月、星照在地上的影子轮换飞逝，北斗星一轮又一轮地出现、消失。这样美的时间描写足见古人对时间的独特的观察方法和时间概念。

然后程晓写道“龙集甲子，四时成岁。”按说这应该是程晓对曹芳加元服的时间描绘，按现在常用的算法，齐王芳是在正始四年春正月，也就是公元243年加元服的，可是程晓却写“龙集甲子，四时成岁”。也就是说齐王芳是在甲子年加元服，而正始年间的甲子年应该是公元244年，这里产生了时间差，此处存疑。

“权舆授代”就是说驾车的权利交给了别人，实际上就是指皇权暂时由别人代理。

“徐陈荡秽”即是说代皇上理政的人，即曹爽和司马懿就像是徐稺和陈登一样立志清除污秽，使朝政清明。

其下的诗是对曹芳加元服的赞扬以及魏世的称颂。他说帝初嘉元服，万福咸会。

那庄严肃穆的宫门，严肃威武的宫殿。以及得意的群臣和明亮的宫殿。这些描写其实是对魏朝的称颂，可见程晓对这次帝加元服的事情是非常开心的。

程晓赠答诗特点：

程晓今存诗两首，除了《赠傅休奕诗》还有一首《嘲热客诗》，两首诗风格迥异，诗辞风格也颇有不同，《赠傅休奕诗》是四言诗，用辞手法有摹仿《诗经》痕迹，前半篇主情，后半篇主颂，辞义典雅。而《嘲热客诗》则是五言，有叙事诗之特点，语言平易，叙论清晰，说理干练。

傅　玄

傅玄，字休奕，北地泥阳人。祖燮，汉汉阳太守。父干，魏扶风太守。西晋时期文学家、思想家。玄少孤贫，博学善属文，解钟律。傅玄博学能文，曾参加撰写《魏书》，又著《傅子》数十万言，诗赋、散文、史传、政论无不擅长，现存诗歌一百多首，《文心雕龙》谓：“傅玄篇章，义多规镜。”

又答程晓诗

羲和运玉衡[1]，招摇赋朔旬[2]。嘉庆形三朝[3]，美德扬初春。
圣主加元服，万国望威神。伊周敷玄化[4]，并世沾天人[5]。
洪崖歌山岫[6]，许由嗟水滨[7]。

【注释】

[1] 羲和，古代神话传说中的人物，驾御日车的神。《楚辞·离骚》：“吾令羲和弭节兮，望崦嵫而勿迫。”王逸注：“羲和，日御也。”玉衡，车辕头横木的美称。刘向《九叹·思古》：“枉玉衡于炎火兮，委两馆于咸唐。”王逸注：“衡，车衡也。”

[2] 招摇，炫耀，张扬。朔，农历每月初一，朔望。旬，十日为一旬。

[3] 嘉庆，吉祥喜庆，亦指喜庆的事。三朝，魏文帝、魏明帝、齐王芳三朝。

[4] 伊周，商朝伊尹和西周周公旦，两人都曾摄政，后常并称。玄化，圣德教化。

[5] 并世，同时代。天人，至人、神人。

[6] 洪崖歌山岫，三年春正月丁亥，太尉宣王还至河内，帝驿马召到，引入卧内，执其手谓曰：“吾疾甚，以后事属君，君其与爽辅少子。吾得见君，无所恨！”宣王顿首流涕。崖，传说中的仙人名，《吕氏春秋·古乐》称其曾为黄帝作律，于是他从大夏之西走到昆仑山脚下，根据凤凰的叫鸣区别了十二律，后铸十二钟，以和五音，以施英韶。山岫，山峰，山峦。

[7] 许由嗟水滨，尧知许由贤德，欲禅让于许由。许由听说后，坚辞不就，洗耳颍水，隐居山林。

诗评：

傅玄有两首诗是为答程晓赠诗所作，一首是《又答程晓诗》（羲和运玉衡）另一首是《答程晓诗》（奕奕两仪）。这两首诗的主要内容都是对曹芳加元服的赞扬，对魏朝的称颂。但是从内容上来说，《又答程晓诗》（羲和运玉衡）中所运用的诗辞与程晓《赠傅休奕诗》的诗辞更贴近。对程晓《赠》诗中的诸多内容，在《又答程晓诗》（羲和运玉衡）中都有所回应。比如程晓《赠傅休奕诗》提到了“玉衡代迈”而傅玄《又答程晓诗》（羲和运玉衡）中有“羲和运玉衡”作为回应；比如程晓《赠傅休奕诗》提到了“权舆授代，徐陈荡秽”，而傅玄《又答程晓诗》（羲和运玉衡）中有“伊周敷玄化，并世沾天人”作为回应；程晓《赠傅休奕诗》提到了“厥客伊何，许由巢父”，而傅玄《又答程晓诗》（羲和运玉衡）中有“洪崖歌山岫，许由嵯水滨”作为回应。

对赠诗中的诗辞做出回应是此时赠答诗的特点，比如费祎《嘲吴群臣》中说“凤皇来翔”，诸葛恪《答费祎诗》说“爰植梧桐，以待凤凰。有何燕雀，自称来翔”。又如杜挚《赠毌丘俭诗》有“骐骥马不试，婆娑槽枥间”。毌丘俭《答杜挚诗》有“骏骥骨法异，伯乐观知之”。

而且在傅玄《答程晓诗》（奕奕两仪）诗中有“伊州作弼，王室惟康。颙颙兆民，蠢蠢戎膻”。句，这两句诗指的是正始五年（公元244年）曹魏置辽东属国事，《三国志·齐王芳纪》载：“（正始五年）九月，鲜卑内附，置辽东属国，立昌黎县以居之。”那么从这件事上也显示出曹芳加元服的程晓与傅玄诗中所载与《三国志》记载的时间差。按程晓、傅玄诗中所言曹芳应该是在正始五年嘉元服的。按《宋书·礼志一》载：“周之五礼，其五为嘉。……《春秋左氏传》曰：‘晋侯问襄公年，季武子对曰：“会于沙随之岁，寡君以生。”晋侯曰：“十二年矣，是谓一终。一星终也。国君十五而生子。冠而生子，礼也。君可以冠矣。大夫盍为冠具。”武子对曰：“君冠必以裸享之礼行之，以金石之乐节之，以先君之祧处之。今君在行，未可具也。请及兄弟之国而假备焉。晋侯许诺。还及卫，冠于成公之庙，假钟磬焉，礼也。’贾、服说，皆以为人礼十二而冠也。《古尚书》说武王崩，成王年十三。推武王以庚辰岁崩，周公以壬午岁出居东，以癸未岁反。《礼》周公冠成王，命史祝辞。辞，告也。是除丧冠也。周公居东未反，成王冠并弁以开金縢之书，时十六矣。是成王年十五服除，周公冠之而后出也。按《礼》《传》之文，则天子诸侯近十二，远十五，必冠矣。《周礼》虽有服冕之数，而无天子冠文。《仪礼》云：‘公侯之有冠礼，夏之末造。’王、郑皆以为夏末上下相乱，篡弑由生，故作公侯冠礼，则明无天子冠礼之审也。大夫又无冠礼。”

而实际上两汉时期，西汉惠帝元服时年20岁，《汉书·惠帝纪》：“四年三月甲子，皇帝冠，赦天下。”汉昭帝元服时 18 岁，《汉书 · 昭帝纪》：“（元凤）四年春正月丁亥，帝加元服，见于高庙。”汉平帝早崩，《汉书 · 平帝纪》载：“（元始五年）冬十二月丙午，帝崩于未央宫。大赦天下。有司议曰：‘礼，臣不殇君。皇帝年十有四岁，宜以礼敛，加元服。’奏可。”平帝 14 岁崩，辅政的权臣王莽为其补加元服。从追加元服礼前后的议论看，14 岁还不到礼仪规定的加元服年龄。东汉时期，汉和帝 13 岁加元服。《后汉书 · 孝和帝纪》：永元三年（公元 89 年）“春正月甲子，皇帝加元服，赐诸侯王、公、将军、特进、中二千石、列侯、宗室子孙在京师奉朝请者黄金，将、大夫、郎吏、从官帛。”安帝加元服时年 16 岁。《后汉书 · 安帝纪》：永初三年（公元 109 年）“春正月庚子，皇帝加元服。”顺帝 15 岁加元服，《后汉书 · 顺帝纪》：永建四年（公元 129 年）“春正月丙子，帝加元服。”桓帝加元服，汉献帝 14 岁加元服。汉朝七位黄帝加元服最小的是 13 岁，曹芳若 12 加元服则稍早。再看两晋，西晋没有黄帝加元服，东晋成帝、穆帝、孝武帝均是 15 岁加元服，安帝 16 岁加元服，也都年龄稍大，所以《三国志 · 齐王芳纪》对齐王芳加元服的时间可能记载有误。齐王芳或许应该是正始五年加元服。

傅玄《又答程晓诗》“羲和运玉衡，招摇赋朔旬”是说羲和掌管着玉衡，管理着朔、旬。也即是说羲和掌握着时间。“嘉庆形三朝”是说魏经历了魏文帝、魏明帝、曹芳三个值得好好庆祝的朝代，美德在初春时节弘扬。圣主行了加元服礼，万国仰望着他的神威。伊尹和周公旦他们宣扬圣德教化，伊尹和周公旦指的是曹爽和司马懿，《三国志 · 明帝纪》：“三年春正月丁亥，太尉宣王还至河内，帝驿马召到，引入卧内，执其手谓曰：‘吾疾甚，以后事属君，君其与爽辅少子。吾得见君，无所恨！’宣王顿首流涕。”傅玄说虽在是都是当世人但是他们可以和天人可媲美。傅玄说洪崖在山间唱歌，许由在水边嗟叹。歌唱、嗟叹什么呢？当然是巍巍大魏之盛世了。

答程晓诗

奕奕两仪[1]，昭昭太阳。四气[2]代升，三朝受祥。
济济群后[3]，峨峨圣皇。元服肇御[4]，配天垂光。
伊州作弼[5]，王室惟康。颙颙兆民[6]，蠢蠢戎膻[7]。
率土充庭[8]，万国奉蕃。皇泽云行[9]，神化风宣[10]。
六合咸熙[11]，遐迩[12]同欢。赫赫明明[13]，天人合和。
下冈遗滞[14]，焦朽[15]斯华。矧[16]我良朋，如玉之嘉。
穆穆雍雍，兴颂作歌。

【注释】

[1] 两仪，指天地。

[2] 四气，指春、夏、秋、冬四时的温、热、冷、寒之气。

[3] 济济，众多貌。群后，泛指公卿。

[4] 肇，开始。御，对帝王所作所为及所用物的敬称。

[5] 伊州，地名，禹贡九州之外，古戎地，伊州属于魏昌黎县。弼，辅佐。

[6] 颙颙，肃敬貌。兆民，古称天子之民，后泛指众民，百姓。

[7] 蠢蠢，骚乱貌。戎，西戎。膻，膻味。

[8] 率土，《诗经·小雅·北山》："率土之滨，莫非王臣。"王引之《经义述闻·毛诗中》："《尔雅》曰：'率，自也。自土之滨者，举外以包内，犹言四海之内。'"充庭，充满朝廷。

[9] 皇泽，皇帝的恩泽。云行，犹广布。

[10] 神化，犹圣化，圣王的教化。风宣，广泛传播。

[11] 六合，天地四方，整个宇宙的巨大空间。《庄子·齐物论》："六合之外，圣人存而不论；六合之内，圣人论而不议。"成玄英 疏："六合者，谓天地四方也。"咸，都。熙，和乐。

[12] 遐迩，远近。

[13] 赫赫，显赫盛大貌，显著貌。明明，古代歌颂帝王用语，谓圣明聪察。

[14] 遗滞，指弃置未用的人才。

[15] 焦朽，犹枯萎。

[16] 矧，况且。

诗评：

傅玄在这首诗中说美好的天地之间，有明亮的太阳。四气交替升起，大魏三朝都承受了吉祥。群臣济济，圣皇巍峨。皇帝陛下开始加元服，这样就能与上天的光辉相匹配。

"伊州作弼，王室惟康。颙颙兆民，蠢蠢戎膻"这两句诗说伊州现在是大魏的属国了。王室非常康健。天下的子民都非常肃静，而西戎则十分骚乱。傅玄用"膻"字形容西戎实际上是对西戎的蔑称。鲜卑是西戎一支，《三国志·齐王芳纪》载："（正始五年）九月，鲜卑内附，置辽东属国，立昌黎县以居之。"即是此事。

从傅玄此诗我们可以看出有一些属国也参加了曹芳的加元服礼。"率土充庭"，"率土"指的就是拥有土地的诸侯王和藩王，这些拥有土地的人占满了大殿，"万国奉蕃"也是相近意思。傅玄说黄斯笔下的恩泽广布，圣王的教化广泛传播。六合之内一片祥和，远近之人都一同庆祝。赫赫明明，这是天人合一的表现。

然后傅玄非常夸张地说这样的日子让枯萎的东西都再度繁华起来。何况我像美玉一样的好友呢？这是对程晓的夸赞和鼓励。最后傅玄说“穆穆雍雍，兴颂作歌”。我这首歌就是因此而作。

傅玄赠答诗特点：

傅玄是魏晋时期的高产诗人，在逯钦立的《先秦汉魏晋南北朝诗》中辑录有傅玄诗歌130余首，而这些诗有超过100首都是乐府诗，赠答诗只有这两首。傅玄这两首赠答诗一首四言一首五言，言辞雅正，用典文明。像大多数宫廷诗一样，内容不出窠臼，但是傅玄和程晓却用赠答诗的形式来书写带有宫廷文学性质的诗是比较少见的。按程晓的赠诗看，此诗应该还是限于傅玄与程晓的私人赠答，但是在私人赠答时中不写私情，全诗赞颂朝廷帝王之词，在赠答诗中还是少见。

何　劭

何劭，字敬祖，陈国阳夏人，青龙四年（公元年236年）生，《晋书》卷三十三《何劭传》："少于武帝（字安世，文帝长子也）同年，有总角之好。"何劭年少及与晋武帝交好，《晋书·何劭传》载："帝为王太子，以劭为中庶子，甚见亲待。劭雅有资望，远客朝见，必以劭侍直。每诸方贡献，帝辄赐之，而观其占谢焉。"所以终其一生何劭的仕途都比较顺遂，武帝时何劭曾任中庶子、散骑常侍，累迁侍中尚书。晋惠帝时何劭为太子太师，通省尚书事，转特进，累迁尚书左仆射。臧荣绪《晋书》："博学多闻，善属文章。"即便经历"八王之乱"何劭也能相对平安地渡过，"永康初，迁司徒。赵王伦篡位，以助为太宰。"（《晋书·何劭传》）《晋书》称"劭博学善属文，陈说近代事，若指诸掌。骄奢简贵有父风。然优游自足。不贪权势，诸王交争时，劭游其间，无怨之者，故不为所害。"

赠张华诗

四时[1]更代[2]谢，悬象[3]迭卷舒[4]。暮春[5]忽复来，和风[6]与节俱。
俯临[7]清泉涌，仰观嘉木[8]敷。周旋[9]我陋圃[10]，西瞻广武庐[11]。
既贵不忘俭，处有能存无。镇俗[12]在简约，树塞[13]焉足摹。
在昔[14]同班司[15]，今者并园墟。私愿偕黄发，逍遥综琴书。
举爵茂阴下，携手共踌躇[16]。奚用遗形[17]骸，忘筌在得鱼。

【注释】

[1] 四时，四季。《易·恒》："四时变化而能久成。"《礼记·孔子闲居》："天有四时，春秋冬夏。"

[2] 更代，替换。《史记·项羽本纪》："彼 赵高 素谀日久，今事急，亦恐 二世 诛之，故欲以法诛将军以塞责，使人更代将军以脱其祸。"

[3] 悬象，天象。多指日月星辰。《易·系辞上》作"县象"。汉 班固《典引》："悬象暗而恒文乖，彝伦斁而旧章缺。"

[4] 卷舒，卷起与展开。

[5] 暮春，春末，农历三月。《逸周书·文傅》："文王 受命之九年，时维暮春。"

[6] 和风，温和的风。多指春风。三国 魏 阮籍《咏怀》诗之一："和风容与，明日映天。"

[7] 俯临，居高临下。

[8] 嘉木，美好的树木。汉 张衡《西京赋》："嘉木树庭，芳草如积。"

[9] 周旋，盘桓；展转；反复。晋 夏侯湛《东方朔画赞》："周旋祠宇，庭序荒芜。"

[10] 陋圃，狭小的园圃。借指浅狭简陋的居处。李周翰注："陋圃，谓 敬祖 之园。华 居在西，故云西瞻也。华封广武侯，故曰'广武庐'。庐，宅也。"

[11] 广武庐，张华之宅。

[12] 镇俗，谓抑制庸俗的世风。《晋书·束皙传》："将研六籍以训世，守寂泊以镇俗。"

[13] 树塞，设立影壁，此处指礼教。《论语·八佾》："邦君树塞门，管氏 亦树塞门……管氏 而知礼，孰不知礼？"何晏 集解引 郑玄 曰："人君别内外，于门树屏以蔽之。"邢昺 疏："此孔子 又为或人说 管仲 不知礼之事也。邦君，诸侯也。屏谓之树。人君别内外，于门树屏以蔽塞之；大夫当以帘蔽其位耳。"亦省作"树塞"。

[14] 在昔，从前；往昔。《书·洪范》："我闻在昔，鲧陻洪水，汩陈其五行。"汉 班固《东都赋》："勋兼乎在昔，事勤乎三五。"

[15] 同班司，同衙署。

[16] 踌躇，踯躅，徘徊不进。东方朔《七谏·沉江》："骥踌躇于弊輂兮。"王逸注："踌躇，不行貌。"

[17] 遗形，超脱形骸，精神进入忘我境界。《文选·贾谊〈鵩鸟赋〉》："真人恬漠兮，独与道息。释智遗形兮，超然自丧。"李善注："《庄子》云：仲尼 问于 颜回 曰：'何谓坐忘？'回曰：'堕支体，黜聪明，离形去智，同于大道，此谓坐忘。'司马彪 曰：'坐而自忘其身。'"

诗评：

何劭的这首《赠张华诗》的写作时间应该是在元康元年左右，何诗写"西瞻广武庐"，晋灭吴以后，张华被封为"广武县侯"，又何劭诗写"在昔同班司"。《晋书·张华传》载："惠帝即位，以张华为太子少傅。"《晋书·何劭传》载："惠帝即位，初建东宫，太子年幼，欲令亲万机，故盛选六傅，以劭为太子太师，通省尚书事。"则惠帝继位改元元康，此时二人同班司。何劭的赠诗应该是写在这个时候，任太子太师、太子少傅应是远离政权的职位，所以何劭与张华都会生出"逍遥综琴书"的意愿，《晋书·张华传》载："与王戎、裴楷、和峤俱以德望为杨骏所忌，皆不与朝政。"但是从张华《答何劭（其三）》来看，张华后来又回到了庙堂，张华重受重用是在楚王司马玮叛乱前也就是元康元年（公元 291 年），所以这一组赠答诗应该就是写作在元康元年。

何劭在这首诗中写四时更迭，日月轮转，在暮春时节，和风吹起时。何劭俯看泉水涌动，仰观嘉木发芽。何劭说自己在简陋的园圃中漫步，“陋圃”一词应该是谦辞，《晋书·何劭传》载：“骄奢简贵，亦有父风。衣裘服玩，新故巨积。食必尽四方珍异，一日之供以钱二万为限。时论以为太官御膳，无以加之。”何劭喜奢华，以“陋圃”自称过于谦逊。向西瞻仰广武侯的宅院。

接着何劭说了一些在清谈中比较流行的话：“既贵不忘俭，处有能存无。镇俗在简约，树塞焉足摹。”在富有高贵时不忘简谱，在有的时候也能存“无”。要以简约来修正世俗，礼教不足以恪守。“有”“无”“贵”“俭”等都是在西晋清谈中比较流行的词语，无论这些达官显贵是否真的能“存无”、贵“简”，但是在言谈中还是要时时挂在嘴边的。

何劭说昔日我们在一个衙署，今日在一个园墟，看来两人此时在一起。他希望能与张华一同偕老，逍遥综琴书。一同饮酒，携手共踌躇。最后他说这样即使不用遗形骸，两人也能体道得道。

何劭赠答诗特点：

何劭的这首《赠张华诗》单从辞藻以及诗文传达的情谊来说还是比较清丽优雅的。如果不考虑何劭的奢靡生活作风以及优游善舞的德性，那么这首诗可以说写得有情有景又有时下流行的说话热点，可算得体又有一种雍容之情。可见诗也不一定是诗人真情实感的表达，诗辞有时就像诗人的面具，写的像真情、私情，但是究竟有几分诗人的真意还是要思量一下。

张 华

张华，字茂先，范阳方城人。生于魏明帝曹睿太和六年（公元232年），卒于晋惠帝永康元年（公元300年）。他的一生经历丰富，历经魏晋两朝。张华父亲曾任渔阳太守，但是早逝，年少时张华“穷且弥坚，不坠青云之志”，正始时期张华受到刘放赏识，声名鹊起。后来在卢钦的推荐下张华出任太常博士、著作郎、中书郎，从而成为司马昭的近臣。

晋武帝时期张华力主平吴，并因此备受重用，也因此张华进封为广武县侯，增邑万户。张华曾受到荀勖、冯紞的谗害，并因此屡次迁官。

晋惠帝时，张华献计平息了楚王之乱，挽救了危局，并因此拜右光禄大夫、开府仪同三司。贾后专政时张华因“进无逼上之嫌，退为众望所依”而得到重用。

永康元年（公元300年），赵王伦篡权，企图拉拢张华而不得，张华因此被夷灭三族，成为政治斗争牺牲品。

张华可谓是西晋初期的文坛领袖，其诗文重情而尚辞，陆云在《与兄平原书》中说：“往日论文，先辞而后情，尚絜而不取悦泽。尝忆兄道张公父子论文，实自欲得。今日便欲宗其言，兄文章之高远绝异，不可复称言。”张华对文章情感的重视影响了陆氏兄弟等西晋诗人。张华现存完整的诗歌24题42首，另有残诗9首。刘勰在《文心雕龙·时序》说：“茂先摇笔而散珠。”开始肯定张华诗歌的艺术成就。钟嵘《诗品》评曰：“其体华艳，兴托不奇，巧用文字，务为艳冶。虽名高曩代，而疏亮之士，犹恨儿女情多，风云气少。今置之甲科疑弱，处之下品恨少，在季孟之间矣。”黄子云《野鸿诗的》说：“茂先失于气馁而不健，然其雍和温雅，中规中矩，颇有儒者气象。《情诗》《杂诗》等篇，不免康乐千篇一体之讥，余若《励志》诸什，断不可一概掩之。”

答何劭诗

其　一

吏道[1]何其迫[2]，窘然[3]坐自拘[4]。缨緌[5]为徽纆[6]，文宪[7]焉可逾。
恬旷[8]苦不足，烦促[9]每有余。良朋贻新诗，示我以游娱[10]。
穆如[11]洒清风，焕若[12]春华敷[13]。自昔同寮寀[14]，于今比园庐[15]。
衰疾近辱殆[16]，庶几[17]并悬舆[18]。散发[19]重阴下，抱杖临清渠。
属耳听鷽鸣，流目玩儵鱼。从容养余日，取乐于桑榆。

【注释】

[1] 吏道，做官的道路。

[2] 何其迫，多么狭窄。

[3] 窘然，窘迫貌；拘束貌。

[4] 拘，拘束。

[5] 缨緌，冠带与冠饰。亦借指官位或有声望的士大夫。汉 蔡邕《郭有道碑文》："于时缨緌之徒，绅珮之士，望形表而影附，聆嘉声而响和者，犹百川之归巨海，鳞介之宗龟龙也。"

[6] 徽纆，绳索。古时常特指拘系罪人者。《易·坎》："上六，系用徽纆，置于丛棘。"陆德明释文引 刘表 云："三股曰徽，两股曰纆，皆索名。"

[7] 文宪，礼法；法制。李周翰 注："宪，法也。"

[8] 恬旷，淡泊旷达。

[9] 烦促，迫促。张铣注："烦促，急迫也。"

[10] 游娱，游戏娱乐。汉 张衡《思玄赋》："虽游娱以媮乐兮，岂愁慕之可怀。"

[11] 穆如，和美貌。汉 扬雄《法言·渊骞》："观其行者穆如也。"

[12] 焕若，光耀貌。

[13] 春华敷，春花开。

[14] 寮寀，指僚属或同僚。

[15] 园庐，田园与庐舍。汉 张衡《南都赋》："于其宫室，则有园庐旧宅，隆崇崔嵬。"

[16] 辱殆，困辱和危险。语本《老子》："知足不辱，知止不殆，可以长久。"

[17] 庶几，差不多；近似。《易·系辞下》："颜 氏之子，其殆庶几乎？"高亨注："庶几，近也，古成语，犹今语所谓'差不多'，赞扬之辞。"

[18] 悬舆，谓辞官家居。汉 王充《论衡·自纪》："章和 二年，罢州家居，年渐七十，时可悬舆。"

[19] 散发，披散头发。，喻指弃官隐居，逍遥自在。《后汉书·袁闳传》："延熹 末，党事将作，闳遂散发絶世，欲投迹深林。"

其 二

洪钧陶万类[1]，大块禀群生[2]。明暗信异姿[3]，静躁亦殊形。
自予及有识[4]，志不在功名。虚恬[5]窃所好，文学少所经。
忝荷既过任[6]，白日已西倾。道长苦智短，责重困才轻。
周任有遗规[7]，其言明且清。负乘为我戒[8]，夕惕[9]坐自惊。
是用感嘉贶[10]，写心出中诚。发篇虽温丽[11]，无乃违其情。

【注释】

[1] 洪钧，指天。洪钧陶万类，李善注："洪钧，大钧，谓天也；大块，谓地也。言天地陶化万类，而群化禀受其形也。"

[2] 大块，大自然；大地。《庄子·齐物论》："夫大块噫气，其名为风。"成玄英 疏："大块者，造物之名，亦自然之称也。"大块禀群生，李善 注："大块，谓地也。"

[3] 明暗，明与暗；明显与隐晦。异姿，不同的姿态，形状。

[4] 有识，有见识的人。

[5] 虚恬，清虚恬淡。

[6] 忝荷既过任，忝任，有愧地担任。

[7] 周任有遗规，周任，周 时大夫，一说为古之良史。其人正直无私，疾恶务去。《左传·昭公五年》："周任有言曰：'为政者，不赏私劳，不罚私怨。'"又《隐公六年》："周任有言曰：'为国家者，见恶，如农夫之务去草焉。'"杜预注："周任，周大夫。"杨伯峻注引马融《论语注》："周任，古之良史。"后世为官从政者多服膺其言，以其人为楷模。

[8] 负乘为我戒，负乘，语出《易·解》："六三：负且乘，致寇至，贞吝。《象》曰：负且乘，亦可丑也。自我致戎，又谁咎也。"意思是指居非其位，才不称职。负乘为我戒，要以才不称职为戒。

[9] 夕惕，谓至夜晚仍怀忧惧，工作不懈。

[10] 嘉贶，厚赐。

[11] 温丽，温婉典雅。《后汉书·周荣传》："臣伏惟古者帝王有所号令，言必弘雅，辞必温丽。"

其 三

驾言[1]归外庭[2]，放志永栖迟[3]。相伴步园畴[4]，春草郁郁滋。

荣观虽盈目，亲友莫与偕。悟物增隆思[5]，结恋慕同侪[6]。

援翰[7]属新诗，永欢有余怀。

【注释】

[1] 驾言，驾，乘车；言，语助词。语本《诗·邶风·泉水》："驾言出游，以写我忧。"后用以指代出游，出行。

[2] 外庭，国君听政的地方。对内廷、禁中而言。司马迁《报任少卿书》："乡者仆尝厕下大夫之列，陪奉外廷末议。"

[3] 栖迟，滞留。《后汉书·冯衍传下》："久栖迟于小官，不得舒其所怀，抑心折节，意悽情悲。"

[4] 园畴，园中田地。

[5] 隆思，繁乱的心思。陆机《为顾彦先赠妇》："隆思乱心曲，沉欢滞不起。"刘良注："隆，繁也。"

[6] 同侪，同伴，伙伴。

[7] 援翰，执笔。晋 向秀《思旧赋》："佇驾言其将迈兮，故援翰以写心。"

诗评：

这首诗是张华对何劭的回应，何劭在诗中写"在昔同班司，今者并园墟。私愿偕黄发，逍遥综琴书。举爵茂阴下，携手共踌躇。奚用遗形骸，忘筌在得鱼。"表达了想与张华一同辞官归隐，过清闲日子的愿望，张华在这首诗中也对何劭的建议给出了回应。

其一张华写为官的道路实在是太狭窄了，我每每一个人坐在那里就感到非常拘束。仿佛头上的冠带就是镣铐绳索，礼法又丝毫不可逾越。真是旷达不足，烦促有余。幸好有你给我写的新诗，让我们有一点快乐。看了你的诗我觉得如沐清风，整个人精神大振，好像春花开放。我们曾经是同僚，现在是邻居。我们都到了要解甲归田的年纪，到时候我们一起在树荫下散发，在清泉边抱杖而立，耳朵里听着鸟鸣声，眼里看着游鱼。从容地度过剩下的日子，在故乡欢度晚年。

其二张华写，上天云生万物，大自然万物群生。它们姿态各异，形貌殊途。我和那些有见识的人，我们的志向都不在功与名。我所钟爱的是清虚恬淡，所以在文章经籍上我少做经营。

我有愧地为官颇久，但如今年岁见长又如白日西倾。以后的路还很长，但是我的智谋不足，责任重大但是我才学不足。周任对做官的人有明白清楚的告诫。《解》卦六三也说要以才不称职为戒，所以我工作不懈，但是仍然心怀不安。因此我十分感谢你的来信，信中写出了你心中的诚挚之情。你的文章看似温文尔雅，但实际上情感丰沛，堪称佳文！

其三张华写，我乘着马车回到外庭，辞官放志的事情要长久地滞留了。我和别人一同在田园中散步，春草郁郁而生。眼前尽是美丽的景象，但是我的亲友没有和我一起。看到眼前的景象心中生起很多思绪，我羡慕那些有同伴的人。执笔写下这首新诗，愿你永远快乐。

从这三首诗中我们可以看到虽然张华一直想要辞官归隐，但是最终也没有做到，还是回到了朝堂之上。

赠挚仲治[1]诗

君子有逸志[2]，栖迟[3]于一丘。
仰荫高林茂，俯临渌水[4]流。
恬淡养玄虚，沈精研圣猷[5]。

【注释】

[1] 挚仲治，挚虞，字仲治。

[2] 逸志，超逸脱俗之志。晋 袁宏《三国名臣序赞》："公瑾 卓尔，逸志不群。"

[3] 栖迟，游息。《诗·陈风·衡门》："衡门之下，可以栖迟。"朱熹《集传》："栖迟，游息也。"

[4] 渌水，清澈的水。汉 张衡《东京赋》："于东则洪池清籞，渌水澹澹。"

[5] 圣猷，皇帝的谋略。《晋书·庾冰传》："上不能光赞圣猷，下不能缉熙政道。"

诗评：

这首诗是张华送给挚虞的，他在诗中夸赞挚虞有玄虚逸志，他说君子您有超逸脱俗之志，在一小山上游息，仰头看着高林茂密，低头临着清澈的水流。恬淡养玄虚，沉下心来研究皇帝的谋略。

张华赠答诗特点：

在谈起张华的诗歌时我们常说他风云气多，儿女情长。的确，在张华的诗中经常能看到侠客、雄儿的身影，如《博陵王宫侠曲》"侠客乐幽险，筑室穷山阴。""雄儿任气侠，声盖少年场。"《游猎篇》"鸟惊触白刃，兽骇挂流矢。仰手接游鸿，举足蹴犀兕。"善于言情，且情感丰富。《壮士篇》"壮士怀愤激，安能守虚冲。"等诗尽显男儿侠气。《情诗》《感婚诗》又缠绵悱恻，儿女情长。可是张华的赠答诗却显得清雅玄淡。不同诗题不同诗用，张华的诗灵活多变，巧用文字，丽而不艳。

傅　咸

傅咸，字长虞，北地泥阳人。曹魏扶风太守傅干之孙，司隶校尉傅玄之子。曾任太子洗马、尚书右丞、御史中丞等职。顾荣：“傅长虞为司隶，劲直忠果，劾按惊人。虽非周才，偏亮可贵也。”房玄龄：“长虞风格凝峻，弗坠家声。及其纳谏汝南，献书临晋，居谅直之地，有先见之明矣。”

傅咸诗今存10余首，赋30多篇，《晋书·傅咸传》载：“（傅咸）刚简有大节。好属文论，虽绮丽不足，而言成规鉴。”由于诗文多“规鉴”之言，所以庾纯评其诗文曰：“长虞之文近乎诗人之作矣！”钟嵘《诗品》将傅咸诗列为下品，其曰：“长虞父子，繁富可嘉。”

赠何劭王济诗

序：朗陵公何敬祖，咸之从内兄[1]，国子祭酒[2]王武子，咸从姑之外孙也，并以明德见重于世，咸亲之重之，情犹同生，义则师友。何公既登侍中，武子俄而[3]亦作，二贤相得甚欢，咸亦庆之。然自限暗劣，虽愿其缱绻，而从之末由[4]，历试无效，且有家艰[5]，心存目替，赋诗申怀以贻之。

日月光太清，列宿[6]曜紫微[7]。赫赫大晋朝，明明辟皇闱[8]。
吾兄既凤翔，王子亦龙飞。双鸾游兰渚，二离[9]扬清晖。
携手升玉阶，并坐侍丹帷[10]。金珰缀惠文[11]，煌煌[12]发令姿。
斯荣非攸庶，缱绻情所希。岂不企高踪[13]，麟趾[14]邈难追。
临川靡芳饵[15]，何为守空坻[16]。槁叶待风飘，逝将与君违。
违君能无恋，尸素[17]当言归。归身蓬荜庐，乐道以忘饥。
进则无云补，退则恤其私。但愿隆弘美，王度[18]日清夷[19]。

【注释】

[1] 从内兄，李善注引臧荣绪《晋书》曰：“何劭袭封朗陵郡公。”

[2] 国子祭酒，古代学官名。晋武帝 咸宁 四年设，以后历代多沿用。为国子学或国子监的主管官。

[3] 俄而，短暂的时间，不久；突然间。《庄子·大宗师》："俄而 子舆有病，子祀往问之。"

[4] 末由，无由。《论语·子罕》："虽欲从之，末由也已。"

[5] 家艰，指父母的丧事。潘岳《夏侯常侍诔序》："（夏侯湛）为太子舍人，尚书郎，野王令，中书郎，南阳相，家艰乞还。"刘良注："家艰，谓父母之忧也。"

[6] 列宿，众星宿。特指二十八宿。《楚辞·刘向〈九叹·远逝〉》："指列宿以白情兮，诉五帝以置词。"王逸 注："言己愿后指语二十八宿，以列己清白之情。"

[7] 紫微，即紫微垣。星官名，三垣之一。《晋书·天文志上》："紫宫垣十五星，其西蕃七，东蕃八，在北斗北。一曰紫微，大帝之座也，天子之常居也，主命主度也。"所以常以紫微星代指帝王。

[8] 皇闱，皇宫的门，亦指皇宫。

[9] 二离，喻德行高尚的二人，离，通"螭"，古代传说中没有角的龙。一说为灵鸟，即长离，传说中的凤鸟。李善注："鸾、离喻王、何也。

[10] 丹帷，赤色的帐幕。三国 魏 曹植《娱宾赋》："遂衎宾而高会兮，丹帷晔以四张。"

[11] 金珰，汉代侍中、中常侍的冠饰。珰当冠前，以黄金为之，故名。李善注引董巴《舆服志》："侍中冠弁大冠，加金珰，附蝉为文。"惠文，即惠文冠。

[12] 煌煌，明亮辉耀貌；光彩夺目貌。《诗·陈风·东门之杨》："昏以为期，明星煌煌。"朱熹《集传》："煌煌，大明貌。"

[13] 高踪，高尚的行迹。张铣注："岂不慕高轨，但踪迹邈远难可追攀也。"

[14] 麟趾，语出《诗·周南·麟之趾》："麟之趾，振振公子。"郑玄笺："喻今公子亦信厚，与礼相应，有似于麟。"后以"麟趾"作喻，比喻有仁德、有才智的贤人。

[15] 芳饵，鱼钩上芳香的诱饵。汉 赵晔《吴越春秋·勾践阴谋外传》："臣闻高飞之鸟，死于美食；深泉之鱼，死于芳饵。"

[16] 坻，水中的小块高地

[17] 尸素，谓居位食禄而不尽职。语出《汉书·朱云传》："今朝廷大臣，上不能匡主，下亡以益民，皆尸位素餐。"常用作自谦之词。三国魏钟繇《上汉献帝自劾书》："尸素重禄，旷职废任。"

[18] 王度，王者的德行器度。《左传·昭公十二年》："思我王度，式如玉，式如金。"孔颖达疏："思使我王之德度，用如玉然，用如金然，使之坚而且重，可宝爱也。"

[19] 清夷，清净恬淡。《世说新语·言语》"乐令女适大将军 成都王颖。"刘孝标注引晋虞预《晋书》："（乐广）清夷冲旷。"

诗评：

《赠何劭王济诗》的写作时间应该在咸宁四年（公元 278 年）到太康三年（公元 282）年之间。傅咸在诗中说："公既登侍中，武子俄而亦作。"也就是说傅咸写这首诗时何劭刚刚担任侍中不久，王济也刚刚在政坛上崭露头角。按《晋书·何劭传》载："及武帝即位，以劭为散骑常侍，累迁侍中尚书。"又王济20岁时，应召离家出任中书郎，后因为母亲守丧辞官。被起用任命为骁骑将军，逐渐升迁任侍中，与侍中孔恂、王恂、杨济在同一官列，成为当时俊杰。也就是说傅咸的诗写在这一段时间。又傅咸在诗序中说"且有家艰"，傅咸之父傅玄去世在咸宁四年（公元282年），故诗作于咸宁四年之后。又太康三年（公元282年）司马炎为巩固自己和儿子的帝位，遣亲弟弟齐王司马攸回到封国。王济不仅自己为司马攸求情，而且屡次派妻子常山公主与甄德之妻长广公主到司马炎面前哭诉求情，请求司马炎把司马攸留下，因而惹怒司马炎，而被司马炎疏远。如果在这之后傅咸作诗就不会写"携手升玉阶，并坐侍丹帷"了，所以这首诗写作在咸宁四年（公元278年）到太康三年（公元282）年之间。

是开篇两句是对晋朝的赞美，接下来四句是对何劭、王济的夸赞。晋朝时动辄以龙凤赞美别人，看来这个时候"龙"还不是皇族的专属称谓。凤凰、龙、麒麟、芳草历来是对人的美称，魏晋赠答诗在赞扬别人时也无非是这些说法。从第七、八句开始，傅咸写自己的真实感受，他说自己非常羡慕何劭、王济的缱绻之情，想和他们一起，但是"麟趾邈难追"，本是有亲戚关系，傅咸看二人"金珰缀惠文，煌煌发令姿"。春风得意当然羡慕。傅咸在序中写："然自限暗劣，虽愿其缱绻，而从之末由。"他说自己临着河水但是没有好的鱼饵，守着空空的河边。回到蓬草盖的简陋的房屋中，当然"蓬荜庐"是夸张的写法，乐道忘饥，进退两难，可见傅咸此时并不得志。最后傅咸依旧以祝福结尾，他祝愿二人能美名远播，能有好的德行，又能清净恬淡。

赠郭泰机诗

序：河南郭泰机，寒素后门之士，不知余无能为益，以诗见激切，可施用之才，而况沉沦不能自拔于世。余虽心知之而未如之何，此屈非复文辞所了，故直戏以答其诗云：

素丝[1]岂不洁，寒女[2]难为容。贫寒犹手拙[3]，操杼[4]安能工。

【注释】

[1] 素丝，本色的丝；白丝。

[2] 寒女，贫家女子。汉 徐干《中论·贵验》："伊尹 放 太甲，展季 覆寒女。"

[3] 贫寒犹手拙，

[4] 杼，织布机上的筘。

诗评：

西晋时期沿用魏九品中正制又有五等爵制，这导致寒门庶族地位卑贱，最多只能位于下品，而且很难晋升，根本无缘跻身上品。司马氏政权虽然也有举寒素的政策，但是寒门登显位毕竟凤毛麟角，如张华、傅玄能有几人？傅玄是寒门登科，傅咸也可算作寒门之后，所以郭泰机才会写信给傅咸以求能有机会。但是傅咸说“不知余无能为益”“余虽心知之而未如之何”。傅咸说的也是实情。傅咸说他知道郭泰机是因为他“以诗见激切”则很可能在这组赠答诗之前郭泰机将平日的赠诗呈予傅咸，希望他能看到自己的才华，傅咸在序中说自己虽然知道郭泰机是“可施用之才”但是也无能为力。只能“直戏以答其诗”。傅咸将郭泰机比作寒素人家的女儿，他说“素丝岂不洁”，其实想表达的是寒门就没有有才干的人吗？“寒女难为容”，豫让说“士为知己者死，女为悦己者容”，但是寒女是很难成为美女的，就像寒士很难成为上品。“贫寒犹手拙，操杼安能工。”这句话直接说出魏晋寒士的悲哀，寒门就像最大的阻碍，实在可悲！可叹！

傅玄赠答诗特点：

傅咸现存9首赠答诗分别是《赠何劭王济诗》《与尚书同僚诗》《赠褚武良诗》《赠崔伏二郎诗》《答潘尼诗》《答栾弘诗》《赠建平太守李叔龙诗》《赠太尉司马虞显机诗》《赠郭泰机诗》，将这些赠答诗细细读来，就会发现一个不一样的傅咸。虽然傅咸在朝堂上以上书直言，针砭时弊而显，房玄龄称其“谅直”，但是看傅咸的赠答诗我们却能看到一个高情商，善于发现、夸赞别人的傅咸。他说何劭、王济是凤凰、飞龙，称崔伏二郎是“英妙之选”。在出任尚书右丞之后傅咸之职责是“劾御史纠不当者”，故而史载其屡次上书针砭时弊，但是从赠答诗来看他在朝堂之下结交同好，《赠褚武良诗》傅咸称自己“聿作喉舌，纳言紫庭”。但是诗文主旨是对晋朝的颂扬和对褚武良的褒奖。《与尚书同僚》诗则充满谦辞：“质弱尚父，受任鹰扬。德非樊仲，王命是将。百城或违，无能有匡。”《答潘尼诗》表示对潘尼的赠诗感到“闻宠若惊”。

傅咸的赠答诗虽然言辞典雅，但是缺少真情实感，其诗读之外交辞令、礼尚往来之感很强，触动人心的言辞很少。钟嵘将其诗列为下品情有可原。

郭泰机

郭泰机，西晋河南郡人。

答傅咸诗

皦皦[1]白素丝，织为寒女衣。寒女虽妙巧，不得秉[2]杼机。
天寒知运速，况复[3]雁南飞。衣工秉刀尺[4]，弃我忽若[5]遗。
人不取诸身，世事[6]焉所希。况复已朝餐[7]，曷由知我饥。

【注释】

[1] 皦皦，明亮洁白。汉 刘桢《赠徐干》诗："仰视白日光，皦皦高且悬。"

[2] 秉，秉持，掌握。

[3] 况复，更加，加上。

[4] 衣工，制衣工匠。刀尺，剪刀和尺。裁剪工具。《为焦仲卿妻作》："左手持刀尺，右手执绫罗。"

[5] 忽若，恍若，好像

[6] 世事，世上的事。

[7] 朝餐，早饭。

诗评：

郭泰机承着傅咸的诗作了这首《答》诗，诗中依然沿用傅咸诗中的意向，将寒士比作寒女。他说寒女织出皦皦的白丝为自己做衣裳。寒女虽然巧妙但是不能自己操控织布机。也就是说即使寒士有才，也不能让自己在仕途上有大的进步。"天寒知运速，况复雁南飞。衣工秉刀尺，弃我忽若遗"是说天气寒冷，北雁南飞，正是需要做衣服的时候，拿着刀尺的衣工却将寒女遗弃。就好像此时正是用人之际，手握选拔官吏之责的人将我遗弃一样。他说："人不取诸身，世事焉所希。"人都不稀罕自己身边的事物，这没什么好稀奇的。"况复已朝餐，曷由知我饥。"更何况你已经吃过早饭了，怎知道我的饥饿。这两句可以看出郭泰机对傅咸有隐隐的不满。

郭泰机赠答诗特点：

郭泰机于今仅存此诗一首，钟嵘《诗品》将郭泰机此诗列为中品，其曰："泰机寒女之制，孤怨宜恨。"此诗辞藻简要真挚，以情胜。且看魏晋留下的诗作大多出自达官显贵之手，这些寒士的悲喜很难被后人知道，如今能有郭泰机此一首诗也可窥见寒门士人的悲苦无奈。

陆　机

陆机出身孙吴东南四大望族之一的陆姓，其祖父陆逊“本名议，世江东大族”，为三国时吴国丞相，父陆抗官至大司马。陆氏家族在当时可以说是权倾朝野，《世说新语·规篇》记载：“孙皓问丞相陆凯曰：‘卿一宗在朝有几人？’陆曰：‘二相，五侯，将军十余人。’皓曰：‘盛哉。’”但是陆机幼时丧父，年少经历东吴灭亡，陆氏也由原本的东吴望族变成了寒族。《晋书·陆机传》载：陆机和陆云两兄弟“退居旧里，闭门勤学，积有十年。”直到太康十年（公元289年）二陆才入洛，他们希望能借此机会扬名立万，重震族风，他们拜访权臣张华，张华说：“伐吴之役，利获二俊……人之为文，常恨才少，而子更患其多。”并受到张华举荐。但是时不我与，非常可惜，他们到洛阳之后被席卷在政治浪潮中难以自拔，虽有才名，但功业并不稳定，陆机入洛后因才名远播，尤其是文采出众，受到青睐，先后为太子洗马、太傅祭酒、吴王郎中令、尚书重兵郎、殿中郎、著作郎等，待八王之乱起，又任为相国参军、中书郎、参大将军军事、平原内史等职，后受成都王颖之命，率军讨伐长沙王乂，最终兵败被杀。陆机被捕时神色自若，对牵秀说：“成都命吾以重任，辞不获已。今日受诛，岂非命也！”被杀时年仅43岁，其二子陆蔚、陆夏亦同时被杀。他在临刑前给司马颖的信中写道：“华亭鹤唳，岂可复闻乎！”陆机蒙冤而死，士卒莫不痛哭流涕，是日昏雾昼合，大风折木，平地尺雪。后来的南北朝文人庾信在《思旧铭》中写道：“美酒酌焉，犹思建业之水；鸣琴在操，终思华亭之鹤。”

由于陆机在政治斡旋中采取了投机策略，所以刘勰在《文心雕龙》中说他是“文士之疵”。北齐颜之推在《颜氏家训》中指责他“犯顺履险”。但是《晋书·陆机传》给予了他较为客观的评价，其曰：陆机“自以智足安时，才堪佐命，庶保名位，无忝前基。不知世属未通，运锺方否，进不能闢昏匡乱，退不能屏迹全身，而奋力危邦，竭心庸主，忠抱实而不谅，谤缘虚而见疑，生在己而难长，死因人而易促。上蔡之犬，不诫于前，华亭之鹤，方悔于后。卒令覆宗绝祀，良可悲夫！”按《晋书》之言，陆机的失败主要在于他对于时事没有清晰的认识，而且能力不足，才使得自己身处进退维谷之境。《晋书》中认为陆机在康乱政中应该作“上蔡之犬”“华亭之鹤”。“上蔡之犬”语出《史记·李斯列传》，李斯曰："吾欲若复牵黄犬俱出上蔡东门逐狡兔，岂可得乎！"这是李斯在临刑前对他的孩子说的话，他说："我多么希望还能像以前那样，和你一同牵着黄狗，擎着苍鹰，出上蔡的东门，去捕猎狡兔。可是现在死到临头了，哪里还有这种日子呢！"他们所感慨的是：与其今日享尽人间富贵而遭横死，还不如一直过着清贫的生活而颐养天年。"华亭之鹤"，是指华亭谷的鹤叫声，实际上是说感慨生平，悔入仕途，也表示对过去生活的留恋。

对于陆机的文采，自西晋至宋代都评价颇高，宋以后稍有微词。臧荣绪《晋书》载："（陆）机誉流京华，声溢四表，被征为太子洗马，与弟云俱入洛，司徒张华素重其名，如旧相识，以文录呈，天才绮练，当时独绝，新声妙句，系纵张（衡）、蔡（邕）。"《世说新语·文学》注引《文章传》："机善属文，司空张华见其文章，篇篇称善，犹讥其作文大治，谓曰：'人之作文，患于不才，至子为文，乃患太多也'。"《北堂书钞》引葛洪《抱朴子》佚文记载嵇君道之言："每读二陆之文，未尝不废书而叹，恐其卷尽。"葛洪自己也说："吾见二陆之文百许卷，似未尽也。一手之中，不无利钝。方之他人，若江河之与潢汗。及其精处，妙绝汉魏人也。"又说："陆机之文犹玄圃之积至，无非夜光。"但也有文论家对陆机之文有较为冷静客观的评价，刘勰评："陆机才欲窥深，辞务索广，故思能入巧而不制繁。"对于陆机的诗，钟嵘《诗品》把他列入上品，认为他"才高词赡，举体华美。气少于公干，文劣于仲宣。尚规矩，不贵绮错，有伤直致之奇。然其咀嚼英华，厌饮膏泽，文章之渊泉也。张公叹其大才，信矣。"

赠冯文罴[1]诗

昔与二三子，游息承华[2]南。拊翼同[3]枝条，翻飞[4]各异寻。
苟无凌风翮[5]，徘徊守故林。慷慨谁为感，愿言怀所钦[6]。
发轸清洛汭[7]，驱马大河阴[8]。伫立望朔涂[9]，悠悠迥且深。
分索[10]古所悲，志士多苦心。悲情临川结，苦言随风吟。
愧无杂佩[11]赠，良讯代兼金[12]。夫子茂远猷[13]，颖诚[14]寄惠音。

【注释】

[1] 冯文罴，名熊，父紞，博涉经史，识悟机辩。历任魏郡太守、步兵校尉、越骑校尉、左卫将军、御史中丞、侍中、散骑常侍等官职。冯紞与贾充、荀勖亲善。冯熊与陆机兄弟、顾荣友爱。

[2] 承华，太子宫门名。

[3] 拊翼，拍打翅膀，喻将奋起。

[4] 翻飞，飞舞，飘扬。

[5] 凌风，驾着风。翮，羽翼。

[6] 钦，钦佩的人。

[7] 发轸，车子出发，借指出发，起程。汭，河流汇合的地方或河流弯曲的地方。洛汭，原指洛水入黄河处，此处指河南省洛阳市一带地区。

[8] 大河阴，山南水北为阳，山北水南为阴。

[9] 朔，北方。朔涂，谓前往北方之路。

[10] 分索，犹离别。阮籍《首阳山赋》："怀分索之情一兮，秽群伪之射真。"

[11] 杂佩，总称连缀在一起的各种佩玉。《诗经·郑风·女曰鸡鸣》："知子之来之，杂佩以赠之。"《毛传》："杂佩者，珩、璜、琚、瑀、冲牙之类。"

[12] 良讯，美好的问候。兼金，价值倍于常金的好金子。古代金银铜通言金。亦泛指多量的金银钱帛。《孟子·公孙丑下》："前日于 齐，王馈兼金一百而不受。"赵岐注："兼金，好金也，其价兼倍于常者。"

[13] 远猷，长远的打算；远大的谋略。语出《书·康诰》："顾乃德，远乃猷。"孔传："远汝谋，思为长久。"

[14] 颖诚，真诚。

诗评：

这是陆机写给冯文罴的赠别诗，应该是与《赠冯文罴迁斥丘令诗》《赠斥丘令冯文罴诗》同时而作。

陆机写我曾与两三个朋友在承华殿南侧交游休息。我们就像在同一根树枝上拍打翅膀，准备奋起而飞小鸟，但是却飞到了不同的地方。"拊翼同枝条，翻飞各异寻"可以理解为借情抒情，也可以理解为以物喻人。总之陆机说他同冯文罴的关系就是站在同一棵树枝上的小鸟。初，赵王伦谋篡位，陆机及冯熊并为中书侍郎，曾共同商讨避祸之计。所以陆机说二人是"拊翼同枝条"，但是由于冯熊迁任斥丘令，所以是"翻飞各异寻"。冯熊走了，但是陆机还留在原地，所以他说如果没有凌风高翔的羽翼，那就只能在原来的林子里徘徊守候。那么按照现实情况来看，陆机就是那只"徘徊守故林"的鸟儿。

陆机在面对分别时说我这般慷慨是为了谁？是为了我钦佩的人。

接着他描写了分别的场景，我们从清澈的洛河发车，驾着马儿走到了河的北岸。斥丘在洛阳以北，所以是到"河阴"望"朔涂"。陆机说自己伫立良久，望着北面的悠悠深远的道路。

最后是陆机对分别的感想，他说分离是自古而有的悲情，有志之士多有这种痛苦之感。

我的悲痛之情临川而郁结，我的苦涩之言随风而吟唱。

我没有美玉相赠为此感到惭愧，但是美好的祝愿能代替千金。你就要远行了，我真诚地希望你能寄来佳音。

赠冯文罴迁斥丘令诗[1]

于皇圣世[2]，时文惟晋。受命自天，奄有黎献[3]。
阊阖[4]既辟，承华[5]再建。明明在上，有集惟彦[6]。
奕奕冯生，哲问允迪[7]。天保定子[8]，靡德不铄[9]。
迈心玄旷[10]，矫志崇邈[11]。遵[12]彼承华，其容灼灼。
嗟我人斯，戢翼[13]江潭。有命集止，翻飞自南。
出自幽谷，及尔同林。双情交映，遗物识心。
人亦有言，交道[14]实难。有頍者弁[15]，千载一弹。
今我与子，旷世齐欢。利断金石[16]，气惠秋兰。
群黎未绥[17]，帝用勤止[18]。我求明德，肆[19]于百里。
佥曰尔谐[20]，俾[21]民是纪。乃眷北徂[23]，对扬帝祉[24]。
畴昔[25]之游，好合缠绵[26]。借曰未给，亦既三年。
居陪华幄[27]，出从朱轮[28]。方骥齐镳[29]，比迹同尘[30]。
之子既命[31]，四牡项领[32]。遵涂远蹈[33]，腾轨高骋[34]。
庆云扶质[35]，清风[36]承景。嗟我怀人，其迈惟永[37]。
否泰有殊[38]，穷达[39]有违。及子春华[40]，从尔秋晖[41]。
逝将去我[42]，陟彼朔陲[43]。非子之念，心孰为悲。

【注释】

[1] 李善注引《晋百官名》曰："外兵郎冯文罴。"又曰："集云文罴为太子洗马，迁斥丘令，赠以此诗。"

[2] 于皇圣世，用于赞美帝王。

[3] 黎献，黎民中的贤者。《书·益稷》："万邦黎献，共惟帝臣。"蔡沉 集传："黎民之贤者也。"

[4] 阊阖，古宫门名。《三辅黄图·汉宫》："（建章宫）正门曰阊阖，高二十五丈，亦曰 璧门。"古洛阳城门名。《晋书·地理志》："（洛阳）西有广阳、西明、阊阖三门。"

[5] 承华，太子宫门名。李善注引《洛阳记》："太子宫在太宫东薄室门外，中有 承华门。"

[6] 有集，聚集的有。惟彦，《尔雅·释训》："美士曰彦。"

[7] 哲问，犹令问，好的声誉。问，通"闻"。允迪，认真履践或遵循。《书·皋陶谟》："允迪厥德，谟明弼谐。"孔传："言人君当信蹈行古人之德。"

[8] 天保，谓上天保佑，使之安定。《诗·小雅·天保》："天保定尔，亦孔之固。"郑玄笺："保，安。尔，女也。女，王也。"后引申指皇统、国祚。定，不变动的，固定的。

[9] 铄，美也。

[10] 迈，行也。玄旷，高远开阔。

[11] 矫，通挢，举也。崇邈，高尚远大。

[12] 遵，沿着。

[13] 戢翼，原指敛翅止飞，如：刘桢《大暑赋》"兽喘气于玄景，鸟戢翼于高危。"现喻归隐或谦卑自处。

[14] 交道，交友之道。《后汉书·王丹传》："交道之难，未易言也。"

[15] 有頍者弁，语出《诗经·頍弁》"有頍者弁，实维伊何？"《毛传》："弁貌。"《释名》："頍，倾也。著之倾近前也。"弁（biàn）：皮弁，用白鹿皮制成的圆顶礼帽。

[16] 利断金石，金和美石之属。常用以比喻事物的坚固、刚强，心志的坚定、忠贞。《荀子·劝学》："锲而舍之，朽木不折；锲而不舍，金石可镂。"又"利断金石，气惠秋"语出《周易·系辞上》"二人同心，其利断金；同心之言，其臭如兰。"泛指团结合作能够发挥很大的力量。

[17] 黎，万民；百姓。《诗·小雅·天保》："群黎百姓，遍为尔德。"郑玄《笺》："黎，众也。群众百姓。"绥，安抚，如《诗·大雅·民劳》："惠此中国，以绥四方。"

[18] 勤，勤苦，辛劳。止，语气助词。《诗经·周颂·赉》："文王既勤止，我应受之。"

[19] 肆，尽，在……的范围内。

[20] 佥，《尔雅·释诂》："皆也。"谐，《尔雅·释诂》："和也。"

[21] 俾，使。

[22] 乃眷，《诗·大雅·皇矣》："乃眷西顾。"郑玄笺："乃眷然运视西顾。"后以"乃眷"喻关怀。徂，往。

[24] 对扬，古代常语，屡见于金文。凡臣受君赐时多用之，兼有答谢、颂扬之意。《书·说命下》："敢对扬天子之休命。"孔传："对，答也。答受美命而称扬之。"帝祉，上天或皇帝的福祐。《诗·大雅·皇矣》："既受帝祉，施于孙子。"郑玄 笺："帝，天也；祉，福也。"

[25] 畴昔，往日，从前。《礼记·檀弓上》："予畴昔之夜，梦坐奠于两楹之间。"

[26] 好合，情投意合。《诗·小雅·常棣》："妻子好合，如鼓瑟琴。"郑玄 笺："好合，志意合也。合者，如鼓瑟琴之声相应和也。"缠绵，情意深厚。陆机《文赋》："诔缠绵而悽怆，铭博约而温润。"

[27] 华幄，帝王所居的华丽的帷帐。三国 魏 应璩《与赵叔潜书》："入侍华幄，出典禁闱。"

[28] 朱轮，古代王侯显贵所乘的车子。因用朱红漆轮，故称。杨恽《报孙会宗书》："恽家方隆盛时，乘朱轮者十人。位在列卿，爵为通侯。"李善 注："二千石皆得乘朱轮。"

[29] 齐镳，并驾。张衡《南都赋》："騄驥齐镳，黄闲机张。"吕延济 注："齐镳，齐辔也。"

[30] 比迹，亦作"比蹟"。齐步；并驾。谓彼此相当。《后汉书·皇后纪上·和熹邓皇后》："齐踪 虞妃，比迹 任姒。"同尘，同路；同行。杨方《合欢》诗之二："来与子共迹，去与子同尘。"

[31] 之子，这个人。《诗·周南·汉广》："之子于归，言秣其马。"郑玄 笺："于是子之嫁，我愿秣其马。"

[32] 四牡项领，肥大的颈项。《诗·小雅·节南山》："驾彼四牡，四牡项领。"毛传："项，大也。"郑玄 笺："四牡者，人君所乘驾，今但养大其领，不肯为用。喻大臣自恣，王不能使也。"

[33] 遵涂，亦作"遵涂"，谓遵循道路前进。汉 王褒《四子讲德论》："故膺腾撇波而济水，不如乘舟之逸也；冲蒙涉田，未若遵涂之疾也。"远蹈，犹远行。夏侯谌《东方朔画赞》："跨世凌时，远蹈独游。"

[34] 腾。奔腾。骋，驰骋。

[35] 庆云，五色云。古人以为喜庆、吉祥之气。《列子·汤问》："庆云浮，甘露降。"扶质，护拥身躯；扶持本根。李善注："《广雅》曰：质，躯也。"

[36] 清风，清微的风；清凉的风。《诗·大雅·烝民》："吉甫作诵，穆如清风。"《毛传》："清微之风，化养万物者也。"

[37] 迈，迈进。永，永远。

[38] 否泰，好坏。有殊

[39] 穷达，贫穷和富有，困顿与显达。《墨子·非儒下》："穷达、赏罚、幸否，有极，人之知力，不能为焉。"

[40] 春华，喻青春年华，少壮之时。

[41] 秋晖，喻年长，老成。

[42] 逝，同誓。去，离去。

[43] 陟，登上。陲，边界。

诗评：

陆机这首诗虽然是赠别诗，但是诗中前半段充满了对冯熊的赞美之辞，以及自己的谦卑之语，可以说是对两个人的介绍，后半段才说道两人依依惜别之情。

陆机先说如今晋朝是盛世，晋帝上受命自天，下有贤良的黎明百姓。阊阖宫已经开辟出来，承华殿也再建设好了。这两座宫殿都十分明亮，聚集了很多美士。

冯生既有是一个信守承诺的人，有好的声誉。上天一定会保佑这样的人，他的德行非常美好。他的心向高原开阔之境迈进，志向也高尚远大。他沿着承华殿行走，他的容貌非常夺目。

然后陆机说到自己，他说我好比是在江边收敛翅膀的小鸟，有人命令我从南边飞到这里。我从幽谷中出来，与你在同一个林子里。我们两个的感情将相呼应，互赠嘉物，互识彼心。

人们常说，交心是很难的，知己难求，可以说千载难逢。现在我与你是旷世难得的知己，我们一同欢欣。我们两个团结一气，同心同德，无坚不摧，其臭如兰。

黎民百姓还没有得到很好的安抚，皇帝也要非常辛勤。我祈求上苍能有明德，这德可以延及百里之外的你。

希望你能够使当地人民和谐。

遥望北去的道路，感念皇帝陛下的恩惠。

想起我们往昔之游，彼此情投意合，缠绵悱恻。我们曾经一同在华丽的帷幄中休息，一同驾着朱轮马车出游。一同策马飞驰。

而你领命迁任之后坐着高头大马驾驶的车子向前路出发，车轨腾起，往高处驰骋。五色云彩在你身边缭绕，清风伴随着你。我心中的人儿呀，将要永远地离开我了！

以后不论你是好是坏，是贫穷还是富有，从年轻到年老，都将离我而去，因为你要到那北边去。

如果不是想着你，我怎会感到悲伤呢？

赠斥丘令冯文罴诗

夙[1]驾出东城，送子临江曲[2]。
密席[3]接同志[4]，羽觞[5]飞酃渌[6]。
登楼望峻陂，时逝一何速。
与子别所期，耀灵[7]缘扶木[8]。

【注释】

[1] 夙，早。

[2] 江曲，江水曲折处。《宋书·谢晦传》：“齐轻舟于江曲，殄锐敌其皆湮。”

[3] 密席，座位紧靠。形容亲密。

[4] 同志，志趣相同，志向相同的人。《国语·晋语四》：“同德则同心，同心则同志。”

[5] 羽觞，古代一种酒器。作鸟雀状，左右形如两翼。一说，插鸟羽于觞，促人速饮。《楚辞·招魂》：“瑶浆蜜勺，实羽觞些。”王逸 注：“羽，翠羽也。觞，觚也。”洪兴祖 补注：“杯上缀羽，以速饮也。一云作生爵形，实曰觞，虚曰觯。”

[6] 酃渌，亦作“酃绿”“酃醁”，美酒名。晋曹摅《赠石崇》：“饮必酃绿，肴则时鲜。”《晋书·武

帝纪》："荐酃渌于太庙。"

[7] 耀灵，太阳的别称，如《楚辞·远游》："恐天时之代序兮，耀灵晔而西征。"

[8] 扶木，扶桑。神话中的树名。《山海经·大荒东经》："大荒之中，有山名曰 孽摇頵羝，上有扶木，柱三百里，其叶如芥。"后指日出，刘桢《大暑赋》："羲和总驾发扶木，太阳为舆达炎烛。"

诗评：

这首诗是对冯熊离开时赠别场景的描写。

早早就从城东出来，将你送到临江之处。我们一同坐下休息，我们的位置紧紧连在一起，羽觞里装着酃渌酒。我们一同登上高楼，望着险峻的山坡，感叹时间过得多么快。我和你在此时分别，太阳才从扶桑树中升起。

简言之，陆机与冯熊天不亮就出城，两人到河边饮酒告别，一同登高望远，感慨时光飞逝，当太阳升起时两人分道扬镳。

陆机这三首对冯熊的赠别诗其主旨虽然都是写与冯熊的惜别之情，但是三首诗写作的风格不同，内容也略有差异。关键是三首诗的用途有很大差异。

这其中《赠斥丘令冯文罴诗》与《赠冯文罴诗》都是五言诗，写作的主题内容是对两人私情的描写，《赠冯文罴诗》忆往昔，看今朝，送祝福；《赠斥丘令冯文罴诗》写离别场景，很可能是属于私下个人之间的赠别。而《赠冯文罴迁斥丘令诗》是四言诗，写作风格偏《诗经》化，内容也多对晋朝的、晋惠帝的称颂，所以它很可能是用于正式场合的。虽然同为赠答诗，但是诗用对象、环境的不同造成了诗的内容和风格的巨大差异，这一点是值得我们注意的。

与弟清河云诗

序：余弱年夙孤[1]，与弟士龙衔恤[2]丧庭[3]。续忝[4]末绪[5]，会逼王命，墨绖[6]即戎[7]，并萦[8]发，悼心[9]告别。渐历八载，家邦颠覆[10]，凡厥同生[11]，凋落[12]殆半，收迹[13]之日，感物兴哀。而士龙又先在西，时迫当祖载[14]。不容逍遥[15]二昆，衔痛[16]东徂，遗情[17]西慕，故作是诗，以寄其哀苦焉。

其 一

于穆[18]予宗[19]，禀精东岳[20]。诞育[21]祖考[22]，造[23]我南国[24]。

南国克靖[25]，实繇[26]洪绩[27]。惟帝念功，载繁其锡[28]。

其锡惟何，玄冕[29]衮衣[30]。金石假乐[31]，旄钺[32]授威[33]。

匪威是信，称丕远德。奕世[34]台衡[35]，扶帝紫极[36]。

【注释】

[1] 弱年，年少；弱冠之年。夙，早。孤，亡父。

[2] 衔恤，含哀；心怀忧伤。《诗经·小雅·蓼莪》："无父何怙？无母何恃？出则衔恤，入则靡至。"郑玄 笺："恤，忧也。"

[3] 丧庭，灵堂。《三国志·蜀志·马忠传》："忠 为人宽济有度量……是以蛮夷畏而爱之。及卒，莫不自致丧庭，流涕尽哀。"

[4] 忝，《说文》："忝，辱也。"

[5] 末绪，谓前人遗留的功业。陆机《吊魏武帝文》："接皇汉之末绪，值王途之多违。"

[6] 墨绖，黑色丧服。《左传·僖公三十三年》："遂发命，遽兴 姜戎，子墨衰绖。"杜预 注："晋文公 未葬，故 襄公 称子，以凶服从戎，故墨之。"

[7] 即戎，用兵，作战。

[8] 萦，缠绕，缭绕。

[9] 悼心，伤心。痛心。陆机《五等诸侯论》："远惟王莽篡逆之事，近览董卓 擅权之际，亿兆悼心，智愚同痛。"

[10] 颠覆，颠坠覆败；灭亡。《诗·王风·黍离序》："闵 周 室之颠覆，彷徨不忍去而作是诗也。"孔颖达 疏："以先王宫室，忽为平田，于是大夫闵伤 周 室之颠坠覆败，彷徨省视不忍速去。"

[11] 同生，同年出生。

[12] 凋落，死亡。陆机《叹逝赋》："昔每闻长老追计平生同时亲故，或凋落已尽，或仅有存者。"

[13] 收迹，收敛形迹。

[14] 祖载，将葬之际，以柩载车上行祖祭之礼。陆机《挽歌诗》："死生各异伦，祖载当有时。"李周翰 注："祖载，谓移柩车为行之始。"

[15] 二昆，兄弟两个。

[16] 衔痛，心怀悲痛。

[17] 遗情，留下情思。曹植《洛神赋》："于是背下陵高，足往神留，遗情想像，顾望怀愁。"

[18] 于穆，对美好的赞叹。《诗·周颂·维天之命》："维天之命，于穆不已。"

[19] 予宗，我的祖宗。

[20] 禀精东岳，禀东岳之精。

[21] 诞育，生育；出生。

[22] 祖考，祖先。《诗·小雅·信南山》："祭以清酒，从以骍牡，享于祖考。"

[23] 造，到。

[24] 南国，指东吴。

[25] 克，能够。靖，平安。

[26] 繇，从、自。

[27] 洪绩，大的功绩。

[28] 锡，赏赐。

[29] 玄冕，古代天子、诸侯祭祀的礼服。《周礼·春官·司服》：“祭群小祀则玄冕。”郑玄 注：“玄者，衣无文，裳刺黻而已，是以谓玄焉。”

[30] 衮衣，古代帝王及上公穿的绘有卷龙的礼服。《逸周书·世俘》：“壬子，王服衮衣，矢琰格庙。”

[31] 假乐，《诗·大雅·假乐》：“假乐君子，显显令德。”孔颖达 疏：“言上天嘉美而爱乐此君子 成王 也。”陆德明 释文：“（假）音暇，嘉也。”

[32] 旄钺，白旄和黄钺，借指军权。语本《书·牧誓》：“王左杖黄钺，右秉白旄以麾。”蔡沉 集传：“钺，斧也，以黄金为饰……旄，军中指麾，白则见远。”

[33] 授威，授予权威。

[34] 奕世，累世，代代。《后汉书·杨震传》：“臣奕世受恩，得备纳言。”李贤 注：“奕犹重也。”

[35] 台衡，喻宰辅大臣。台，三台星；衡，玉衡，北斗杓三星。皆位于紫微宫帝座前。

[36] 紫极，星名。借指帝王的宫殿。《文选·潘岳〈西征赋〉》：“厌紫极之闲敞，甘微行以游盘。”李善 注：“紫极，星名，王者为宫以象之。”

其　二

笃生[37]二昆[38]，克明克俊[39]。遵涂[40]结辙[41]，承风[42]袭问。

帝曰钦哉，纂戎[43]列[44]祚[45]。双组式带，绶章载路[46]。

即命[47]荆楚，对扬[48]休顾[49]。肇敏[50]厥绩，武功[51]聿举。

烟煴[52]芳素，绸缪[53]江浒[54]。昊天不吊[55]，胡宁弃予[56]。

【注释】

[37] 笃生，谓生而得天独厚。《诗·大雅·大明》：“笃生 武王，保右命尔。”郑玄 笺：“天降气于 大姒，厚生圣子 武王。”

[39] 克明克俊，《书·尧典》：“克明俊德，以亲九族。”孔 传：“能明俊德之士任用之，以睦高祖玄孙之亲。”克明，能明。后亦用作歇后语，谓任用贤能之士。

[40] 遵涂，亦作“遵涂”，谓遵循道路前进。

[41] 结辙，辙迹交错。谓退车回驶。《管子·小匡》：“平原广牧，车不结辙，士不旋踵，鼓之而三军之士视死如归。”

[42] 承风，接受教化。《楚辞·远游》：“闻 赤松 之清尘兮，愿承风乎遗则。”

[43] 纂戎，谓继承光大先人业绩。晋 潘岳《杨荆州诔》：“纂戎洪绪，克构堂基。”

[44] 列，众多。

[45] 祚，福泽。

[46] 绶章，授予勋章。载路，满路。

[47] 即命，遵从王命。《易·讼》：“九四：不克讼，复即命渝。”朱熹《本义》：“即，就也。命，正理也。”

[48] 对扬，凡臣受君赐时多用之，兼有答谢、颂扬之意。

[49] 休，无须。顾，顾虑、挂心。

[50] 肇敏，犹黾勉。谓尽心竭力。《诗·大雅·江汉》：“无曰‘予小子’，召公 是似，肇敏戎公，用锡尔祉。”毛 传：“肇，谋；敏，疾。”马瑞辰 通释：“肇、敏连言，即训肇为敏……谋、敏古同声。”

[51] 武功，军事方面的功绩。《诗·大雅·文王有声》：“文王 受命，有此武功。既伐于 崇，作邑于 丰。”郑玄 笺：“武功，谓伐四国及 崇 之功也。”

[52] 烟煴

[53] 绸缪，比喻事前做好准备工作。

[54] 江浒，江边。

[55] 昊天不吊，谓苍天不怜悯保佑。语本《诗·小雅·节南山》：“不吊昊天，不宜空我师。”朱熹《集传》：“吊，愍。”后因以“昊天不吊”为哀悼死者之辞。

[56] 胡宁，何乃；为何。《诗·小雅·四月》：“先祖匪人，胡宁忍予？”高亨 注：“宁，乃也。”弃予，抛弃我。谓弃恩忘旧。《诗·小雅·谷风》：“将恐将惧，维予与女；将安将乐，女转弃予。”毛 传：“言朋友趋利，穷达相弃。”郑玄 笺：“朋友无大故，则不相遗弃，今女以志达而安乐，弃恩忘旧，薄之甚。”

其　三

嗟予人斯，胡德之微。阙彼遗轨[57]，则此顽违[58]。
王事靡盬[59]，旍旆[60]屡振。委籍奋戈[61]，统厥征人[62]。
祁祁[63]征人，载肃载闲[64]。骙骙戎马[65]，有骃有翰[66]。
昔予翼考[67]，惟斯伊抚[68]。今予小子，缪寻末绪[69]。

【注释】

[57] 遗轨，前代或前人留传下来的规范准则。

[58] 顽违，愚妄而背离正道。

[59] 王事，王命差遣的公事。《诗·小雅·北山》："四牡彭彭，王事傍傍。"靡盬，谓无止息。指辛勤于王事。《诗·唐风·鸨羽》："王事靡盬，不能蓺黍稷。"王引之《经义述闻·毛诗上》："盬者，息也。"

[60] 旍旆，借指军旅。

[61] 奋戈，使劲挥舞干戈，谓奋勇战斗。

[62] 征人，指出征或戍边的军人。

[63] 祁祁，众多貌；盛貌。《诗·豳风·七月》："春日迟迟，采蘩祁祁。"毛 传："祁祁，众多也。"

[64] 載肃載闲，载，无实际意思。肃，严整、认真。闲，安闲。

[65] 骙骙，马行雄壮貌。《诗·小雅·采薇》："驾彼四牡，四牡骙骙。"戎马，古代驾兵车的马。

[66] 骃，浅黑杂白的马。翰，长而坚硬的羽毛。

[67] 翼考，语出《书·大诰》："厥考翼，其肯曰予有后，弗弃基。"孔 传："其父敬事创业，而子不能继成其功，其肯言我有后、不弃我基业乎？"后以"翼考"为先父之美称。

[68] 抚，扶持，保护。

[69] 缪，古同"穆"，恭敬。末绪，谓前人遗留的功业。

其 四

有命自天，崇替靡常[70]。王师乘运[71]，席卷江湘[72]。

虽备官守[73]，位从武臣[74]。守局下列[75]，譬彼飞尘。

洪波电击，与众同湮[76]。颠踣西夏[77]，收迹旧京。

俯惭堂搆[78]，仰懵[79]先灵。孰云忍愧[80]，寄之我情。

【注释】

[70] 崇替，兴废，盛衰。《国语·楚语下》："吾闻君子唯独居思念前世之崇替者，与哀殡丧，于是有叹，其余则否。"韦昭 注："崇，终也；替，废也。"靡常，无常，没有一定的规律。

[72] 席卷，如卷席一般。形容全部占有。《战国策·楚策一》："虽无出兵甲，席卷常山之险，折天下之脊，天下后服者先亡。"江湘，长江和湘江，也指长江和 湘江流域。

[73] 官守，官位职守；官吏的职责。《左传·昭公二十三年》："亲其民人，明其伍候，信其邻国，慎其官守。"

[74] 武臣，武官；武将。主管军事的官员。《礼记·乐记》："君子听钟声，则思武臣。"

[75] 下列，末位；下位。

[76] 湮，埋没。

[77] 颠踣，喻覆灭，死亡。汉蔡邕《释诲》："卑俯乎外戚之门，乞助乎近贵之誉，荣显未副，从

而颠踣。”西夏，晋时指河西及荆襄一带。《南史·宋纪上·武帝》：“晋安帝 加九锡策：‘刘毅 叛换，负衅 西夏。’”

[78] 堂搆，语出《书·大诰》：“若考作室，既底法，厥子乃弗肯堂，矧肯构。”孔 传：“以作室喻治政也。父已致法，子乃不肯为堂基，况肯构立屋乎？”意谓父亲要盖房子，并已确定房子的盖法，而儿子却不肯去筑堂基，盖房子。后以“堂构”比喻继承祖先的遗业。

[79] 憯，欺骗。

[80] 忍愧，忍住羞愧，犹言厚着脸皮。

其　五

伊我俊弟[81]，咨尔士龙。怀袭瑰玮[82]，播殖[83]清风。
非德莫懃[84]，非道莫弘。垂翼[85]东畿，耀颖名邦。
绵绵洪统，非尔孰崇。依依同生，恩笃情结。
义存并济，胡乐[86]之悦。愿尔偕老，携手黄发。

【注释】

[81] 俊弟，对自己弟弟的美称。

[82] 瑰玮，谓人品、才干卓异。《后汉书·应劭传》：“劭凡为驳议三十篇……其二十六，博采古今瑰玮之士，文章焕炳，德义可观。”

[83] 播殖，亦作“播植”。播种；种植。《国语·郑语》：“周弃能播殖百谷蔬，以衣食民人者也。”

[84] 懃，同勤。

[85] 垂翼，《易·明夷》：“明夷于飞，垂其翼。”王弼注：“怀惧而行，行不敢显，故曰垂其翼。”谓鸟翅下垂不能高飞。后以“垂翼”比喻人受挫折，止息不前。

[86] 胡乐，古代称西北方及北方民族和西域各地的音乐。

其　六

昔我西征，扼腕[87]川湄。掩涕即路[88]，挥袂[89]长辞。
六龙促节[90]，逝不我待。自往迄兹，旷年[91]八祀。
悠悠我思，非尔焉在。昔并垂发[92]，今也将老。
衔哀[93]茹感，契阔[94]充饱。嗟我人斯，胡恤[95]之早。

【注释】

[87] 扼腕，亦作“搤捥”。握住手腕。表示激动、振奋、悲愤、惋惜等的动作。《战国策·魏策一》：

“是故天下之游士，莫不日夜搤腕瞋目切齿，以言从之便，以说人主。”

[88] 即路，启程；上路。《魏书·桓玄传》：“三军文武，愤踊即路。”

[89] 挥袂，犹挥手。表示告别。

[90] 六龙，指太阳。神话传说日神乘车，驾以六龙，羲和 为御者。汉 刘向《九叹·远游》：“贯鸿濛以东朅兮，维六龙于扶桑。”促节，加快速度。《文选·司马相如〈上林赋〉》：“然后侵淫促节，儵敻远去。”郭璞 注：“言疾驱也。”

[91] 旷年，多年，长年。《公羊传·闵公二年》：“庄公 死，子般 弑，闵公 弑，比三君死，旷年无君。”

[92] 垂发，垂髫。《后汉书·吕强传》：“垂发服戎，功成皓首。”李贤 注：“垂发，谓童子也。”

[93] 衔哀，心怀哀痛。三国 魏 嵇康《养生论》：“终朝未餐，则嚣然思食；而 曾子 衔哀，七日不饥。”

[94] 契阔，怀念。

[95] 恤，忧虑。

其　七

天步[96]多艰，性命难誓。常惧陨毙，孤魂殊裔[97]。
存不阜[98]物，没[99]不增壤。生若朝风，死犹绝景[100]。
视彼蜉蝣[101]，方之乔客[102]。眷此黄垆[103]，譬之毙宅[104]。
匪身是吝[105]，亮会伊惜。其惜伊何[106]，言纡其思。
其思伊何，悲彼旷载[107]。

【注释】

[96] 天步，天之行步。指时运、国运等。《诗·小雅·白华》：“天步艰难，之子不犹。”朱熹《集传》：“步，行也。天步，犹言时运也。”

[97] 孤魂，孤独无依的魂灵。汉 张衡《思玄赋》：“犹火正之无怀兮，讬山阪以孤魂。”裔，后代子孙。

[98] 阜，盛，多，大。

[99] 没，死。

[100] 绝景，犹绝迹。

[101] 蜉蝣，比喻微小的生命。

[102] 乔客，旅居之人。

[103] 黄垆，坟墓。

[104] 毙宅，死宅。

[105] 吝，耻辱。

[106] 伊何，如何，怎样。

[107] 旷载，犹长年，多年。

其 八

出车戒涂[108]，言告言归。蓐食[109]警驾，夙兴[110]宵驰。
濛雨[111]之阴，炤月之煇[112]。陵陵峻阪[113]，川越洪漪[114]。
爰届[115]爰止，步彼高堂[116]。失尔朔迈，良愿中荒[117]。
我心永怀，匪悦匪康。

【注释】

[108] 出车，出动兵车。后泛指出征。《诗·小雅·出车》：“出车彭彭，旂旐央央。”戒涂，出发，准备上路。

[109] 蓐食，早晨未起身，在床席上进餐。谓早餐时间很早。《左传·文公七年》：“训卒，利兵，秣马，蓐食，潜师夜起。”

[110] 夙兴，早起。《礼记·昏义》：“夙兴、妇沐浴以俟见。”孙希旦解：“夙，早也，谓昏明日之早晨也。兴，起也。”

[111] 濛雨，毛毛细雨。

[112] 炤，同“照”，明亮。煇，同“辉”，光辉。

[113] 峻阪，陡坡。

[114] 漪，水波纹。

[115] 届，到。

[116] 高堂，朝廷。语本《汉书·贾谊传》：“人主之尊譬如堂，群臣如陛，众庶如地。故陛九级上，廉远地，则堂高。”

[117] 良愿，好的愿望。中荒，中途落空。

其 九

昔我斯逝，兄弟孔备。今予来思，我凋我瘁[118]。
昔我斯逝，族有余荣。今我来思，堂有哀声。
我行其道，鞠为茂草[119]。我履其房，物存人亡。
拊膺涕泣[120]，血泪彷徨[121]。

【注释】

[118] 瘁，疾病，劳累。

[119] 鞠为茂草，谓杂草塞道，形容衰败荒芜的景象。《晋书·石勒载记》："诚知晋之宗庙鞠为茂草，亦犹洪川东逝，往而不还。"

[120] 拊膺，捶胸，表示哀痛或悲愤。涕泣，哭泣；流泪。

[121] 彷徨，谓坐立不安，心神不定。汉 班固《白虎通·宗庙》："念亲已没，棺柩已去，怅然失望，彷徨哀痛。"

其 十

企伫[122]朔路，言欢尔归。心存言宴[123]，目想容辉[124]。

迫彼窀穸[125]，载驱东路。系情桑梓[126]，肆力丘墓[127]。

栖迟中流[128]，心怀罔极[129]。眷言[130]顾之，使我心恻。

【注释】

[122] 企伫，踮起脚来等待，表示急切盼望。《三国志·魏志·陈思王植传》："是臣悽悽之诚，窃所独守，实怀鹤立企伫之心。"

[123] 言宴，言谈说笑，谈笑欢乐。语出《诗·卫风·氓》："总角之宴，言笑晏晏。"

[124] 容辉，仪容丰采；神采光辉。《古诗十九首·凛凛岁云暮》："独宿累长夜，梦想见容辉。"

[125] 窀穸，墓穴。《隶释·汉泰山都尉孔宙碑》："窀夕不华，明器不设。"

[126] 桑梓，《诗·小雅·小弁》："维桑与梓，必恭敬止。"朱熹《集传》："桑、梓二木。古者五亩之宅，树之墙下，以遗子孙给蚕食、具器用者也……桑梓父母所植。"东汉 以来一直以"桑梓"借指故乡或乡亲父老。

[127] 肆力，尽力。《后汉书·承宫传》："（承宫）后与妻子之 蒙阴山，肆力耕种。"晋 陆机《辨亡论下》："是以忠臣竞尽其谟，志士咸得肆力。"丘墓，坟墓。《史记·范雎蔡泽列传》："楚王 封之以 荆 五千户，包胥 辞不受，为丘墓之寄于荆也。"

[128] 栖迟，滞留。《后汉书·冯衍传下》："久栖迟于小官，不得舒其所怀，抑心折节，意悽情悲。"中流，南北朝 及 南宋 时，常用以指 长江 中游，今 九江 上下一带地方。《南齐书·武帝纪》："上以中流可以待敌，即据 盆口城 为战守之备。"

[129] 罔极，南北朝 及 南宋 时，常用以指 长江 中游，今 九江 上下一带地方。《南齐书·武帝纪》："上以中流可以待敌，即据 盆口城 为战守之备。"

[130] 眷言，回顾貌。言，词尾。《诗·小雅·大东》："睠言顾之，潸焉出涕。"

诗评：

这组诗可以看作陆氏家族的史诗。

序曰：我早年丧服，与弟弟士龙一同含哀于灵堂。还没有继承家族功业，就受王命所逼迫，穿着孝衣就上了战场，当时内心百感交集，但也只能与亲人伤心告别。经历了八年时间，我的家国沦丧了，我的同年之友死伤殆半，在我收敛行迹的日子里不仅感悟而生哀思。而士龙之前又在西面，被时事所迫不得不将柩载车上行祖祭之礼，我们兄弟二人不得逍遥，往东心怀悲痛，只能将情思留下西边。于是我作这首诗以寄托哀苦之情。《三国志·陆抗传》载，陆抗于凤凰三年“秋遂卒，子晏嗣。晏及弟景、玄、机、云，分领抗兵。”

其一陆机写他的祖辈、父辈在东吴有很好的权威很多的荣誉。他说我要赞美我的祖宗，他们吸收了东岳的精华。生出了我的祖先，他们来到南方的国度。南方的国度得以平安，实在是因为我祖先的宏大功绩。皇帝感念他们的功劳，频繁地给予他们赏赐。赏赐了他们什么呢？有玄冕、衮衣，赐予他们诸侯、上公才有的荣誉，赐予他们珠宝玉器黄金财富让他们的德行昭于天下，赐予他们旄、钺，授予他们军权。他们有威有信、有美德。我的祖辈累世都是宰辅之臣，辅助帝王。陆机生于吴郡横山，他出身名门士族，为孙吴丞相陆逊之孙，其父陆抗亦为孙吴大司马。

其二陆机写兄弟二人在父丧期间出战荆楚，凤凰三年，凤陆抗逝世，陆机与其兄陆晏、陆景、陆玄及弟陆云分领陆抗部曲，担任牙门将。陆机与其兄陆晏、陆景、陆玄及弟陆云分领陆抗部曲，担任牙门将。陆机写我兄弟二人生得得天独厚，是贤能之士。经过了前进后退，受教发问的教育。皇帝说可以了，可以继承广大先人的功业和众多的福泽。陛下赐予我了很多荣誉恩典。名我到荆楚任职，我感念陛下的恩德，请陛下不用顾虑。我一定尽心尽力，建立功绩，在军事上发挥作用。烟煴之气芳香素雅，我已经在江边筹谋。可惜苍天不保佑我，为何要将我抛弃。

其三写，战事不断，陆机因为不能回复祖辈、父辈荣光而苦恼。他写人啊为什么缺少德呢？那前人留传下来的规范准则，到了现在竟然变成了愚妄而背离正道。公事繁多，军旅忙碌。奋勇战斗，统御这些士兵，管理这些众多的士兵和雄壮的战马，士兵有时肃穆有时安闲，一张一弛；战马各种各样。我的先父，愿有他的庇佑。今日我这个小子，苦苦追寻前人留下的功业。

其四写，天命不常，自己作为区区一员武将，虽然收复了姜江湘地区，但是在武昌之战中失败了，感到愧对祖先。人各有天命，兴废无常。王师趁着好时机，席卷了江湘之地。我有官位，位列武臣。守着末等职位，就好像飞扬的尘埃。在滔滔的洪流与电击中，与众物一同湮灭。覆灭了西夏，在旧京收敛行迹。我低头愧对我继承祖先的遗业，仰头欺骗了先灵。忍住羞愧，寄托我的感情。

其五写，我的弟弟是士龙，他人品、才干卓异，播种清风。没有德的化不要辛勤，没有道的化不要鸿德。在东边的地方我们受到了挫折，在名耀的邦域我们展露才华。绵绵不断的如洪流般的统御，不是这里是哪里呢？我与你是相偎相依的同生兄弟，我与你恩情笃深情谊相结。道义相存并济，胡乐让人快乐。希望与你偕老。

其六写，昔日我西征，在河边扼腕。掩面流泪，启程上路，挥一挥衣袖，与众人长辞。时间飞逝，时不我待。自从去了这里，已有八年了。悠悠我思，你在哪里？我们曾经一同年少，今日即将老去。我心怀哀伤如戚戚焉，以对你的思念充饥。我这个人，为何忧虑得这么早？

其七写，时运艰难，性命难保，常恐惧会陨毙死亡，成为孤魂。活着的时候不能拥有众物，死后不能增加土壤。生就像早晨的风，死就像绝迹无存。看看那蜉蝣，就好像在这方宇之内暂时居住。看着这坟墓，就是死后的宅子。我真是耻辱，有什么可怜惜。为什么要怜惜，在于苦闷盘结胸中，是什么样的忧思，让我悲伤这么多年。

其八写，在准备出发的路上，说着要告别回去。早早吃了饭，谨慎地驾着马车，日夜兼程。早上天气很阴，下着毛毛细雨，晚上却有明月的光辉。我走到了陡坡，穿过了洪流。有时前进有时停止，我想一直走到朝堂上。突然失去了向北行进的路，我美好的愿望中途落空了。我心中想着这事，郁郁寡欢。

其九写，昔日我离开兄弟都有准备，今日我想来，曾经我那么劳瘁。昔日我离开，全族人都感到光荣。今日我想来，堂上还是有哀戚之声的。我走的这条路衰草丛生，我到的房子物是人非，我只能捶胸顿足地哭泣，流下血泪，心中彷徨。

其十写，急切地等待北归，我很开心能回去。心中存着要和你言笑晏晏，眼里想着你的容貌。被这个大墓逼得不得不绕往东面前进。我系情故乡，想为这里尽一份力。在长江中游休息，心中思念着父母。回顾过去，使我心中难受。

附：陆云

答兄平原诗

伊我世族，太极降精[1]。昔在上代，轩虞笃生[2]。
厥生伊何，流祚万龄。南岳有神，乃降厥灵。
诞钟祖考，彻兹神明。运步玉衡，仰和太清。
宾御四门[3]，旁穆紫庭[4]。紫庭既穆，威声爰振。
厥振伊何，播化殊邻[5]。清风攸被，率土归仁。
彤弧[6]所弯，万里无尘。功昭王府，帝庸厥勋。
黄钺授征，锡命频繁。阚如虓虎[7]，肃兹三军。
光若辰跱，亮彼公门。仍世上司，芳流庆云。
纯和[8]所产，爰育仁昆。诞丰岐嶷[9]，实昭令闻。
令闻伊何，休音允臧[10]。先公克构，乃崇斯堂。
耀颖上京，发迹扶桑。戎车出征，时惟鹰扬[11]。
膺扬既昭，勋庸[12]克迈。天子命我，镇弼于外。
代作扞城，以表南裔。降灾匪蠲，景命颠沛。
惟我贤昆，天姿秀生。含奇播越[13]，明德惟馨。
太阳散气[14]，乃禀厥和。山川垂度，爰则厥遐。
厥遐伊何，惟光惟大。惟大伊何，如岱如渭。
恢此广渊，廓彼洪懿。弘道惇德，渊哉为器。
统我先基，弱冠慷慨。将弘祖业，实崇奕世。
咨予顽嚎，蕞尔弱才[15]。沈耀玄渚，挹庇云淇。
陶化靡移，固陋于兹。瞻仰洪范，实忝先基。
巍巍先基，重规[16]累构。赫赫重光，遐风激鹜。
昔我先公，爰造斯猷。今我六蔽[17]，匪崇克扶。
悠悠大道，载邈载遐。洋洋渊源，如海如河。

昔我先公，斯纲斯纪。今我末嗣，乃倾乃圮。
世业之颓，自予小子。仰愧灵丘，衔忧没齿[18]。
忧怀惟何，顾景惟尘[19]。峨峨高踪，眇眇贸辰[20]。
明德继体[21]，莫非哲人。今我顽鄙，规范靡遵。
仍世载德，荒之予身。莫峻匪岳，有俊斯登。
莫高匪云，有翼斯凌。矧我成基，匪克阶升。
玄黄长坂，载寐载兴。岂敢惮行，哀此负乘。
芒芒高山，自予颓之。济济德义，匪我怀之。
终衔永负，于其愧而。昔予言旷，泛舟东川。
衔忧告辞，挥泪海滨。羲阳趣驾[22]，炎华电征。
自我不见，邈哉八龄。悠思回望，寤言通灵。
昔我往矣，辰在东嵎。今我于兹，日薄桑榆[23]。
衔艰遘悯[24]，困瘁殷忧[25]。哀矣我世，匪蒙灵休。
开元迄兹，天迭兴微。震风隐骇，海水群飞[26]。
王旅南征，阐耀灵威。予昆乃播，爰集朔土。
载离永久，其毒太苦。上帝休命，驾言其归。
多我遘悯，振荡朔垂。羇系殊俗[27]，初愿用违。
严驾东征，肃迈[28]林野。夕秣乘马，朝整仆旅。
矫矫乘马，载驱载驰。漫漫长路，或降或阶。
晨风夙零，朝不皇饥。倾景倏坠，夕不存罢。
虽有丰草，匪释奔驷。虽有重阴，匪遑假寐[29]。
茕茕仆夫，悠悠遄征[30]。经彼乔木，有鸟嘤鸣。
微物识侪，矧伊有情。乐兹棠棣[31]，实欢友生。
既至既觐，滞思[32]旷年。年在旷纪，觐未浃辰[33]。
恨其永怀，忧心孔艰。天地永久，命也难长。
生民忽霍[34]，曷云其常。我之既存，靡绩靡纪。
乾坤难并，寂焉其已。生若电激，没若川征。
存愧松柏，逝惭生灵。匪吝性命，实悼徒生。
苟克析薪，岂惮冥冥。瞻企皇极[35]，徼福上天[36]。
冀我友生，要期永年[37]。昔我先公，邦国攸兴。
今我家道，绵绵莫承。昔我昆弟，如鸾如龙。
今我友生，凋俊坠雄。家哲永徂，世业长终。

华堂倾构[38]，广宅颓墉[39]。高门降衡，修庭树蓬。
感物悲怀，怆矣其伤。惇仁泛爱，锡予好音。
晞光[40]怀宝，焕若南金[41]。披华玩藻，晔若翰林。
咏彼清声，被之瑟琴。味此殊响，慰之予心。
弘懿[42]忘鄙，命之反覆。敢投挑李，以报宝玉。
冀凭光益，编诸末录。

【注释】

[1] 降精，降下精华。

[2] 轩虞，传说中的古代帝王 轩辕 和 虞舜 的并称。笃生，谓生而得天独厚。《诗·大雅·大明》："笃生 武王，保右命尔。"郑玄 笺："天降气于 大姒，厚生圣子 武王。"

[3] 四门，指明堂四方的门。《书·舜典》："宾于四门，四门穆穆。"《后汉书·列女传·曹世叔妻》："辟四门而开四聪。"

[4] 紫庭，帝王宫庭。《后汉书·皇甫规传》："臣生长边远，希涉紫庭，怖慴失守，言不尽心。"

[5] 播化，播植化育。谓天地普生万物。殊邻，远方异域。《汉书·扬雄传下》："是以遐方疏俗殊邻绝党之域，自上仁所不化，茂德所不绥，莫不蹻足抗手，请献厥珍。"

[6] 彤弧，即彤弓。

[7] 虓虎，咆哮怒吼的虎。多用来比喻勇士猛将。《诗·大雅·常武》："进厥虎臣，阚如虓虎。"毛 传："虎之自怒虓然。"

[8] 纯和，纯正平和。多指性格或气质。汉 王充《论衡·齐世》："元气纯和，古今不异。"

[9] 岐嶷，《诗·大雅·生民》："诞实匍匐，克岐克嶷。"朱熹《集传》："岐嶷，峻茂之状。"后多以"岐嶷"形容幼年聪慧。

[10] 允臧，确实好，完善。

[11] 鹰扬，威武貌。《诗·大雅·大明》："维师 尚父，时维鹰扬。"毛 传："鹰扬，如鹰之飞扬也。"

[12] 勋庸，功勋。

[13] 播越，传扬于外。《三国志·吴志·孙策传》"以 坚 部曲还 策。"裴松之 注胡冲《吴历》："君高名播越，远近怀归。"

[14] 散气，《汉书·天文志》："星者，金之散气，其本曰人……汉者，亦金散气，其本曰水。"

[15] 蕞尔，形容小。《左传·昭公七年》："郑 虽无腆，抑谚曰'蕞尔国'，而三世执其政柄。"弱才，才能平庸低下。《三国志·蜀志·诸葛亮传》："臣以弱才，叨窃非据，亲秉旄钺以厉三军，不能训章明法，临事而惧。"

[16] 重规，谓前后相合；重复。参见"重规叠矩"。

[17] 六蔽，谓因不好学而造成的六种弊端。《论语·阳货》："子曰：'由 也，女闻六言、六蔽矣乎……

好仁不好学，其蔽也愚；好知不好学，其蔽也荡；好信不好学，其蔽也贼；好直不好学，其蔽也绞；好勇不好学，其蔽也乱；好刚不好学，其蔽也狂。'”后因以谓不学无识。

[18] 没齿，终身。《论语·宪问》：“夺 伯氏 骈邑 三百，饭疏食，没齿无怨言。”

[19] 顾景，自顾其影。有自矜、自负之意。惟尘，《诗·小雅·无将大车》：“无将大车，惟尘冥冥。”郑玄 笺：“犹进举小人，蔽伤已之功德。”后因以“惟尘”喻小人，佞人。

[20] 贸辰，渺茫而不确定的日期。

[21] 继体，泛指继位。《汉书·师丹传》：“先帝暴弃天下而陛下继体，四海安宁，百姓不惧。”

[22] 羲阳，太阳的别称。趣驾，谓驾驭车马速行。

[24] 遘悯，遭遇忧患。

[25] 困瘁，困顿劳苦。殷忧，忧伤。

[26] 海水群飞，喻动乱。《北史·尔朱荣传论》：“四海嚣然，已有群飞之渐。”

[27] 羁系殊俗，骑马用缰绳的方式不同。

[28] 肃迈，犹严正。

[29] 匪遑假寐，没闲暇打个盹。

[30] 遄征，急行；迅速赶路。

[31] 棠棣，《诗·小雅·常棣》篇，是一首申述兄弟应该互相友爱的诗。“常棣”也作“棠棣”。后常用以指兄弟。

[32] 滞思，犹滞想。晋 陆机《叹逝赋》：“幽情发而成绪，滞思叩而兴端。”

[33] 浃辰，古代以干支纪日，称自子至亥一周十二日为“浃辰”。《左传·成公九年》：“浃辰之间，而 楚 克其三都。”杜预 注：“浃辰，十二日也。”

[34] 忽霍，短暂貌。

[35] 瞻企，盼望；仰望。皇极，指皇帝。《史记·卫将军骠骑列传》司马贞 述赞：“姊配皇极，身尚 平阳。”

[36] 徼福，祈福，求福。《左传·成公十三年》：“君亦悔祸之延，而欲徼福于先君 献 穆。”

[37] 要期，约定日期。《吕氏春秋·贵因》：“武王 入 殷，闻 殷 有长者，武王 往见之，而问 殷 之所以亡。殷 长者对曰：‘王欲知之，则请以日中为期。’武王 与 周公旦 明日早要期，则弗得也。”永年，指长久。

[38] 倾构，倾倒损坏。

[39] 颓墉，崩塌的城墙，败垣。

[40] 晞光，喻沐受恩惠。

[41] 焕若，光耀貌。南金，南方出产的铜。后亦借指贵重之物。《诗·鲁颂·泮水》：“元龟象齿，大赂南金。”毛 传：“南谓 荆 扬 也。”郑玄 笺：“荆 扬 之州，贡金三品。”孔颖达 疏：“金即铜也。”

[42] 弘懿，弘大美善。汉 张衡《南都赋》：“弘懿明睿，允恭温良。”

诗评：

据陆侃如《中古文学系年》考陆机生于景元二年（公元261年），而陆抗卒于凤凰三年，则此时陆机年十四、陆云年十三，此时即领兵，故序中云“墨红从容，时并萦发”。天纪四年公东吴世家望族悉被徙于寿阳，陆氏也不例外。西晋统治者为了安抚归附的吴人，使陆机还乡安葬兄长。从诗序中所叙述的情况看，赠诗应写于陆机扶柩返回东吴故居，准备埋葬晏、景前后，陆云答诗也应在此时。

陆云诗“伊我世族……芳流庆云”是陆氏家族的祖先秉太极之精、南岳之神而生，“厥振伊何……芳流庆云”写的是对先辈功勋的颂扬，这两段合起来是对陆机诗“于穆予宗……扶帝紫极”的回应，两首诗都写了陆氏显赫的家庭出身、祖辈至高无上的功勋。

陆云诗“纯和所产……景命颠沛”写的是兄弟二人在东吴时曾领兵出战，陆机诗“笃生二昆……寄之我情”与之同意。

陆云诗“惟我贤昆……渊哉为器”诗对陆机才能、品德的夸赞，同样陆机诗“伊我俊弟……携手黄发”也充满了对陆云的夸赞之言。

陆云诗“统我先基……于其愧而”是陆云对自己自责，他觉得自己有出处不足，愚钝鄙陋，虽然沾着先祖的光，却不能光耀门楣，不能弘扬祖业，因此自己觉得很愧疚。陆机诗中也有这种愧疚，但是陆机将这个问题的原因归结到“天命”上，而陆云不同，他将问题的原因归结到自己身上。

陆云和陆机都写到自己离开家乡八年对家乡的思念，陆云写“自我不见，邈哉八龄”，陆机写“自往迄兹，旷年八祀”。陆云说自己离开时“衔忧告辞，挥泪海滨”。

陆云写晋朝南征东吴“王旅南征，阐耀灵威”以及陆机北征“予昆乃播，爰集朔土……羁系殊俗，初愿用违”，然后又写晋师东征，“严驾东征，肃迈林野……茕茕仆夫，悠悠遄征”。想到这些征伐，陆云产生了对亲人的思念，“乐兹棠棣，实欢友生”。对命运的担忧，“天地永久，命也难长。生民忽霍，曷云其常。我之既存，靡绩靡纪。乾坤难并，寂焉其已。生若电激，没若川征。存愧松柏，逝惭生灵。匪吝性命，实悼徒生。苟克析薪，岂惮冥冥”。

最后陆云说自己祈求上天，希望兄长平安长寿。他回想自己的先祖能保国兴邦，现在家道衰落。曾经他的兄弟如鸾如龙，如今却人数凋零。原来家中的房子、园林都毁坏了，不禁让他感物伤怀。陆云和陆机一样对自己的才华非常自信，他说他们是“晞光怀宝，焕若南金”，应该要“披华玩藻，晔若翰林”。他们等待着伯乐，等待着“敢投挑李，以报宝玉”。

于承明作与弟士龙诗

牵世[1]婴时网[2]，驾言[3]远徂征[4]。饮饯[5]岂异族[6]，亲戚弟与兄。
婉娈[7]居人思，纡郁游子情。明发[8]遗安寐，晤言[9]涕交缨[10]。
分途[11]长林侧，挥袂[12]万始亭。伫眄要遐景[13]，倾耳[14]玩余声。
南归憩永安[15]，北迈顿承明[16]。永安有昨轨[17]，承明子弃予[18]。
俯仰悲林薄[19]，慷慨含辛楚。怀往欢绝端[20]，悼来忧成绪[21]。
感别惨舒[22]翮。思归乐遵渚[23]。

【注释】

[1] 牵世，为世俗所牵拘。语出 汉 邹阳《狱中上梁孝王书》："此二国岂拘于俗，牵于世，系奇偏之辞哉！"

[2] 时网，时代的巨网。

[3] 驾言，驾，乘车；言，语助词。语本《诗·邶风·泉水》："驾言出游，以写我忧。"后用以指代出游，出行。

[4] 徂征，谓远行。

[5] 饮饯，以酒饯行。《诗·邶风·泉水》："出宿于 泲，饮饯于 祢。"

[6] 异族，异姓。亦指异姓之人。《周礼·春官·小宗伯》："小敛大敛，帅异族而佐。"贾公彦 疏："异族，据姓而言之。"

[7] 婉娈，依恋貌。晋 陆机《汉高祖功臣颂》："卢绾自微，婉娈我皇。"

[8] 安寐，安眠，安睡。

[9] 晤言，见面谈话；当面谈话。《诗·陈风·东门之池》："彼美淑姬，可与晤言。"

[10] 交缨，犹沾襟。张铣注："泪下而交于缨也。缨，衣领也。"

[11] 分途，犹分道；分路。晋葛洪《抱朴子·疾谬》："其行出也，则逼狭之地，耻于分涂，振策长驱，推人於险，有不即避，更加摅顿。"

[12] 挥袂，犹挥手。表示告别。

[13] 遐景，远处的景色。

[14] 倾耳，谓侧着耳朵静听。《史记·淮阴侯列传》："农夫莫不辍耕释耒，褕衣甘食，倾耳以待命者。"

[15] 永安，地名东汉初平四年（公元193年）分乌程、余杭置，属吴郡。治所在今浙江德清县。以县西有永安山而得名。西晋太康元年（公元280年）因与司州平阳郡之永安县重名而改为永康县。

[16] 承明，即承明庐。《汉书·翼奉传》："未央宫 又无 高门、 武台、 麒麟 、凤皇、白虎、玉堂、金华 之殿，独有 前殿、曲台、渐台、宣室、承明 耳。"此处指长安。

[17] 昨轨，三国蜀汉章武二年（公元 222 年）改鱼复县置，为巴东郡治。治所在今四川奉节县东十里白帝城。《三国志 · 蜀书 · 李严传》：章武三年（公元 223 年），“先主疾病，严与诸葛亮并受遗诏辅少主；以严为中都护，统内外军事，留镇永安”即此。西晋复为鱼复县。

[18] 弃予，离开我。谓分别。

[19] 林薄，交错丛生的草木。《楚辞 · 九章 · 涉江》：“露申辛夷，死林薄兮。”王逸 注：“丛木曰林，草木交错曰薄。”

[20] 绝端，断绝端绪。《楚辞 · 九辩》：“欲寂漠而绝端兮，窃不敢忘初之厚德。”朱熹《集注》：“绝端，谓灭其端绪，不使人知也。”

[21] 成绪，成为思绪。

[22] 惨舒，汉 张衡《西京赋》：“夫人在阳时则舒，在阴时则惨，此牵乎天者也。”后以“惨舒”指忧乐、宽严、盛衰等。

[23] 遵渚，语出《诗 · 豳风 · 九罭》：“鸿飞遵渚，公归无所。”原谓鸿雁循着水中小洲飞翔。后用以形容鸿飞。

诗评：

这首诗是陆机写给陆云的赠别诗，表达了陆机对陆云离开的依依不舍之情。开头写我们都是被时事所网络牵绊，你说要远行了。给你践行的岂是别人，是你的亲兄弟。我作为留在这里的人对你思念不已，积聚了很多对游子的感情。黎明就出发让人睡不好觉，与你说着话不禁泪下沾襟。我们在高大的树林边分别，在万始亭挥手告别。伫立遥望远处景色，侧着耳朵倾听你余下的声音。你向南可以在永安休憩，我往北在承明停留。永安城有往日我们的轨迹，而你将我抛弃在承明庐。在这树林中俯仰悲痛，情绪激动感到心酸痛楚。想到过去我就欢乐不起来，想到未来又忧思不断。在这分别之际我百感交集，看到小鸟在水边飞翔。

与弟士龙诗

行矣怨路长[1]，惄[2]焉伤别促。指途[3]悲有余，临觞欢不足。

我若西流水，子为东峙岳。慷慨逝言感，徘徊居情育。

安得携手俱，契阔[4]成騑服[5]。

【注释】

[1] 路长，路途遥远。

[2] 惄，忧伤。

[3] 指途，就道上路。

[4] 契阔，勤苦，劳苦。《诗·邶风·击鼓》："死生契阔，与子成说。"毛 传："契阔，勤苦也。"

[5] 騑服，騑马和服马，泛指驾车的马。三国 魏 曹丕《出妇赋》："抚騑服而展节，即 临沂 之旧城。"

诗评：

我感慨远行的道路长远，为我们仓促离别而感到忧伤。在路上我悲伤有余，即使面对着酒杯我也没有什么欢乐。我就好像向西流逝的水，你就好像东方的山岳。为过去的誓言我不禁感叹，徘徊自我们曾经居住生情长的地方。我与你怎么能携手一起呢？如今我辛苦的就像马儿一样。

赠从兄车骑诗[1]

孤兽[2]思故薮[3]，离鸟悲旧林[4]。翩翩游宦[5]子，辛苦谁为心。

仿佛谷水阳[6]，婉娈[7]昆山阴[8]。营魄[9]怀兹土，精爽[10]若飞沈[11]。

寤寐靡安豫[12]，愿言思所钦。感彼归途艰，使我怨慕[13]深。

安得忘归草[14]，言树背与襟。斯言岂虚作，思鸟有悲音。

【注释】

[1] 从兄车骑，李善于题下注云"集云陆士光"，陆晔，字士光，吴郡吴县人。东吴丞相陆逊侄孙，选曹尚书陆瑁之孙，高平国相陆英之子。陆晔出身吴郡陆氏，早年有良好名声，先获察孝廉，后被镇东将军司马睿召为祭酒，又封平望亭侯。东晋建立后，任太子詹事，累迁至领军将军，因参与平定王敦之乱受封江陵伯。

[2] 孤兽，孤单的野兽。曹植《赠白马王彪》诗："孤兽走索，衔草不遑食。"

[3] 故薮，指从前栖息的泽薮。

[4] 离鸟，失群之鸟。旧林，指禽鸟往日栖息之所。也比喻故乡。

[5] 游宦，外出求官或做官。

[6] 谷水阳，松江之北。

[7] 婉娈，缠绵；缱绻。

[8] 昆山，山名，在今上海市松江县西北。昆山阴，昆山之南。

[9] 营魄，魂魄。《老子》："载营魄抱一，能无离乎？"河上公 注："营魄，魂魄也。"

[10] 精爽，精神，魂魄。潘岳《寡妇赋》："睎形影于几筵兮，驰精爽于丘墓。"

[11] 飞沈，飞升和沉落。《后汉书·党锢传·李膺》："愿怡神无事，偃息衡门，任其飞沉，与时抑扬。"

[12] 安豫，安宁快乐。三国 魏 嵇康《声无哀乐论》："夫至亲安豫，则恬若自然，所自得也。"

[13] 怨慕，《孟子·万章上》："万章 问曰：'舜 往于田，号泣于旻天，何为其号泣也？'孟子曰：'怨慕也。'"赵岐 注："言 舜 自怨遭父母见恶之厄而思慕也。"朱《集注》："怨慕，怨己之不得其亲而思慕也。"后泛指因不得相见而思慕。

[14] 忘归草，吕向注："忘归草，谓忘忧草。"

诗评：

陆机在这首诗中表达了对故乡、亲人的想念。他将自己比作离群的野兽，思念着故乡。又像离群之鸟，为往日栖息之所感到悲伤。我只是一个外出谋官的人，谁能理解我的辛苦。我仿佛在松江之北，你徘徊在昆山之南。我的魂魄怀恋着这片土地，我的精神不断又起又落浮沉恍惚。我不得安寝，殷切思念故人。但回去的路非常艰难，让我苦苦思念。怎么才能得到忘忧草？大概在树的前后。这话难道是虚妄之语。思侣之鸟，有悲哀的声音。

答张士然[1]诗

洁身[2]跻秘阁[3]，秘阁峻且玄。终朝理文案，薄暮[4]不遑[5]眠。

驾言[6]巡明祀[7]，致敬[8]在祈年[9]。逍遥春王圃[10]，踯躅千亩田。

回渠绕曲陌[11]，通波[12]扶直阡。嘉谷垂重颖[13]，芳树发华颠。

余固水乡[14]士，总辔[15]临清渊。戚戚多远念，行行遂成篇。

【注释】

[1] 张士然，孙盛《晋阳秋》曰："张悛，字士然，少以文章与陆机友善。"又"元康中，吴令谢询表为孙氏置守冢人，悛为其父，诏从之。"晋《百官名》曰："悛为太子庶子。"

[2] 洁身，保持自身清白。《晏子春秋·问上二二》："圣人伏匿隐处，不干长上，洁身守道，不与世陷乎邪。"

[3] 秘阁，指尚书省。陆机《答贾谧诗》："升降秘阁，我服载暉。"李善 注："序云'入为尚书郎'，作此诗。然秘阁即尚书省也。"

[4] 薄暮，傍晚，太阳快落山的时候。《楚辞·天问》："薄暮雷电，归何忧？厥严不奉，帝何求？"

[5] 不遑，无暇，没有闲暇。《诗·小雅·四牡》："王事靡盬，不遑启处。"

[6] 驾言，驾，乘车；言，语助词。语本《诗·邶风·泉水》："驾言出游，以写我忧。"后用以指代出游，出行。

[7] 明祀，对重大祭祀的美称。《左传·僖公二十一年》："崇明祀，保小寡，周 礼也。"杜预 注："明祀，大皞 有济 之祀。"

[8] 致敬，犹致祭。祭必诚敬，故称。《史记·封禅书》：“祝釐者归福于朕，百姓不与焉。自今祝致敬，毋有所祈。”

[9] 祈年，祈祷丰年。《诗·大雅·云汉》：“祈年孔夙，方社不莫。”郑玄笺：“我祈丰年甚早。”

[10] 春王圃，古苑囿名，又名“春王园”，在晋代洛阳宫中。

[11] 曲陌，曲折的道路。

[12] 通波，指流水。

[13] 重颖，指一禾上生两个或更多的穗头。

[14] 水乡，河流、湖泊多的地区。

[15] 总辔，控制缰绳。《晋书·王接传》：“夫騂騮不总辔，则非造父之肆；明月不流光，则非随侯之掌。”

诗评：

我洁身自好跻身在中书省，中书省高大玄黑。终日整理文案，到傍晚还不能睡觉。乘车去祭祀，祈求丰年。在春王圃徜徉漫步，在千里田地里徘徊。曲折的道路和回环的渠水，水流在阡陌中流淌。好的谷子垂下多头的禾穗，佳木在枝头开花。我是来自水乡的士人，在清澈的渊水边缆辔。心中戚戚然想念远方，走着走着就写下这首诗。

赠尚书郎顾彦先诗

其　一

大火贞朱光[1]，积阳熙自南[2]。望舒离金虎[3]，屏翳吐重阴[4]。
凄风迕[5]时序，苦雨[6]遂成霖。朝游忘轻羽[7]，夕息忆重衾[8]。
感物百忧生，缠绵自相寻。与子隔萧墙[9]，萧墙阻且深。
形影旷[10]不接，所托声与音。音声日夜阔，何用慰吾心。

【注释】

[1] 大火贞朱光，李善注曰：“《尔雅·释天》：‘大火谓之大辰。’郭璞 注：‘大火，心也，在中最明，故时候主焉。’在中最明，故时候主之也。孔安国《尚书传》曰：贞，正也。朱光，朱明也。《尔雅》曰：夏为朱明。《尚书》曰：日永星火，以正仲夏。”

[2] 积阳，指阳光；太阳。李善注引《淮南子》曰：“积阳之热气生火，火气之精者为日。”《尔雅》曰：“熙，兴也。”《续汉书》：“日行南陆，谓之夏也。”又如，汉应玚《百一诗》之二：“室广致凝阴，台高来积阳。”

[3] 望舒，指月神。金虎，指西面方向。语出《淮南子·天文训》："西方金也……其神为 太白，有兽白虎。"望舒离金虎，李善注曰："言月离毕，天将雨也。《楚辞》曰：'前望舒使先驱。'王逸曰：'望舒，月御也。'《汉书》曰：'西方，金也。'《尚书·考灵耀》曰：'西方秋虎。'《汉书》曰：'参，白虎三星。'又曰：'觜觿为虎首。'孔安国《尚书传》曰：'昴，白虎中星，然西方七星毕昴之属，俱白虎也。'《毛诗》曰：'月离于毕，俾滂沲矣。'"

[4] 屏翳，指雨神。"雨师妾在其北"晋 郭璞 注："雨师，谓 屏翳 也。"重阴，指阴雨。曹植《赠王粲》诗曰："重阴润万物，何惧泽不周？"李善注引《楚辞》曰：'屏翳起雨。'王逸曰：'屏翳，雨师名也。'曹子建《赠王粲诗》曰：'重阴润万物。'"又指雨师。《山海经·海外东经》"雨师妾在其北。"晋 郭璞 注："雨师，谓 屏翳 也。"

[5] 迕，违反，违背，李善注引《小雅》曰："迕，犯也。"《庄子》曰："阴阳四时运行，各得其序。"又如《汉书·食货志上》："上下相反，好恶乘迕。"

[6] 苦雨，久下成灾的雨。李善注引《左氏传》申丰曰："春无凄风，秋无苦雨。"杜预曰："苦雨，为人所患苦也。"又孔颖达疏："《诗》云'以祈甘雨'，此云苦雨。雨水一也，味无甘苦之异养物为甘，害物为苦耳。"

[7] 轻羽，李善注曰："轻羽，谓扇也。傅毅有《羽扇赋》。"

[8] 重衾，两层被子。《文选·张华〈杂诗〉》："重衾无暖气，挟纩如怀冰。"吕延济 注："衾，被也。"

[9] 萧墙，萧，通"肃"。古代宫室内作为屏障的矮墙。《论语·季氏》："吾恐 季孙 之忧，不在 颛臾，而在萧墙之内也。"何晏 集解引 郑玄 曰："萧之言肃也；墙谓屏也。君臣相见之礼，至屏而加肃敬焉，是以谓之萧墙。"

[10] 旷，长时间所无，如旷古绝伦。

其　二

朝游游层城[1]，夕息旋直庐[2]。迅雷[3]中霄[4]激，惊电光夜舒。
玄云拖朱阁[5]，振风[6]薄[7]绮疏[8]。丰注[9]溢修霤[10]，潢潦[11]浸阶除[12]。
停阴[13]结不解，通衢[14]化为渠。沈稼[15]湮梁颍[16]，流民[17]溯荆徐。
眷言怀桑梓[18]，无乃将为鱼[19]。

【注释】

[1] 层城，重城，高城。刘义庆《世说新语·言语》："遥望层城，丹楼如霞。"

[2] 直庐，旧时侍臣值宿之处，吕延济："直庐，直宿之庐。"李善注引张晏《汉书注》曰："直宿曰庐也。"

[3] 迅雷，犹疾雷。《礼记·玉藻》："君子之居恒当户，寝恒东首，若有疾风、迅雷、甚雨，则必变。"李善注曰"《论语》曰：'迅雷风烈，必变。'《楚辞》曰：'凌惊雷轶骇电兮。'"

[4] 中霄，犹中天，高空。

[5] 玄云，黑云，浓云。《楚辞·九歌·大司命》："广开兮天门，纷吾乘兮玄云。"三国 魏 曹植《愁霖赋》："瞻玄云之晻晻兮，听长空之淋淋。"，拖，李善注引《说文》曰："拖，曳也。"朱阁，红色的楼阁。

[6] 振，李善注引郑玄《礼记注》曰："振，动也。风以动物，故谓之振。"振风，疾风。

[7] 薄，李善注引孔安国《尚书传》曰："薄，迫也。"

[8] 绮疏，指雕刻成空心花纹的窗户。《后汉书·梁冀传》："窻牖皆有绮疎青琐，图以云气仙灵。"李贤 注："绮疎谓镂为綺文。"李善注引李尤《东观铭》曰："房闼内布，绮疏外陈，是谓东观，书籍林渊。"

[9] 丰注，喻大雨。

[10] 霤，同"溜"，顺房檐滴下来的水，房顶上流下的水，如檐霤。李善注引王逸《楚辞注》曰："溜，屋宇也。"

[11] 潢潦，地上流淌的雨水。张铣注："潢潦，雨水流于地者。"李善注引《说文》曰："潦，雨水也。"

[12] 阶除，台阶。汉 蔡邕《伤故栗赋》："树遐方之嘉木兮，于灵宇之前庭。通二门以征行兮，夹阶除而列生。"李善注引《说文》曰："除，殿阶也。"

[13] 停阴，结集不散的阴云。亦指雨。

[14] 通衢，四通八达的道路。汉 班昭《东征赋》："遵通衢之大道兮，求捷径欲从谁。"

[15] 沈稼，亦作"沉稼"，淹没于水中的庄稼。

[16] 梁颍，指梁郡与颍川郡。李周翰注："梁颍，二郡名。"

[17] 流民，流亡外地的人。《管子·四时》："禁迁徙，止流民，圉分异。"

[18] 桑梓，《诗·小雅·小弁》："维桑与梓，必恭敬止。"朱熹《集传》："桑、梓二木。古者五亩之宅，树之墙下，以遗子孙给蚕食、具器用者也……桑梓父母所植。"东汉以来一直以"桑梓"借指故乡或乡亲父老。

[19] 为鱼，《左传·昭公元年》："微 禹，吾其鱼乎。"言若无 大禹 治水，人们将淹没为鱼。后因用"为鱼"喻遭受灾殃。

诗评：

这首诗是陆机写给顾荣的诗，顾荣，字彦先。吴郡吴县人。顾荣出身江南大姓"吴郡顾氏"，是三国时吴国丞相顾雍之孙、宜都郡太守顾穆之子。顾荣弱冠时仕于孙吴，与纪瞻、贺循、闵鸿、薛兼并称"五俊"。吴国灭亡后，与陆机、陆云一同入洛阳，号称"洛阳三俊"。初拜郎中，转廷尉正，历任诸王僚属，封嘉兴伯。顾荣见北方大乱，故弃官南归。

在这首诗中陆机描写了一场梁、颍之地的大雨，元康六年（公元 296 年），陆机曾随吴王游梁、陈之地，则此时很可能写作与此时。《晋书·惠帝纪》载"（元康六年）夏四月，大风。五月，荆、扬二州大水。"又案陆机《赠尚书郎顾彦先诗 其一》所言，"大火贞朱光，积阳熙自南。"则诗作于元康六年夏。

在这两首诗主旨不同，但内容有相似，写作时间应该相隔不远。其一主要写盛夏刚开始下雨，陆机思念故人。其说盛夏时节，白天天气还是晴朗炎热，晚上就开始大雨滂沱。伴随着大雨寒风乍起，不似夏日的和暖之气。霖雨不歇。早上我还在说忘了拿扇子，晚上就想盖厚一点的被子。感物而心生百般忧愁，我与你情谊深厚互相追寻。我与你隔着厚厚的萧墙，终日不见你的身影，唯有互相通信。通信日夜不停，怎么不能安慰我呢?

其二写下这么大的雨，让陆机心中忧虑，他担心涝灾的百姓流离失所。他说：早上还在城里游玩，晚上在直庐休息。突然间电闪雷鸣，黑云布满天空，疾风穿过窗棂。下起了大雨，雨水从屋檐不住地流下，从台阶不住地淌下。乌云看起来没有要散开的样子，条条大路都成河道。梁、颍两地的庄稼在田地里被雨水淹没，丧失家园的流民只能去荆州、徐州避难。唉，虽说心怀故乡，但是无奈因遭受灾殃也将四处游走。陆机写："沈稼湮梁颍，流民溯荆徐。"可能是刚下雨不久，梁、颍两郡的百姓不知道荆、徐也遭遇了涝灾，想想在通信不发达的时代，原本就流离失所的百姓从，抱着极大的希望，从梁、颍两郡长途跋涉迁到荆、徐，结果那里也是灾害严重，那该有多么失望!

为顾彦先赠妇往返诗[1]

其　一

辞家[2]远行游，悠悠三千里。京洛多风尘，素衣[3]化为缁[4]。
循身[5]悼忧苦，感念同怀子。隆思[6]乱心曲，沈欢[7]滞不起。
欢沈难克兴，心乱谁为理。愿假归鸿[8]翼，翻飞浙江汜。

【注释】

[1] 六臣本《文选》引李善注曰："集云为令彦先作，今云顾彦先，误也，且此上篇赠妇，下篇妇答，而俱云赠妇，又误也。"逯钦立云："为令彦先当是为令文彦先之误，陆士龙集有答大将军祭酒顾令文诗，又有与张光禄书云，顾令文彦先每宣陆眷弥泰之惠，即指此二人。又陆士龙亦有

为顾彦先赠妇之作，题作为顾彦先赠妇往返四首，称往返则知有赠妇、有妇答，题旨明备。《文选》此目盖有删节处，赠妇下应有往返二字。”

[2] 辞家，离别家园。《后汉书·方术传下·上成公》：“其初行久而不还，后归，语其家云：‘我已得仙。’因辞家而去。”

[3] 素衣，白色丝绢中衣。《诗·唐风·扬之水》：“素衣朱襮，从子于 沃。”陈奂 传疏：“素衣，谓中衣也……孔 疏云：‘中衣，谓冕及爵弁之中衣，以素为之。’”《论语·乡党》：“（君子）缁衣羔裘，素衣麑裘，黄衣狐裘。”何晏 集解：“孔 曰：‘服皆中外之色相称也。’”

[4] 缁，黑色。

[5] 循身，李善注引《孟子》曰：“古之人不得志，修身见于世。”

[6] 隆思，繁乱的心思。晋 张华《答何劭》诗之三：“悟物增隆思，结恋慕同侪。”李善注引薛君《韩诗章句》曰：“时风又且暴，使已思益隆。”

[7] 沈欢，亦作“沉欢”，深沉的欢爱。

[8] 归鸿，归雁。诗文中多用以寄托归思。嵇康《赠秀才入军》诗之四：“目送归鸿，手挥五弦。”李善注引魏文帝《喜霁赋》曰：“思寄身于鸿鸾，举六翮而轻飞。”

其　二

东南有思妇，长叹充幽闼[1]。借问叹何为，佳人渺天末[2]。

游宦[3]久不归，山川修且阔。形影参商[4]乖，音息[5]旷不达。

离合非有常，譬彼弦与筈[6]。愿保金石躯[7]，慰妾长饥渴[8]。

【注释】

[1] 幽闼，指深闺。吕向注：“幽闼，深闺也。”李善注引《西京赋》曰：“重闺幽闼。”

[2] 天末，天的尽头。指极远的地方。汉 张衡《东京赋》：“眇天末以远期，规万世而大摹。”

[3] 游宦，指外出求官或做官。《韩非子·和氏》：“禁游宦之民，而显耕战之士。”王先谦《集解》：“不守本业，游散求官者。”《汉书·地理志下》：“及司马相如游宦京师诸侯，以文辞显于世，乡党慕循其迹。”

[4] 参商，喻亲友隔绝，不能相见，如曹植《与吴季重书》：“面有逸景之速，别有参商之阔。”李善注引《左氏传》子产曰：“昔高辛氏有二子，伯曰阏伯，季曰实沉，居旷林，不相能，日寻干戈，以相征讨。后帝不臧，迁阏伯于商丘，主辰，商人是因，故辰为商星。迁实沉于大夏，主参，唐人是因，以服事夏商。其季世曰唐叔，故参为晋星。”《法言》曰：“吾不睹参辰之相比也。”

[5] 音息，音信；消息。李善注：“音息，音问、消息也。”

[6] 弦与筈，刘熙《释名》曰："矢末曰括。括，会也，与弦会。"

[7] 金石躯，谓人身体强壮珍贵。

[8] 饥渴，比喻期望殷切，如饥似渴。《孔丛子·公仪》："君若饥渴待贤，纳用其谋，虽蔬食水饮，伋 亦愿在下风。"《李陵赠苏武诗》曰：思得琼树枝，以解长饥渴。

诗评：

按《文选》李善注与逯钦立《先秦汉魏晋南北朝诗》所载二者对诗题有所争议，笔者今取逯钦立言，以此诗是带顾荣所作。这首诗是陆机代替顾荣写给他的妻子的赠答诗，在这首诗中诗人代替顾荣表达了对妻子的思念之情。

其一写我从家中辞别远游，悠悠而行了三千里，就是说走了许多路程，到了京师洛阳。这里多风多尘，让我的素衣都变脏了。我心中因为思念你而忧愁苦闷，心中烦乱无端，怎么也高兴不起来。我心中这么乱是为了谁？当然是为了你呀！愿借着归去鸿雁的翅膀，飞到你的身边。

其二写，东南有思妇，在深闺中长叹。问她为何如此，她遥望天的尽头。远游的丈夫外出做官久久不能回来，我们之间隔着高远的山川。我们就像参商一样久久不能相聚，音讯也很久都不得传递。这样的离别与相见不是常有的事，就像弦与筈一样。希望你能保重身体，以此慰藉我对你的思念。

其一是陆机站在顾彦先的角度写的丈夫对妻子的思念。其二是站在顾彦先妇人角度写的妻子对丈夫的思念。陆机一人分饰两角，一赠一答站在不同角度写出两人分别后的不舍之情。笔者不禁思索，陆机写作的初衷是什么呢？

是受顾荣所托，还是自作主张？这首诗的目标读者是谁呢？他是为了加深与顾荣的关系而写了这组诗还是为了显示自己的文采才写这组诗呢？

赠顾交趾公真诗

顾侯体明德[1]，清风[2]肃已迈。发迹[3]翼藩后[4]，改授[5]抚南裔[6]。

伐鼓[7]五岭表，扬旌[8]万里外。远绩[9]不辞[10]小，立德不在大。

高山安足[11]凌，巨海犹萦带[12]。惆怅[13]瞻飞驾[14]，引领[15]望归旆[16]。

【注释】

[1] 明德，美德。李善注引《尚书》曰："先王既勤用明德。"

[2] 清风，高洁的品格。南朝 梁 刘协《文心雕龙·诔碑》："标序盛德，必见清风之华。"李善注引胡广书曰："建鸿德，流清风。"

[3] 发迹，犹兴起，谓立功扬名。《史记·太史公自序》："秦 失其政，而 陈涉 发迹。"

[4] 藩后，犹藩王。汉羊胜《屏风赋》："藩后宜之，寿考无疆。此处指吴王也《顾氏谱》曰："秘为吴王郎中令。"

[5] 改授，另行授予官职。

[6] 南裔，南方边境地区，此处谓交趾也。

[7] 伐鼓，敲鼓。

[8] 扬旌，高举军旗。指征战。

[9] 远绩，远大的功绩。《国语·齐语》："昔吾先王 昭王、穆王，世法 文 武 远绩以成名。"韦昭 注："绩，功也。"

[10] 不辞，不辞让；不推辞。《庄子·天下》："惠施 不辞而应，不虑而对，遍为说万物，说而不休，多而无已。"成玄英 疏："不辞谢而应机，不思虑而对答。"

[11] 安足，立足，存身。《三国志·魏志·公孙瓒传》："遣人与子书，刻期兵至，举火为应。"裴松之 注引 三国 魏 鱼豢《典略》："瓒 遣行人 文则 赍书告子 续 曰：'不然，吾亡之后，天下虽广，汝欲求安足之地，其可得乎！'"

[12] 萦带，旋曲的带子。李善注引《古辩异》博游曰："众星累累如连贝，江河四海如衣带。"

[13] 惆怅，因失意或失望而伤感、懊恼。《楚辞·九辩》："廓落兮，羁旅而无友生；惆怅兮，而私自怜。"

[14] 飞驾，飞驰的车子。

[15] 引领，伸颈远望。多以形容期望殷切。《左传·成公十三年》："及君之嗣也，我君 景公 引领西望曰：'庶抚我乎！'"

[16] 旆，古代旗末端状如燕尾的垂旒。

诗评：

顾秘，字公真，吴郡吴县人，惠帝时，官交州太守、吴兴太守。顾秘与陆机、陆云兄弟友善，二陆均有诗书赠之。

这首诗应该是写作在太安二年，以赞扬顾秘讨石冰事。《晋书·惠帝纪》载："（泰安二年十一月）丙寅，扬州秀才周、前南平内史王矩、前吴兴内史顾秘起义军以讨石冰。冰退，自临淮趣寿阳。"

顾侯有美德，品德高洁，美名远播。在任命为吴王郎中令后迁任交趾，在五岭擂响战鼓，军旗绵延万里。这是大功大德。您凌驾于高山之上，巨大的海洋好像萦带一样蜿蜒在您的脚下。我盼望着能看到您飞驰的车驾，伸长了脖子盼望着您大胜归来。

附：潘岳

为贾谧作赠陆机诗

肇自初创[1]，二仪絪缊[2]。粤有生民，伏羲始君。
结绳阐化[3]，八象成文[4]。芒芒九有[5]，区域[6]以分。
神农更王[7]，轩辕承纪。画野离疆[8]，爰封众子[9]。
夏殷既袭，宗周继祀[10]。绵绵瓜瓞[11]，六国[12]互峙。
强秦兼并，吞灭四隅[13]。子婴面榇[14]，汉祖膺图[15]。
灵献微弱[16]，在涅则渝。三雄鼎足[17]，孙启南吴。
南吴伊何，僭号[18]称王。大晋统天，仁风遐扬[19]。
伪孙衔璧[20]，奉土归疆。婉婉[21]长离[22]，凌江而翔。
长离[22]云谁，咨尔[23]陆生。鹤鸣九皋[24]，犹载厥声。
况乃海隅[25]，播名上京[26]。爰应旌招[27]，抚翼宰庭[28]。
储皇[29]之选，实简惟良。英英朱鸾[30]，来自南冈。
曜藻崇正，玄冕丹裳[31]。如彼兰蕙，载采其芳。
藩岳作镇[32]，辅我京室[33]。旋反桑梓[34]，帝弟作弼。
或云国官[35]，清涂[36]攸失。吾子洗然[37]，恬淡自逸。
廊庙[38]惟清，俊乂[39]是延。擢应嘉举[40]，自国而迁。
齐辔[41]群龙，光赞纳言[42]。优游省闼[43]，珥笔华轩[44]。
昔余与子，缱绻东朝[45]。虽礼以宾，情通友僚。
嬉娱丝竹，抚鞞舞[46]韶。修日朗月，携手逍遥。
自我离群[47]，二周[48]于今。虽简其面，分着情深。
子其超矣，实慰我心。发言为诗，俟望[49]好音。
欲崇[50]其高，必重其层。立德之柄，莫匪安恒。
在南称柑，度北则橙。崇子锋颖[51]，不颓不崩。

【注释】

[1] 肇自，始于。汉 班固《西都赋》："肇自 高 而终 平，世增饰以崇丽，历十二之延祚，故穷泰而极侈。"初创，草创，开创，张铣注："初创，犹草创也。"

[2] 二仪，指天地。三国 魏 曹植《惟汉行》："太极定二仪，清浊始以形。"絪缊，云烟弥漫、气氛浓盛的景象。

[3] 结绳，上古无文字，结绳以记事。《易·系辞下》："上古结绳而治，后世圣人易之以书契。"孔颖达 疏："结绳者，郑康成 注云，事大大结其绳，事小小结其绳，义或然也。"阐化，阐扬教化。晋潘岳《为贾谧作赠陆机》诗："粤有生民，伏羲 始君，结绳阐化，八象成文。"任昉《齐竟陵文宣王行状》："上穆三能，下敷五典，辟玄闱以阐化，寝鸣钟以体国。"李周翰 注："言开政道之门，以阐扬天子化也。"

[4] 八象，《易》八卦之象。即：乾（天）、坤（地）、坎（水）、离（火）、艮（山）、兑（泽）、巽（风）、震（雷）。《文选·潘岳〈为贾谧作赠陆机〉诗》："结绳阐化，八象成文。"李周翰 注："八象，八卦也。"成文，形成乐章、文采、文辞、礼仪等的总称。

[5] 芒芒，广大辽阔貌。《诗·商颂·长发》："洪水芒芒，禹 敷下土方。"九有，九州。《诗·商颂·玄鸟》："方命厥后，奄有九有。"毛 传："九有，九州也。"

[6] 区域，界限；范围。

[7] 神农，传说中的太古帝王名。始教民为耒耜，务农业，故称 神农氏。又传他曾尝百草，发现药材，教人治病。也称 炎帝，谓以火德王。更王，改换帝王。《汉书·天文志》："太白经天，天下革，民更王，是为乱纪。"

[8] 画野离疆，指划分疆域而治。《周书·杜杲传》："仍请画野分疆，永敦邻好。"

[9] 众子，指嫡长子以外的诸子。《仪礼·丧服》："昆弟，为众子。"郑玄 注："众子者，长子之弟及妾子。"

[10] 宗周，指 周 王朝。因 周 为所封诸侯国之宗主国，故称。《诗·小雅·正月》："赫赫宗周，褒姒威之。"继祀，嗣续。《后汉书·章帝八王传论》："章帝 长者，事从敦厚，继祀 汉 室，咸其苗裔。"

[11] 绵绵瓜瓞，《诗·大雅·緜》："绵绵瓜瓞，民之初生。"毛 传："绵绵，不绝貌。瓜，绍也。瓞，瓞也。"后因以"绵绵瓜瓞"喻子孙绵延不绝。

[12] 六国，指战国时位于函谷关以东的齐、楚、燕、韩、赵、魏六国。

[13] 吞灭，并吞消灭。《汉书·王莽传中》："莽 志方盛，以为四夷不足吞灭。"四隅，四方；四周。《淮南子·原道训》："经营四隅，还返于枢。"高诱 注："隅，犹方也。"

[14] 子婴，秦二世胡亥的侄子。赵高杀二世，立他为秦王，在位四十六天。刘邦攻破咸阳。子婴投降。后为项羽所杀。面榇，语本《左传·僖公六年》："许男面缚衔璧，大夫衰绖，士舆榇。"

杜预注："缚手于后，唯见其面……榇，棺也。将受死，故衰绖。"后因以"面缚舆榇"谓双手反绑，车载空棺，表示投降并自请极刑。

[15] 汉祖，汉高祖刘邦。膺图，承受瑞应之图，指帝王得国或嗣位。

[16] 灵献微弱，东汉灵帝与献帝的并称，两帝当政时期，政治黑暗，国势衰微。

[17] 三雄，谓同时称雄的三人。指 魏、蜀、吴三国之主。鼎足，鼎有三足，比喻三方并峙之势。《史记·淮阴侯列传》："参分天下，鼎足而居。"

[18] 僭号，冒用帝王的称号。《汉书·扬雄传下》："诸儒或讥以为 雄 非圣人而作经，犹春秋吴楚之君僭号称王，盖诛绝之罪也。"

[19] 仁风，形容恩泽如风之流布。旧时多用以颂扬帝王或地方长官的德政。遐扬，远扬，远播。

[20] 衔璧，《左传·僖公六年》："许 男面缚衔璧，大夫衰绖，士舆榇。"杜预 注："缚手于后，唯见其面，以璧为贽，手缚故衔之。"后因称国君投降为"衔璧"。

[21] 婉婉，屈伸貌；卷曲貌。《楚辞·离骚》："驾八龙之婉婉兮，载云旗之委蛇。"

[22] 长离，即凤。古代传说中的灵鸟。一说为神名。《汉书·司马相如传下》："左 玄冥 而右 黔雷 兮，前长离而后矞皇。"颜师古 注"长离，灵鸟也。服虔 曰：'皆神名也。'"

[23] 咨尔，《论语·尧曰》："尧 曰：'咨，尔 舜！天之历数在尔躬。'"邢昺 疏："咨，咨嗟；尔，女也……故先咨嗟，叹而命之。"后常以"咨尔"用于句首，表示赞叹或祈使。

[24] 鹤鸣，《诗·小雅·鹤鸣序》："诲 宣王 也。"郑玄 笺："教 宣王 求贤人之未仕者。"后因以"鹤鸣"指贤者隐居之义。九皋，曲折深远的沼泽。《诗·小雅·鹤鸣》："鹤鸣于九皋，声闻于野。"毛 传："皋，泽也。言身隐而名著也。"郑玄 笺："皋，泽中水溢出所为坎，自外数至九，喻深远也。鹤在中鸣焉，而野闻其鸣声……喻贤者虽隐居，人咸知之。"陆德明 释文："《韩诗》云：九皋，九折之泽。"

[25] 况乃，何况，况且，而且。海隅，海角；海边。常指僻远的地方。

[26] 播名，传扬名声。上京，对国都的通称，此处指洛阳。

[27] 旌招，以旌招之。谓征召贤士。语本《孟子·万章下》："敢问招虞人何以？曰：'以皮冠。庶人以旃，士以旂。大夫以旌。'"

[28] 抚翼，拍击翅膀，比喻奋起。宰庭，犹朝廷，李周翰 注："宰庭，天子之庭也。"

[29] 储皇，黄帝储存的臣子。

[30] 英英，光彩鲜明的样子。朱鸾，即朱鸟，刘良注："朱鸾，瑞鸟也。亦喻君子。"

[31] 玄冕，泛指黑色官冕。丹裳，红色的衣裙。

[32] 藩岳，指诸侯或总领一方的地方长官。作镇，镇守一方。

[33] 京室，谓王室。

[34] 旋反，回还，回归。《诗·鄘风·载驰》："既不我嘉，不能旋反。"桑梓，故乡。

[35] 国宦，犹左宦，谓天子之臣而仕诸侯。李善 注：“《汉书》曰：‘武 有 淮南、衡山 之谋，作左宦之律。’应劭 曰：‘人道尚右，今舍天子而仕诸侯，故谓之左宦。’”

[36] 清涂，清贵之途。

[37] 洗然，安适貌。

[38] 廊庙，殿下屋和太庙，指朝廷。

[39] 俊乂，才德出众的人。

[40] 嘉举，举荐的美称。

[41] 齐辔，并肩驱驰，比喻才力相等。

[42] 光赞，犹光辅，李善注引郑玄《周礼》注：“赞，佐也。”纳言，古官名。主出纳王命。《书·舜典》：“命汝作纳言，夙夜出纳朕命，惟允。”孔 传：“纳言，喉舌之官，听下言纳于上，受上言宣于下，必以信。”

[43] 省闼，宫中；禁中。又称禁闼。古代中央政府诸省设于禁中，后因作中央政府的代称。《汉书·谷永传》：“臣 永 幸得给事中出入三年，虽执干戈守边垂，思慕之心常存于省闼。”

[44] 珥笔，古代史官、谏官上朝，常插笔冠侧，以便记录，谓之“珥笔”。《文选·曹植〈求通亲亲表〉》：“安宅京室，执鞭珥笔。出从华盖，入侍辇毂。”李善 注：“珥笔，戴笔也。”华轩，吕向 注：“华轩，殿上曲栏也。”

[45] 缱绻，纠缠萦绕；固结不解。《诗·大雅·民劳》：“无纵诡随，以谨缱绻。”马瑞辰 通释：“缱绻即紧綣之别体。”高亨 注：“缱绻，固结不解之意。”东朝，即东宫。太子所居。陆机曾任太子洗马，贾谧曾在太子东宫侍讲。

[46] 鞞舞，古舞名。舞人执鞞鼓于前（或两旁）导舞，故称。未详所起，汉 已用于宴享，

[47] 离群，离开众人。《易·干》：“上下无常，非为邪也；进退无恒，非离群也。”孔颖达 疏：“何氏 云：所以进退无恒者，时使之然，非苟欲离群也。”

[48] 二周，两年。

[49] 俟望，等待盼望。

[50] 崇，崇敬。

[51] 锋颖，卓越的才干，凌厉的气势。刘义庆《世说新语·排调》：“砥砺锋颖，以干王事。”

诗评：

这首诗是潘岳代替贾谧写给陆机的赠诗，诗的格调雍容雅致。这首诗的写作时间在元康六年（公元 295 年）之后，在陆机的《答贾谧诗》

序中陆机说自己“元康六年入为尚书郎，鲁公赠诗一篇，作此答之云尔”。这首诗大体上可以分为三个部分，第一个部分续写历史，潘岳简要地叙述了从上古到晋朝

的历史。第二部分是写陆机的二个人史，从陆机扬名洛阳写到元康七年陆机出任殿中郎。第三部分写贾谧与陆机的友谊，以及对陆机的祝愿。

第一部分潘岳写自天地初创，有生民开始，伏羲就成了人们第一位君主。此时结绳记事、宣扬教化，八卦也在这时候形成。天下分为九州。此后神农氏代替伏羲称王，神农氏之后是轩辕氏。黄帝开始划分疆域而治，分封诸侯。夏朝、周朝都研袭了这些做法，绵绵不绝。到了东周时期六国互相对峙，强秦兼并诸国，建立秦朝。子婴投降后，汉高祖称帝。汉末灵帝、献帝微弱，这之后三国鼎立，孙吴在南方称霸。孙权称帝是僭越帝号。我大晋朝统一天下，仁风遐扬。吴主进献领土。归顺晋朝。

第二部分潘岳现将陆机比作凤凰，其曰这之后那美好的凤凰才凌江而翔。这凤凰是谁？是陆机你呀！鹤鸣九皋，声闻天下。而你是在南方，早已在洛阳美名传扬。你早该被召入朝廷，在庙堂上振翅而飞。

皇帝就应该储存你这样的臣子。你就像光彩靓丽的朱鸾，从南方来。你穿着黑色官服，红色衣裳，就像兰蕙之草，芳香四溢。

你曾回到家乡，坐镇东吴，《晋书·陆机传》载元康四年（公元 294 年），吴王司马晏出京镇守淮南，任命陆机为吴国郎中令。这一段就是讲这件事。并说陆机此时有恬淡自逸的风姿。

下一段写陆机元康七年（公元 297 年），转为殿中郎的事。殿中郎，西晋时隶殿中尚书。掌拟写诏命，亦主宫廷礼乐之事。所以潘岳说陆机的才能能与群龙并驾齐驱，并担任出纳王命的职位，能够“优游省闼，珥笔华轩。”

第三部分，潘岳模拟贾谧的身份说曾经我与你都在太子东宫任职，元康二年（公元 292 年），陆机接连担任太子洗马、著作郎。他喜欢交游权贵门第，与外戚贾谧亲善，为“金谷二十四友”，贾谧也曾在太子东宫侍讲，所以是“昔余与子，缱绻东朝。”我虽然对你以礼相待，但是情同朋友、同僚。我们一起听歌、看舞，日夜欢娱，携手逍遥。

但是自从我离开之后已经有两年了。虽然我们匆匆见过几面但是我们依旧感情深厚。我写这首诗给你，期盼着你的回信。最后是对陆机的嘱咐，事情就像盖楼一样，想要做得高，就要注重每一层。希望陆机能根基牢固。立德的关键就是安恒。希望陆机能有安恒之心。由于陆机是南归士人，所以在北地有所不适应，故而说橘子在南称柑，度北则橙。最后希望陆机卓越的才干，凌厉的气势，不颓不崩。

答贾谧诗

序：余昔为太子洗马[1]，鲁公贾长渊以散骑常侍[2]侍东宫积年[3]。余出补吴王郎中令，元康六年入为尚书郎。鲁公赠诗一篇，作此答之云尔。

伊昔[4]有皇，肇济黎蒸[5]。先天[6]创物，景命[7]是膺[8]。
降及群后[9]，迭毁迭兴[10]。邈矣终古[11]，崇替[12]有征。
在汉之季[13]，皇纲幅裂[14]。大辰[15]匿晖，金虎[16]曜质。
雄臣驰鹜[17]，义夫赴节[18]。释位挥戈[19]，言谋王室。
王室之乱，靡邦不泯[20]。如彼坠景[21]，曾不可振[22]。
乃眷三哲[23]，俾乂斯民[24]。启土[25]虽难，改物承天[26]。
爰兹有魏，即宫天邑[27]。吴实龙飞[28]，刘亦岳立[29]。
干戈[30]载扬，俎豆[31]载戢。民劳师兴，国玩凯入[32]。
天厌霸德[33]，黄祚[34]告衅。狱讼[35]违魏，讴歌[36]适[37]晋。
陈留归蕃[38]，我皇登禅[39]。庸岷稽颡[40]，三江[41]改献。
赫矣隆晋，奄宅率土[42]。对扬天人[43]，有秩斯祜[44]。
惟公太宰[45]，光翼二祖[46]。诞育洪胄[47]，纂戎[48]于鲁。
东朝[49]既建，淑问峨峨[50]。我求明德，济同以和。
鲁公戾止[51]，衮服委蛇[52]。思媚皇储[53]，高步[54]承华。
昔我逮兹，时惟下僚[55]。及子栖迟[56]，同林异条。
年殊志比[57]，服舛义稠[58]。游跨三春，情固二秋。
祗承[59]皇命，出纳[60]无违。往践蕃朝[61]，来步紫微[62]。
升降秘阁[63]，我服载晖。孰云匪惧，仰肃明威[64]。
分索[65]则易，携手实难。念昔良游，兹焉永叹。
公之云感，贻此音翰[66]。蔚彼高藻[67]，如玉如兰。
惟汉有木，曾不逾境[68]。惟南有金，万邦作咏[69]。
民之胥好[70]，狷狂厉圣[71]。仪刑在昔[72]，予闻子命。

【注释】

[1] 太子洗马，官名。汉置，太子属官。《汉书·百官公卿表上》：“太子太傅、少傅，古官。属官有太子门大夫、庶子、先马。”颜师古 注：“张晏 曰：‘先马，员十六人，秩比谒者。’如淳 曰：‘前驱也。《国语》曰：句践 亲为 夫差 先马。先或作洗也。’”《后汉书·百官志四》：“太子洗马，比六百石。本注曰：‘《旧注》云，员十六人，职如谒者。太子出，则当直者在

前导威仪。’”

[2] 散骑常侍，官名。秦 汉 设散骑（皇帝的骑从）和中常侍，三国 魏 时将其并为一官，称“散骑常侍”。在皇帝左右规谏过失，以备顾问。晋 以后，增加员额，称员外散骑常侍，或通直散骑常侍，往往预闻要政。

[3] 积年，多年；累年。《列子·周穆王》：“积年之疾，一朝都除。”

[4] 伊昔，从前。李善 注：“《尔雅》曰：‘伊，惟也。’郭璞 曰：‘发语辞也。’”

[5] 肇济黎蒸，亦作“黎蒸”。黎民，众民。《史记·司马相如列传》：“正阳显见，觉寤黎烝。”

[6] 先天，谓先于天时而行事，有先见之明。《易·乾》：“夫大人者，与天地合其德；与日月合其明，与四时合其序，与鬼神合其吉凶，先天而天弗违，后天而奉天时。”孔颖达 疏：“先天而天弗违者，若在天时之先行事，天乃在后不违，是天合大人也。”

[7] 景命，大命。指授予帝王之位的天命。《诗·大雅·既醉》：“君子万年，景命有仆。”郑玄 笺：“天之大命。”

[8] 膺

[9] 群后，泛指公卿。《文选·张衡〈东京赋〉》：“于是孟春元日，群后旁戾。”李善 注：“群后，公卿之徒也。”

[10] 迭毁，古宗庙制度。天子设七庙供奉七代祖先，诸侯设五庙供奉五代祖先。其中始封之君、开国帝王之庙，世世不毁，余则亲过高祖而毁其庙，迁其神主于太庙中。亲庙依次而毁，故称“迭毁”。《汉书·韦玄成传》：“《礼》，王者始受命，诸侯始封之君，皆为太祖。以下，五庙而迭毁，毁庙之主臧乎太祖……周 之所以七庙者，以 后稷 始封，文王、武王 受命而王，是以三庙不毁，与亲庙四而七。非有 后稷 始封，文 武 受命之功者，皆当亲尽而毁。”迭兴，谓复兴。《东观汉记·光武帝纪》：“今所制地，不过二三顷，无为山陵，陂池裁令流水而已。迭兴之后，亦无丘垄，使合古法。”此处指宗庙反复兴起又毁灭，朝代更替。

[11] 终古，往昔，自古以来。《楚辞·九章·哀郢》：“去终古之所居兮，今逍遥而来东。”

[12] 崇替，兴废，盛衰。《国语·楚语下》：“吾闻君子唯独居思念前世之崇替者，与哀殡丧，于是有叹，其余则否。”韦昭 注：“崇，终也；替，废也。”

[13] 汉之季，汉朝。

[14] 皇纲幅裂，朝廷的纲纪如布幅的撕裂。幅裂，如应劭《〈风俗通〉序》：“今王室大坏，九州幅裂。”

[15] 大辰，指伐星与北辰。《公羊传·昭公十七年》：“大辰者何？大火也。大火为大辰，伐为大辰，北辰亦为大辰。”按，古人视大火、伐星以定时，视北辰以辨向，故均称为大辰。

[16] 金虎，指金星和昴星。古人以为金星与昴宿相近系兵乱之象。李善注：“《石氏星经》曰：昴者，西方白虎之宿也。太白者，金之精。太白入昴，金虎相薄，主有兵乱也。”

[17] 雄臣，才能出众的人。李善注引《解嘲》："世乱，则圣哲驰骛而不足。"驰骛，奔腾。《逸周书·文傅解》："畋渔以时，童不夭胎，马不驰骛，土不失宜。"

[18] 义夫，坚守大义的人。赴节，为保全节操而牺牲。

[19] 释位，用为赞辅朝政之称。晋 陆机《五等诸侯论》："故国忧赖其释位，主弱凭其翼戴。"挥戈，挥动武器。晋 慧远《明报应论》："此则 文殊 案剑，迹逆而道顺，虽复终日挥戈，措刃无地矣。"引申为指挥军队。

[20] 不泯，不灭。

[21] 坠景，落日，西下的夕阳。以喻衰落。

[22] 振，李善注引《说文》曰："振，举也。"

[23] 三哲，三哲，刘备、孙权、曹操也。

[24] 俾乂，《尚书》帝曰："下民其咨，有能俾乂。"孔安国曰："乂，治也。"斯民，指老百姓。《孟子·万章上》："予将以斯道觉斯民也。"

[25] 启土，开拓疆域。《书·武成》："惟先王建邦启土。"《国语·晋语四》："继 文 之业，定 武 之功，启土安疆，于此乎在矣，君其务之。"

[26] 改物，改变前朝的文物制度。多指改正朔、易服色。后因以指改朝换代。《左传·昭公九年》："文之伯也，岂能改物？"杜预 注："言 文公 虽霸，未能改正朔、易服色。"《国语·周语中》："叔父若能光裕大德，更姓改物，以创制天下，自显庸也。"承天，承奉天道。《易·坤》："至哉坤元，万物资生，乃顺承天。"《后汉书·郎顗传》："夫求贤者上以承天，下以为人。"

[27] 天邑，谓帝王之都。指京都。《书·多士》："予一人惟听用德，肆予敢求尔于天邑 商。"《文选·班固〈典引〉》："至于参五 华夏，京迁 镐 亳，遂自北面，虎螭其师，革灭天邑。"蔡邕 注："天邑，天子邑也。"

[28] 龙飞，《易·乾》："飞龙在天，利见大人。"孔颖达 疏："若圣人有龙德，飞腾而居天位。"遂以"龙飞"为帝王的兴起或即位。

[29] 岳立，耸立，屹立。晋 潘岳《藉田赋》："青坛蔚其岳立兮，翠幕黕以云布。"《魏书·李骞传》："既云扰而海沸，亦岳立而棋峙。"

[30] 干戈，干和戈是古代常用武器，此处指战争。《史记·儒林列传序》："然尚有干戈，平定四海，亦未暇遑庠序之事也。"

[31] 俎豆，俎和豆。古代祭祀、宴飨时盛食物用的两种礼器，引申指崇奉。

[32] 凯入，奏着胜利的乐曲归来。晋 陆机《汉高祖功臣颂》："霸 楚 实丧，皇 汉 凯入。"

[33] 天厌，《左传·隐公十一年》："天而既厌 周 德矣，吾其能与 许 争乎？"《论语·雍也》："子见 南子，子路 不悦。夫子矢之曰：'予所否者，天厌之！天厌之！'"邢昺 疏："厌，弃也。"后因以"天厌"谓为上天所厌弃、弃绝。霸德，犹霸道。与"王道"相对而言。《后

汉书·朱祐景丹等传论》："若乃王道既衰，降及霸德，犹能授受惟庸，勋贤皆序，如管隰之迭升桓世，先赵之同列文朝，可谓兼通矣。"此处指魏。

[34] 黄祚，三国时期魏国的国运。张铣注："霸，谓魏也。魏土德，故曰黄祖。"

[35] 狱讼，指诉讼者。

[36] 讴歌，歌颂。《孟子·万章上》："讴歌者，不讴歌尧之子而讴歌舜。"

[37] 适，到。

[38] 陈留，陈留王。归蕃，"归藩"。汉王粲《赠士孙文始》诗："四国方阻，俾尔归蕃。尔之归蕃，作式下国。"

[39] 我皇登禅，谓晋武帝受禅让，登帝位。

[40] 庸岷，四川（蜀）的别称。李善注："庸岷，蜀境也。庸国名也；岷，山名。"稽颡，古代一种跪拜礼，屈膝下拜，以额触地，表示极度的虔诚。《仪礼·士丧礼》："弔者致命，主人哭拜，稽颡成踊。"《汉书·李广传》："若乃免冠徒跣，稽颡请罪，岂朕之指哉！"

[41] 三江，蜀有三江，即岷江、涪江、沱江。

[42] 奄宅，抚定，谓统治。率土，"率土之滨"之省。谓境域之内。《诗·小雅·北山》："率土之滨，莫非王臣。"王引之《经义述闻·毛诗中》："《尔雅》曰：'率，自也。自土之滨者，举外以包内，犹言四海之内。'"汉班固《明堂诗》："普天率土，各以其职。"

[43] 对扬天人，授天承命。

[44] 有秩，博大，无穷。《诗·商颂·烈祖》："嗟嗟烈祖，有秩斯祜。"高亨注引王引之《经传释词》："秩，大也。"斯祜，福泽。

[45] 太宰，相传殷置太宰。周称冢宰，为天官之长，掌建邦之六典，以佐王治邦国。春秋列国亦多置太宰之官，职权不尽相同。秦、汉、魏皆不置。晋以避司马师讳，置太宰以代太师。

[46] 二祖，指晋太祖文帝司马昭与晋世祖武帝司马炎。李善注引臧荣绪《晋书》："晋太祖为大将军，以贾充为司马右长史，及世祖受禅，转太宰。"

[47] 诞育，生育；出生。洪胄，王侯贵族的后代。

[48] 纂戎，谓继承光大先人业绩。晋潘岳《杨荆州诔》："纂戎洪绪，克构堂基。"臧荣绪《晋书》曰："谧父韩寿，河南尹。母，贾充少女也。充平生不议立后，充后妻郭槐，辄以外孙韩谧为黎民子袭封。槐自表陈，是充遗意也，帝许之，以谧为鲁公。"

[49] 东朝，借指太后、太妃。按《汉书》：惠帝东朝长乐宫，时吕太后居长乐，后世称太后为东朝。"

[50] 淑问，美名。《汉书·匡衡传》："道德弘于京师，淑问扬乎疆外。"颜师古注："淑，善也；问，名也。"峨峨，盛壮，盛美。《诗·大雅·棫朴》："济济辟王，左右奉璋。奉璋峨峨，髦士攸宜。"毛传："峨峨，盛壮也。"

[51] 鲁公戾止，来到。《诗·鲁颂·泮水》："鲁侯戾止，言观其旂。"《毛传》："戾，来；止，

至也。”

[52] 衮服，即衮衣。委蛇，雍容自得貌。《诗·召南·羔羊》：“退食自公，委蛇委蛇。”郑玄 笺：“委蛇，委曲自得之貌。”陆德明 释文：“《韩诗》作‘逶迤’，云公正貌。”

[53] 思媚，王隐《晋书》曰：“谧以贾后之妹子，数入宫，与愍怀处。”《毛诗》曰：“思媚周姜。”又曰：“媚于天子。”皇储，皇太子。陆机《祖道毕雍孙刘边仲潘正叔》诗：“皇储延髦俊，多士出幽遐。”

[54] 高步，阔步，大步。晋代左思《咏史》之五：“被褐出阊阖，高步许由。”

[55] 下僚，下属；属官。《后汉书·班固传》：“如得及明时，秉事下僚，进有羽翮奋翔之用，退有 杞梁 一介之死。”晋代左思《咏史》诗之二：“世胄蹑高位，英俊沉下僚。”

[56] 栖迟，游息。《诗·陈风·衡门》：“衡门之下，可以栖迟。”朱熹《集传》：“栖迟，游息也。”晋代袁宏《后汉纪·光武帝纪七》：“夫以邓生之才，参拟王佐之略，损翮弭鳞，栖迟刀笔之间，岂以为谦，势诚然也。”

[57] 比，同。

[58] 服舛义稠，服，章服也。尊卑殊制，故曰舛也。《说文》曰：稠，多也。

[59] 祗承，犹祗奉。《书·大禹谟》：“文命敷于四海，祗承于帝。”

[60] 出纳，传达帝王命令，反映下面意见。《书·舜典》：“命汝作纳言，夙夜出纳朕命，惟允。”《后汉书·陈蕃传》：“辅弼先帝，出内累年。”

[61] 蕃朝，指异国之朝廷。蕃，通“番”。李善注：“蕃朝，吴也。”

[62] 紫微，指帝王宫殿。《文选·王延寿〈鲁灵光殿赋〉》：“乃立 灵光 之秘殿，配 紫微 而为辅。”张载注：“紫微，至尊官，斥京师也。”

[63] 秘阁，指尚书省。李善 注：“序云‘入为尚书郎’，作此诗。然祕阁即尚书省也。”

[64] 明威，指上天圣明威严的旨意。《书·多士》：“我有 周 佑命，将天明威，致王罚，敕殷命终于帝。”《管子·霸言》：“以明威之振，合天下之权。”

[65] 分索，犹离别。阮籍《首阳山赋》：“怀分索之情一兮，秽群伪之射真。”

[66] 音翰，诗文；书信。吕延济 注：“音翰，谓诗笔也。”

[67] 高藻，优美的诗文。李周翰 注：“藻，文也。”

[68] 曾不逾境

[69] 万邦，所有诸侯封国。后引申为天下，全国。《书·尧典》：“协和万邦，黎民于变时雍。”《诗·大雅·文王》：“仪刑 文王，万邦作孚。”郑玄 笺：“仪法 文王 之事，则天下咸信而顺之。”李善注引贾谧赠诗云：“在南称柑，度北则橙。故答以此，言木度北而变质，故不可以逾境；金百炼而不销，故万邦作咏。”贾戒之以木，而陆自勖以金也。《穀梁传》曰：“妇人既嫁，不逾境。”《毛诗》曰：“大赂南金。”

[70] 民之胥好，《尔雅》曰：胥，相也。谓相戒勖以所好尚也。

[71] 捐狂厉圣，《论语》子曰："不得中行而与之，必也狂狷乎？狂者进取，狷者有所不为。"《尚书》曰："惟圣罔念作狂，惟狂克念作圣。"《说文》曰："厉，石也。言人之自勖，若金之受厉。"

[72] 仪刑在昔，《毛诗》曰："仪形文王，万邦作孚。"

诗评：

这首诗是陆机写给贾谧的诗，贾谧，字长渊，是贾南风皇后的亲外甥，后因与贾后一起合谋陷害太子，为赵王司马伦所杀。贾谧是"二十四友"的领头人，《晋书》说他"谧好学，有才思"，史载，"（潘）岳性轻躁，趋势利，与石崇等谄事贾谧，每候其出，与崇辄望尘而拜"，足见贾谧地位之高。陆机也是"二十四友"之一。此诗写了很多讴歌晋朝，赞扬贾谧的诗句。自古文人高傲，陆机写此诗阿谀乱党，被后人诟病。

其诗先写从前有皇帝有黎明，这些都是上天所创造的，朝代不断更替，兴衰相继。在汉朝末年，纲纪幅裂，帝星不再闪耀，主兵乱的星星却十分耀眼。当时群雄割据，有义的士人纷纷就义。原来是汉代的辅佐之臣，那时却纷纷挥戈洛阳，图谋王室。汉室、国家一片混乱，就好像日暮归西，不可升起。上天眷顾了三位贤人，让他们领导万民。开疆辟土虽然艰难，但是改朝换代继承天命更难。此时有魏，在洛阳建都。有吴，有蜀汉三个国家。这三个国家战事不断，人们崇拜兵力，劳民兴师，国家都以战争胜利为要。终于上天厌弃了霸道的魏国，开始讴歌晋。陈留王去往封地，晋武帝登基受禅。蜀地也归附晋朝。

兴隆的晋朝统治万邦，晋武帝是上承天命，福泽无边。而您的祖父是太宰，辅佐二祖，光耀门楣。您是贵胄之后，被封为鲁公。太后居于东宫之后，人们都称颂她的美名，我向往美德，希望能和你一起。当您来到我面前，衮服委蛇在地上，显得雍容自得。我想要逢迎您，想要与您一起在承华殿漫步。但是我现在只是一个低微的官吏。虽然和您一起游玩、休息，但是却像站在同一棵树上不同条枝条的鸟儿一样。我与您年岁不同，但是志趣相投，尊卑不同但是德义相同。我们在一起了快三年时间。我传达皇命，没有违背。去番地东吴，又回到帝都，在中书省浮浮沉沉，我不害怕这些，我至死仰慕圣上圣明威严的旨意。

离别非常容易，携手共进却很难。想起往昔我们一同交游，只能长长叹息。您说您也有这样的感觉，所以赠我诗信。您的诗文非常优美，如玉如兰。您说我是南方之木，到北方水土不服，我却认为自己是金石，到哪里都能被人称颂。人们喜欢狂、狷、厉、圣这样的人，那请你告诉我我是不是就要效法昔日的楷模。

陆机赠答诗特点：

陆机赠答诗的对象主要是东南士族，也有少部分北方士族。这是由他的家族背景有很深的关系，钱穆先生在《略论魏晋南北朝学术文化与当时门第之关系》中云："魏晋南北朝时代的一切学术文化，必以当时门第背景作中心而始有其解答。当时学术文化，可谓莫不寄存于门第中，由于门第之维护而得传习不中断，亦因门第之培育，而得有生长有发展。"二陆出身孙吴东南四大望族之一的陆姓，虽然先祖在东吴颇有盛名，但是晋灭东吴后，陆氏也随之衰败。当时有很多北方士人将南人视为"远人"，斥之"亡国之余"对他们不甚重视，但是也有例外，从陆机与张华、潘尼、冯文罴的赠答诗中可以看出当时还是有北方士人对南方士人表示友好的。但是陆机的主要赠答诗写作对象还是东吴士族，孙明君认为："从群体的角度看，二陆诗歌中主要的赠答对象是东南士族。以二陆为代表的东南士族群体赠答诗表现了生活在北方社会中的东南士族群体的南人意识和士族意识，以及他们进退维谷的尴尬处境；他们既有建功立业、克振家声的激情，也有急流勇退、回归故土的渴望；这个群体之间具有亲如手足、相濡以沫的情谊。和邺下文人集团的赠答诗的一样，二陆与东南士族赠答诗具有独特的诗史价值。"⑦

陆机的赠答诗有四言诗也有五言诗，但是我们可以看出对于不同诗体，陆机在诗用的场合中有很大的分别。如果是写较为正式的内容，或者官方化的内容，那么陆机偏向用四言诗体，而且写法上也效仿《诗经》，辞藻雍容典雅，诗情弘大。如果是对私情的描写陆机偏向用五言诗，辞藻清丽，情义缠绵。

陆机的赠答诗不像三国时期王粲、嵇康等的赠答诗以情为主，陆机的赠答诗长于叙事，总是将情写在事里。

陆机有《为顾彦先赠妇往返诗》，这种诗的出现突出了陆机文人的身份，有为文而文之倾向，更进一步说有为艺术文艺术的创作动机。

⑦ 孙明君 . 二陆赠答诗中的东南士族 [J]. 北京大学学报 .2007（9）.

陆　云

陆云（公元262年—303），字士龙，吴郡吴县人，陆机的弟弟。《晋书·陆云传》："六岁能属文，性清正，有才理。少与兄机齐名，虽文章不及机，而持论过之，号曰'二陆'。幼时吴尚书广陵闵鸿见而奇之，曰：'此儿若非龙驹，当是凤雏。'后举云贤良，时年十六。吴平，入洛。"

陆云先后出任太子舍人，浚仪县令，尚书郎、侍御史、太子中舍人、中书侍郎等职位，"八王之乱"时"成都王颖表为清河内史。颖将讨齐王冏，以云为前锋都督。会冏诛，转大将军右司马。"（《晋书·陆云传》）司马颖晚年政事衰废，陆云屡次以直言违背旨意。张昌作乱，司马颖上奏让陆云当使持节、大都督、前锋将军去征讨张昌。"会伐长沙王，乃止。"

陆云受陆机之败夷三族的影响，而遇害。

陆云存诗并不少，有130多首，其中四言占绝大部分，五言不多，确有一定特色，陆云之才常与其兄陆机相比，葛洪曰："二陆重规沓矩，无多少也。一手之中，不无利钝。方之他人，若江汉之与潢汙。"《文心雕龙·熔裁》称："士衡才优，而缀辞尤繁；士龙思劣，而雅好清省。及云之论机，亟恨其多，而称清新相接，不以为病，盖崇友干耳。"刘勰对陆云诗歌"雅好清省"的论断对后世影响很大，当代学者傅刚先生说："清省之文是陆云的理想作品，要达到这点，一是要有出语，二要先情后辞。"⑧陆云的诗多短小精悍，清省自然，旨意深雅，语言清新，感情真挚。《文心雕龙·才略》称"士龙朗练，以识检乱，故能布采鲜净，敏于短篇"。清省、简短是陆云诗歌的特点，他自己也说"四言五言，非所长，颇能作赋"。钟嵘《诗品》将陆云诗歌置于中品，曰"清河之方平原，殆如陈思之匹白马"。

答张士然[1]诗

行迈越长川，飘遥冒风尘。通波激枉渚[2]，悲风[3]薄丘榛。

⑧　傅刚．"文贵清省"说的时代意义——略谈陆云《与兄平原书》[J]．文艺理论研究，1984（2）．

修路无穷迹[4]，井邑[5]自相循。百城各异俗，千室非良邻。

欢旧难假合，风土岂虚亲。感念桑梓域[6]，仿佛眼中人。

靡靡日夜远，眷眷怀苦辛。

【注释】

[1] 张士然，见陆机《答张士然诗》注释[1]。

[2] 通波，指流水。枉渚，弯曲之渚。

[3] 悲风，凄厉的寒风。

[4] 修路，长路；远道。无穷迹，没有尽头。

[5] 井邑，城镇；乡村。语本《周礼·地官·小司徒》："九夫为井，四井为邑。"

[6] 桑梓域，故乡。

诗评：

这首诗是写陆云长途在外的艰辛以及对故乡亲友的思念。

他说我这一路越过长长的大河，飘飘摇摇经历风霜，流水激烈地拍打着岸边，凄厉的风在山丘上挂过。长长的路没有尽头，一路上也见不到几个城市，只能自己去找。这些城市风俗不同，我虽然经历了千家房屋却不能定居过去，是没有好邻居吧。我非常想曾经和你在一起的欢乐时光，如今我就是假装也假装不来如旧日般的欢乐。这里风土不同，我怎能假装亲近。我想你那故友、故乡，仿佛你就近在眼前。这日子一天天过去，我心中藏着许多的苦涩辛劳。

陆运这首诗虽然简短，但是诗中的思念、忧郁之情却如暮霭沉沉笼罩着每一个读诗的人。

为顾彦先赠妇往返诗

其 一

我在三川[1]阳，子居五湖[2]阴。山海一何旷，譬彼飞与沈。

目想清惠[3]姿，耳存淑媚[4]音。独寐多远念，寤言抚空衿。

彼美同怀子，非尔谁为心。

【注释】

[1] 三川，三条河流的合称，所指不一，或指洛阳。南朝宋颜延之《北使洛阳》诗："前登阳城路，日夕望三川。"

[2] 五湖，古代吴越地区湖泊。

[3] 清惠，清丽、温柔善良。

[4] 淑媚，柔和妩媚。

其　二

悠悠君行迈，茕茕[1]妾独止。山河安可逾，永路隔万里。
京师多妖冶[2]，粲粲都人子。雅步[3]裊纤腰[4]，巧笑发皓齿。
佳丽良可美，衰贱[5]焉足纪。远蒙眷顾言，衔恩[6]非望始。

【注释】

[1] 茕茕，孤单无依貌。三国魏曹丕《燕歌行》：“贱妾茕茕守空房，忧来思君不敢忘。”

[2] 妖冶，指美女。汉张衡《七辩》：“鼙鼓协吹，竽籁应律，金石合奏，妖冶邀会。”

[3] 雅步，从容安闲地行走。

[4] 纤腰，美女细腰。

[5] 衰贱，姿色衰减，指自己。

[6] 衔恩，受恩，感恩。

其　三

翩翩飞蓬[1]征，郁郁寒木[2]荣。游止[3]固殊性，浮沈[4]岂一情。
隆爱[5]结在昔，信誓贯三灵[6]。秉心[7]金石固，岂从时俗倾。
美目逝不顾，纤腰徒盈盈。何用结中款[8]，仰指北辰星。

【注释】

[1] 飞蓬，语出《诗·卫风·伯兮》：“自伯之东，首如飞蓬。”比喻蓬乱的头发。晋 左思《白发赋》：“发乃辞尽，誓以固穷。昔临玉颜，今从飞蓬。”

[2] 寒木，耐寒不凋的树木，多指松柏之类。常用来比喻坚贞的节操。陆机《演连珠》：“是以迅风陵雨，不谬晨禽之察；劲阴杀节，不凋寒木之心。”刘孝标 注：“夫冒霜雪而松柏不凋，此由是坚实之性也。”

[3] 游止，犹游憩。

[4] 浮沈，指书信未送到。南朝 宋 刘义庆《世说新语·任诞》：“殷羡 作 豫章郡 太守。临去，都下人因寄百计函书。既至 石头，悉掷水中，因祝曰：‘沉者自沉，浮者自浮，殷洪乔 不能作致书邮！’”后称书信未送到为“浮沉”。

[5] 隆爱，厚爱。

[6] 三灵，指天神、地祇、人鬼。《资治通鉴·后晋高祖天福三年》："臣 光 曰：治国家者固不可无信。然 彦珣 之恶，三灵所不容，晋高祖 赦其叛君之愆，治其杀母之罪，何损于信哉！"胡三省 注："三灵，谓天神、地祇、人鬼。"

[7] 秉心，持心。《诗·鄘风·定之方中》："匪直也人，秉心塞渊。"

[8] 中款，出于内心的真诚情意，亦指出于内心的恳挚之言。

其 四

浮海难为[1]水，游林难为观。容色贵及时[2]，朝华[3]忌日晏。
皎皎彼姝子[4]，灼灼怀春粲。西城善稚舞，总章[5]饶清弹。
鸣簧[6]发丹唇，朱弦绕素腕。轻裾犹电挥，双袂如霞散。
华容溢藻幄[7]，哀响入云汉。知音世所希，非君谁能赞。
弃置[8]北辰星，问此玄龙焕。时暮复何言，华落理必贱。

【注释】

[1] 难为，不易做到；不好办。《庄子·让王》："魏牟，万乘之公子也，其隐严穴也，难为于布衣之士。"

[2] 及时，把握时机，抓紧时间。

[3] 朝华，早晨开的花朵。《三国志·魏志·王昶传》："朝华之草，夕而零落；松柏之茂，隆寒不衰。"

[4] 姝子，美女。

[5] 总章，古宫观名。三国 魏明帝 青龙 三年建造。《三国志·魏志·明帝纪》："是时（青龙 三年），大治 洛阳宫，起 昭阳、太极殿，筑总章观。"

[6] 鸣簧，吹笙。刘良 注："簧，笙也。"

[7] 藻幄，美丽的篷帐。

[8] 弃置，抛弃，扔在一边。

诗评：

陆云的这首诗是模拟顾彦先夫妇的赠答诗，第一、第三是模拟顾彦先作，第二、第四是模拟其妇作，在一、三两首诗中主要写丈夫对妻子的思念和自己忠贞的保证。二、四两首诗写妻子的害怕丈夫抛弃自己，以及对丈夫的爱慕。

其一是顾彦先语，写我在洛阳，你在吴越，我们之间隔着山河，就好像天与地那么远。我想着你那美丽温柔的容姿，耳中仿佛听到了你柔和妩媚的声音。我一个人睡觉时常常想着远方的你，有时在梦中也会提到你的名字。

其二是妇人语，写你走了这么久，我一个人孤单无依。山河怎是那么轻易就能跨过去的呢，我们之间隔着万里路。京师多妹婿，到处都是佳人。她们雅步款款、纤腰袅袅，巧笑倩兮。这些佳丽那么美，我姿色衰减怎值得你挂念呢？收到你从远方来的信，希望你不要忘记当初的约定。

其三写顾彦先语，写我出门在外的这些日子头发蓬乱，形象邋遢，言下之意就是你就不用担心我啦，我就像是松柏一样坚贞。出门在外情况特殊，有时信寄不到让你担心啦。我发誓我对你的爱如往昔一般。我对你的心比金石还要坚固，怎么会跟着时俗倾乱呢？任别人有美目、纤腰也无济于事，这些都是我的肺腑之言，我敢对北辰星发誓！

其四是妇人语，写你说你就像在海上漂浮的人却很难喝到水，在林子里游玩的人却很难看到美景。这句话其实是对“美目逝不顾，纤腰徒盈盈”的质疑！美貌及时欣赏，早上开的花最忌讳太阳照射了。那些美女就像春天灿烂的花一样灼灼耀眼。城西的擅长跳舞，总章的会弹琴，红唇吹笙，素腕弹弦。轻裾犹电挥，双袂如霞散。满屋子的美容姿，靡靡之音响彻云汉。这个世上缺少知音，不是你谁能赞美她们呢？别说北辰星了，你问问玄龙焕。天色已晚不要再多说了，我如今这样你是不会好好待我了。

陆云的这首诗按照内容来说模拟得很好，对夫妻双方的心态都有细致的模拟，他模拟妇人口吻时突出了妇人对丈夫的挂念、嫉妒、不安全感，模拟丈夫时又写出丈夫忠贞的决心。但是笔者不禁遐想，作为顾荣的好友，陆云这样写，尤其是第四首诗的内容，怎么有一种此地无银三百两的嫌疑呢？想必顾荣看到这诗也要搔首讪笑。

陆云赠答诗特点：

陆云的赠答诗于今还存有：《赠汲郡太守诗》《赠顾骠骑诗（二首）》《赠鄱阳府君张仲膺诗》《赠顾彦先诗》《为顾彦先赠妇二首》《答顾秀才诗》《答大将军祭酒顾令先文诗》《答吴王上将顾处微诗》《赠郑曼季诗（四首）》《答孙显世诗》《答兄平原诗》《答张士然诗》，《赠汲郡太守诗》主要是对李茂彦的夸赞之词如“之子于行，民固讴歌。风澄俗俭，化静世波。芒芒既庶，且乐于和。”以及写送别的依依不舍之情“念我同僚，悲尔异事。之子之远，悠悠我思”。《赠顾骠骑诗》写对晋室的赞美：“有皇大晋，时文宪章。规天有光，矩地无疆。”和对顾骠骑的夸赞：“今我淑人，实亮君子。”总之，陆云赠答诗中的四言诗多言辞华丽，内容宏大，不出魏晋四言窠臼，而五言诗才能显出陆云的清丽，读之或有巧思或有倩语。

潘 尼

潘尼，字正叔，他的祖父潘勖曾任汉代东海相，父满，曾任平原内史。《晋书·潘尼传》载："尼少有清才，与岳俱以文章见知。性静退不竞，唯以勤学著述为事。"潘尼与潘岳并称"两潘"，是西晋时期有名的诗人。潘尼生情稳静恬淡，不与人争利，安心研读，专志著述有《安身论》以明所守，对"人人自私，家家有欲，众欲并争，群私交伐"的情况表达了不满。钟嵘《诗品》评曰："正叔绿之章，虽不具美，而文彩高丽，并得虬龙片甲，凤凰一毛。事同驳圣，宜居中品。"

赠陆机出为吴王郎中令诗

东南之美，曩惟延州[1]。显允陆生，于今鲜俦[2]。
振鳞南海，濯翼清流。婆娑翰林，容与坟丘[3]。
玉以瑜润，随以光融。乃渐上京，羽仪储宫。
玩尔清藻，味尔芳风。泳之弥广，挹之弥冲。
昆山何有，有瑶有珉。及尔同僚，具惟近臣。
予涉素秋[4]，子登青春[5]。愧无老成，厕彼日新。
祁祁大邦，惟桑惟梓[6]。穆穆[7]伊人，南国之纪。
帝曰尔谐，惟王卿士。俯楼从命，奚恤奚喜。
我车既巾，我马既秣。星陈夙驾，载脂[8]载辖。
婉娈二宫[9]，徘徊殿闼[10]。醪澄莫飨，孰慰饥渴。
昔子忝私[11]，贻我蕙兰。今子徂东，何以赠旃。
寸晷[12]惟宝，岂无玙璠。彼美陆生，可与晤言。

【注释】

[1] 曩，以往，从前，过去的。延州，春秋时吴公子季札本封延陵，复封州来，后因以"延州"借指季札。

[2] 鲜俦，新的同伴。

[3] 坟丘，三坟、九丘的并称。亦泛指古代典籍。汉应玚《文质论》：“览坟丘于皇代，建不刊之洪制。”

[4] 素秋，秋季。古代五行之说，秋属金，其色白，故称素秋，后比喻衰老、迟暮。

[5] 青春，指春天。春季草木茂盛，其色青绿，故称。《楚辞·大招》：“青春受谢，白日昭只。”王逸 注：“青，东方春位，其色青也。”后喻美好的时光，珍贵的年华。

[6] 惟桑惟梓，语出《诗·小雅·小弁》：“维桑与梓，必恭敬止。”朱熹《集传》：“桑梓二木，古者五亩之宅，树之墙下，以遗子孙给蚕食、具器用者也。”后因以“维桑”“惟桑”指父祖所建的住宅。泛指住宅。

[7] 穆穆，仪容或言语和美。《诗·大雅·文王》：“穆穆文王，于缉熙敬止。”《毛传》：“穆穆，美也。”

[8] 载脂，抹油于车轴上。谓准备起程。《诗·邶风·泉水》：“载脂载舝，还车言迈。”朱熹《集传》：“脂，以脂膏涂其舝使滑泽也。”

[9] 二宫，两座宫室。常用以代指住在其中的人。此处说的是太子和皇上，即晋武帝。

[10] 殿闼，宫殿的小门，借指宫廷。

[11] 忝私，谦词。谓对方忝辱其身份而私昵于己。

[12] 寸晷，犹寸阴。晷，日影。借指小段时间。

诗评：

这首诗的写作时间是在元康四年（公元 294 年）左右，诗中写“今子徂东，何以赠旃。”，则应该是指吴王司马晏出京镇守淮南，陆机担任吴国郎中令事。

这首诗是潘尼作赠予陆机的赠别诗，诗中潘尼对陆机极具赞誉，但是也可见其交情尚浅。全诗可以分为两部分，第一部分写潘尼对陆机的欣赏，第二部分写赠别。

潘尼诗写“东南之美，曩惟延州。显允陆生，于今鲜俦。”意思就是说陆机是来自东南的美士，是像公子季札一样的人。我们俩才成为朋友。

“振鳞南海，濯翼清流。婆娑翰林，容与坟丘。玉以瑜润，随以光融。”是写陆机在南方很有名，尤其在文坛颇有声誉，“翰林”就是谓文翰荟萃之所，犹词坛文苑。“坟丘”指古代典籍。

“乃渐上京，羽仪储宫。”这是写陆机入洛，担任“太子洗马”事，陆机入洛后在文坛鹊起，“清藻”“芳风”指的都是陆机的文学才能。

潘岳接着说自己与陆机同朝为官，感觉已经渐渐老去而陆机正值青春年华，这其实也是对陆机的恭维。

第二部分潘尼说陆机即将东去，留下他一个人在二宫之间，美酒美食无人相伴。最后他嘱咐陆机如果有什么事可以与他说。

赠河阳[1]诗

虑生化单父[2]，子奇[3]莅东阿。桐乡[4]建遗烈，武城播弦歌。

逸骥腾夷路[5]，潜龙跃洪波。弱冠步鼎铉[6]，既立[7]宰三河[8]。

流声馥秋兰，摛藻艳春华。徒美天姿茂，岂谓人爵多。

【注释】

[1] 河阳，指潘岳，曾出为河阳令，故潘尼以河阳称之。

[2] 单父，单父圣，西汉开国功臣，汉高帝十二年（公元前195），封左车郎中单父圣为中牟共侯，称中牟侯国。单父圣以士卒从刘邦，击黥布有功。高帝危急时曾给高帝一马，故得封侯，食邑2300户。

[3] 子奇，相传为春秋 齐国 人。十八岁治阿县，阿县大治。后用以称年少有才华的人。

[4] 桐乡，古地名。潘岳《河阳县作》诗之一："齐都无遗声，桐乡有余谣。"

[5] 夷路，平坦的道路。

[6] 鼎铉，指宰相。《晋书·潘岳传》载潘岳："早辟司空太尉府。"

[7] 既立，指三十岁。语本《论语·为政》："三十而立。"

[8] 三河，汉代以河内、河东、河南三郡为三河，即今河南省洛阳市黄河南北一带。《史记·货殖列传》："昔唐人都河东，殷人都 河内，周人都河南。夫三河，在天下之中，若鼎足，王者所更居也。"《后汉书·党锢传·刘祐》："政为三河表。"李贤注："三河，谓河东、河内、河南也。"潘岳曾任河阳县令又转怀县县令，这两个县都在河内，《晋书·潘岳传》称："岳频宰二邑，勤于政绩。"

诗评：

这首诗是潘尼写给潘岳以表达自己对潘岳的赞扬的诗。始终写潘岳就像单父圣、子奇一样的人，先是在桐乡继承前人遗留的业迹，又在武城治理礼乐教化。潘尼称赞他就像在平坦道路上善于奔跑的骏马，在波浪中跃起的潜龙。他说潘岳弱冠之年就跟随重臣，《晋书·潘岳传》载潘岳"早辟司空太尉府"。而立之年就能主宰三河地区。美名远播，文采斐然，有这样的天资，怎能说他爵位多呢?

赠侍御史王元贶[1]诗

昆山积琼玉，广厦构众材。游鳞萃灵沼，抚翼希天[2]阶。

膏兰[3]孰为消，济治[4]由贤能。王侯厌崇礼，回迹清宪台[5]。

蠖屈[6]固小往，龙翔乃大来。协心毗圣世，毕力赞康哉[7]。

【注释】

[1] 侍御史，官名，汉沿秦制在御史大夫下。

[2] 希天，仰慕上天。

[3] 膏兰，油脂与香草，比喻消损自身而造福他人者。吕向注："膏兰为物，以明烛暗，以香变臭，自致销烁，不辞其劳。贤能济理，亦犹是也。"

[4] 济治，辅助治理。阮籍《与晋文王荐卢播书》："盖闻兴化济治，在于得人。"

[5] 宪台，后汉 改称 汉 御史府为宪台。后为同类机构的通称，亦以称御史等官职。汉 应劭《汉官仪·宪台》："汉 御史府，后汉 改称宪台。"

[6] 蠖屈，形容像尺蠖一样的屈曲之形。比喻人不遇时，屈居下位或退隐。

[7] 康哉，《书·益稷》："（皋陶）乃赓载歌曰：'元首明哉，股肱良哉，庶事康哉。'"歌词称颂君明臣良，诸事安宁。后遂以"康哉"为歌颂太平之词。

诗评：

王元贶，不知何人，潘尼在诗中赞扬了王元贶身居显贵，堪当辅弼栋梁，表现了对王元既的钦慕之情。诗文先由景写起，说昆山聚集了很多美玉，大厦由很多良材构成。灵沼中有很多游鱼，也有很多的飞鸟振动翅膀想要飞到天阶。又说膏兰为谁消损，应该有贤才辅助治理天下。潘尼在诗中说"王侯厌崇礼，回迹清宪台"即王侯厌烦繁缛的礼节，回去清理宪台。从"蠖屈固小往，龙翔乃大来"这句诗来看，王元贶似乎是在此时屈居下位，才能没有得到施展，所以潘尼鼓励他等待来日。最后说让我们齐心协力维护盛世。

潘尼赠答诗特点：

潘尼今存有十二首赠答诗：《赠司马掾安仁诗》《赠陆机出为吴王郎中令诗》《答陆士衡诗》《答傅咸诗》《赠河阳诗》《赠御史王元贶诗》《赠长安令刘正伯诗》《赠陇西太守张仲治诗》《赠荥阳太守吴子仲诗》《答杨士安诗》《赠汲郡太守李茂彦诗》《赠刘佐诗》，潘尼的赠答诗内容相近，大多是逢迎之作，辞采琳琅，谦逊有礼，

卢 谌

卢谌，字子谅，范阳郡涿县人，卢氏是燕地高门大族，卢谌的父亲就是尚书卢志。卢谌清敏有才思，好老庄之学，善属文。《晋书》评："谌名家子，早有声誉，才高行洁，为一时所推。"又说他"清敏有理思"。钟嵘《诗品》将其评为中品，曰："其源出于王粲。善为凄戾之词，自有清拔之气，（刘）琨既体良才，又罹厄运，故善叙丧乱，多感恨之词。中郎仰之，微不逮者矣。"

赠刘琨诗

序：故吏人事中郎卢谌死罪死罪，谌禀性短弱[1]，当世罕任，因其自然，用安静退[2]，在木阙不材之资，处雁乏善鸣之分。卷异蘧子，愚殊甯生[3]，匠者时眄[4]，不免馔宾[5]。尝自思惟，因缘运会，得蒙接事，自奉清尘，于今五稔，谟明[6]之效不著。候人之讥[7]已彰，大雅含弘[8]，量包山薮[9]，加以待接弥优，款眷[10]逾昵，与运筹之谋，厕燕私[11]之欢，绸缪之旨，有同骨肉，其为知己。古人冈喻[12]，昔聂政殉严遂之顾[13]，荆轲慕燕丹之义[14]，意气之间，糜躯[15]不悔。虽微达节谓之可庶，然苟曰有情，孰能不怀，故委身之日。夷险[16]已之，事与愿违，当忝外役[17]，遂去左右[18]，收迹府朝[19]。盖本同末异，杨朱[20]兴哀，始素终玄[21]。墨翟垂涕[22]，分乖[23]之际，咸可欢慨，致感之途，或迫于兹，亦奚必临路[24]而后长号[25]，睹丝而后歔欷哉[26]。是以仰惟先情，俯览今遇，感存念亡，触物增眷《易》曰：书不尽言，言不尽意。然则书非尽言之器，言非尽意之具矣。况言有不得至于尽意，书有不得至于尽言邪，不胜猬懑[27]，谨贡诗一篇，抑不足以揄扬弘美[28]，亦以摅其所抱而已。若公肆[29]大惠，遂其厚恩，锡以咳唾[30]之音，慰其违离[31]之意，则所谓咸池[32]酬于北里，夜光报于鱼目[33]，谌之愿也，非所敢望也，谌死罪死罪。

【注释】

[1] 短弱，懦弱而浅薄无能。

[2] 静退，恬淡谦逊，不竞名利。《韩非子·主道》："人主之道，静退以为宝。"

[3] 甯生，春秋卫大夫宁俞，谥武子。《论语·公冶长》：“子曰：‘宁武子，邦有道，则知；邦无道，则愚。’”邢昺疏：“若遇邦国有道，则显其知谋；若遇无道，则韬藏其知而佯愚。”后以宁武子为国家有道则进用其智能、无道则佯愚以全身的政治家的典型。

[4] 眄，斜着眼睛看。

[5] 馔宾，供宾客享用。

[6] 谟明，谓谋略美善。《书·皋陶谟》：“允迪厥德，谟明弼谐。”孔传：“谋广聪明以辅谐其政。”蔡沉集传：“皋陶言为君而信蹈其德，则臣之所谋者无不明。”

[7] 候人之讥，语出《诗·曹风·候人》：“彼候人兮，何戈与祋。”

[8] 含弘，包容博厚。《易·坤》：“《象》曰：‘至哉坤元，万物资生……含弘光大，品物咸亨。’”孔颖达疏：“包含宏厚，光著盛大，故品类之物皆得亨通。”后因指恩德广被，宽厚仁慈。

[9] 山薮，山深林密的地方。《左传·宣公十五年》：“川泽纳污，山薮藏疾。”

[10] 款眷，爱慕眷恋。李周翰注：“款，爱也。言待接益厚，爱眷逾近。”

[11] 燕私，泛指宴饮。

[12] 冈喻，像山一样持久的喻言。

[13] 聂政殉严遂之顾，聂政是战国时侠客，濮阳严遂与韩相侠累之间有怨仇，到了齐国请聂政为他报仇，聂政刺杀了侠累，之后聂政自己剥掉面皮，挖出眼睛，又自己挑出肚肠，随即死了。

[14] 荆轲慕燕丹之义，荆轲，战国时侠客，燕国太子丹决定派荆轲入秦行刺秦王。

[15] 糜躯，粉身碎骨，献出生命。三国 魏 曹植《圣皇篇》：“思一効筋力，糜躯以报国。”

[16] 夷险，平坦与险阻。《魏书·程骏传》：“魏 昔与 燕 婚，既而伐之，由行人具其夷险故也。”

[17] 外役，谓在外服役。李善 注：“役，谓别驾也。对 琨 故谓之外。”

[18] 左右，帮助；辅佐。《易·泰》：“辅相天地之宜，以左右民。”孔颖达 疏：“左右，助也，以助养其人也。”

[19] 府朝，官署；王府。

[20] 杨朱，中国战国初期伟大的思想家、哲学家。

[21] 素，白色。玄，黑色。

[22] 垂涕，落泪或流涕。指哭泣。

[23] 分乖，犹分离。《汉书·叙传下》：“官失学微，六家分乖。”《后汉书·董卓传》：“遂（韩遂）等稍争权利，更相杀害，其诸部曲并各分乖。”

[24] 临路，临行。

[25] 长号，大声号哭。

[26] 歔欷，悲泣；抽噎；叹息。《楚辞·离骚》：“曾歔欷余郁邑兮，哀朕时之不当。”汉 蔡琰《悲愤诗》：“观者皆歔欷，行路亦呜咽。”

[27] 猬濊，烦闷生气。

[28] 揄扬弘美，弘扬大美。

[29] 公肆，指圣上。

[30] 咳唾，《庄子·渔父》："窃待于下风，幸闻咳唾之音以卒相 丘 也。"后以"咳唾"称美他人的言语、诗文等。

[31] 违离，离别；分离。

[32] 咸池，神话中谓日浴之处。《楚辞·离骚》："饮余马于 咸池 兮，揔余辔乎 扶桑。"王逸 注："咸池，日浴处也。"

[33] 鱼目，相传鳏鱼眼睛终夜不闭，旧称无妻曰鳏，故诗文中多以鱼目用为无偶独宿或不娶之典。

其　一

浚哲[34]惟皇，绍熙[35]有晋。振厥弛维[36]，光阐[37]远韵。

有来斯雍，至止伊顺。三台[38]摛朗，四岳增峻。

【注释】

[34] 浚哲，深邃的智慧。

[35] 绍熙，继承前业，发扬光大。李善注："《尔雅》曰：'绍，继也。'又曰：'熙，

[36] 弛维，废弛的纲纪。

[37] 光阐，发扬光大。

[38] 三台，古代天子有灵台、时台、囿台，合称三台。

其　二

伊陟佐商[39]，山甫翼周[40]。弘济艰难，对扬王休[41]。

苟非异德，旷世同流。加其忠贞，宣其徽猷[42]。

【注释】

[39] 伊陟佐商，伊陟是伊尹之子，商王太戊大臣。

[40] 山甫翼周，山甫指仲山甫，周宣王时的贤臣。

[41] 王休，帝王的美德。《诗·大雅·江汉》："虎拜稽首，对扬王休。"郑玄笺："策令之时，称扬王之美德。"

[42] 徽猷，美善之道。猷，道。指修养、本事等。《诗·小雅·角弓》："君子有徽猷，小人与属。"毛传："徽，美也。"郑玄 笺："猷，道也。君子有美道以得声誉，则小人亦乐与之而自连属焉。"

其　三

伊谌陋宗[43]，昔遘嘉惠[44]。申以婚姻，着以累世[45]。
义等休戚[46]，好同兴废。孰云匪谐，如乐之契。

【注释】

[43] 陋宗，门望低微的家族。吕向注："陋宗，谓卑陋之姓。"

[44] 嘉惠，对他人所给予的恩惠的敬称。《左传·昭公七年》："今君若步玉趾，辱见寡君，宠灵楚国，以信蜀之役，致君之嘉惠，是寡君既受贶矣，何蜀 之敢望？"

[45] 累世，历代，接连几代。

[46] 休戚，喜乐和忧虑。亦泛指有利的和不利的遭遇。《国语·周语下》："晋孙谈之子周（晋悼公）适周，事单襄公……晋国有忧，未尝不戚；有庆，未尝不怡……为 晋休戚，不背本也。"

其　四

王室丧师[47]，私门播迁[48]。望公归之，视险忽艰。
兹愿不遂[49]，中路阻颠[50]。仰悲先意[51]，俯思身愆[52]。

【注释】

[47] 丧师，谓战败而损失军队。《左传·隐公十一年》："犯五不韪，而以伐人，其丧师也，不亦宜乎。"

[48] 私门，犹家门。私人的住宅。《后汉书·何进传》："老臣得罪，当与新妇俱归私门。"播迁，迁徙；流离。《列子·汤问》："岱舆、员峤 二山，流于北极，沉於大海，仙圣之播迁者巨亿计。"

[49] 不遂，不顺利。

[50] 阻颠，殒落颠蹶，死的婉称。李善 注："阻颠，谓谌父为刘粲所害也。"

[51] 先意，孝子先父母之意而承顺其志，《礼记·祭义》："君子之所为孝者，先意承志，谕父母于道。

[52] 身愆，己身的过失。

其　五

大钧[53]载运[54]，良辰遂往[55]。譬彼日月，迅过俯仰。
感今惟昔[56]，口存心想。借曰如昨，忽为畴曩[57]。

【注释】

[53] 大钧，指天或自然。《文选·贾谊〈鵩鸟赋〉》："云蒸雨降兮，纠错相纷。大钧播物兮，坱圠无垠。"李善 注："如淳 曰：'陶者作器于钧上，此以造化为大钧。'应劭 曰：'阴阳造化，如钧之造器也。'"

[54] 载运，运转。

[55] 遂往，逐渐过去。

[56] 感今惟昔，对当前的事物有所感触而怀念过去。

[57] 畴曩，往日；旧时。葛洪《抱朴子·钧世》："盖往古之士，匪鬼匪神，其形器虽冶铄于畴曩，然其精神布在乎方策。"

其 六

畴曩伊何，逝者弥疏。温温恭人，慎终如初。
览彼遗音，恤此穷孤。譬彼樛木[58]，蔓葛以敷。

【注释】

[58] 樛木，枝向下弯曲的树。《诗·周南·樛木》："南有樛木，葛藟累之。"郑玄 笺："木下曲曰樛。"《汉书·叙传上》："葛绵绵于樛木，咏《南风》以为绥。"颜师古 注："樛木，下垂之木也。"

其 七

妙哉蔓葛，得托樛木。叶不云布，华不星烛[59]。
承侔卞和[60]，质非荆璞[61]。眷同尤良，用乏骥騄[62]。

【注释】

[59] 星烛，如星光闪耀，张协《七命》："华草锦繁，飞采星烛。"

[60] 侔，相等。卞和，《史记·鲁仲连邹阳列传》："昔卞和献宝，楚王刖之。"

[61] 荆璞，指楚人卞和从荆山得的未经雕琢的璞玉。比喻具有美好资质的人才。

[62] 骥騄，指良马。

其 八

承亦既笃，眷亦既亲。饰奖驽猥[63]，方驾骏珍[64]。

弼谐[65]靡成，良谟[66]莫陈。无觊狐赵[67]，有与五臣[68]。

【注释】

[63] 饰奖，誉美称许。驽猥，劣马，喻指庸劣之材。吕向注："驽猥，恶马也，以喻己也。"

[64] 方驾，两车并行。《后汉书·马防传》："临洮 道险，车骑不得方驾。"骏珍，指良马。

[65] 弼谐，谓辅佐协调。

[66] 良谟，良谋。

[67] 狐赵，春秋晋狐偃和赵衰的并称。《左传·文公八年》："狐赵之勋，不可废也。"杜预注："狐偃、赵衰有从亡之勋。"

[68] 五臣，五个臣子。随文所指不同，晋文公五臣。袁宏《三国名臣序赞》："五臣显而重耳霸。"李善 注："五臣，狐偃、赵衰、颠颉、魏武子、司空季子。"

其　九

五臣奚与，契阔百罹[69]。身经险阻[70]，足蹈幽遐[71]。

义由恩深，分随昵加。绸缪委心[72]，自同匪他[73]。

【注释】

[69] 契阔，勤苦，劳苦。《诗·邶风·击鼓》："死生契阔，与子成说。"《毛传》："契阔，勤苦也。"百罹，种种不幸的遭遇。

[70] 险阻，喻艰难困苦。《左传·僖公二十八年》："晋侯 在外十九年矣，而果得 晋国，险阻艰难，备尝之矣。"

[71] 幽遐，僻远，深幽。《晋书·礼志下》："故虽幽遐侧微，心无壅隔。"

[72] 绸缪，情意殷切，李陵《与苏武诗》之二："独有盈觞酒，与子结绸缪。"吴质《答东阿王书》："奉所惠贶，发函伸纸，是何文采之巨丽，而慰喻之绸缪乎！"吕延济 注："绸缪，谓殷勤之意也。"委心，倾心。《史记·淮阴侯列传》："仆委心归计，愿足下勿辞。"

[73] 匪他，《诗·小雅·頍弁》："岂伊异人，兄弟匪他。"谓都是兄弟而非他人，后用为兄弟的代称。

其　十

昔在暇日[74]，妙寻通理。尤彼意气[75]，狭是节士。

情以体生，感以情起。趣舍[76]同要，穷达斯已。

【注释】

[74] 暇日，空闲的日子。《孟子·梁惠王上》："壮者以暇日修其孝悌忠信。"

[75] 意气，志向与气概。《管子·心术下》："是故意气定，然后反正。"

[76] 趣舍，取舍。趣，通"取"。《荀子·修身》："趣舍无定，谓之无常。"

其十一

由余片言，秦人[77]是惮。日磾[78]效忠，飞声有汉[79]。
桓桓抚军[80]，古贤[81]作冠。来牧幽都[82]，济厥涂炭[83]。

【注释】

[77] 秦人，秦国人。

[78] 日磾，马日磾，东汉中后期大臣，袁术企图强迫马日磾任其军师，马日磾求去不能，忧愤发病，于兴平元年卒于寿春。

[79] 飞声，扬名。有汉，汉代。

[80] 桓桓，勇武、威武貌。抚军，官名。将军称号。三国魏文帝封 司马懿为抚军将军。其后 晋、南北朝皆有此称，省称抚军。

[81] 古贤，古代贤人。《后汉书·方术传上·谢夷吾》："方之古贤，实有伦序。"

[82] 幽都，北方之地。《书·尧典》："申命 和叔 宅朔方，曰幽都。"孔 传："北称幽，则南称明，从可知也。都，谓所聚也。"蔡沉 集传："朔方，北荒之地……日行至是，则沦于地中，万象幽暗，故曰幽都。"

[83] 涂炭，陷入灾难的人民。

其十二

涂炭既济[84]，寇挫民阜。谬其疲隶，授之朝右[85]。
上惧任大，下欣施厚。实祇高明，敢忘所守。

【注释】

[84] 既济，位列朝班之右。指朝廷大官。《后汉书·王堂传》："其宪章朝右，简覈才职，委功曹陈蕃。"

[85] 朝右，位列朝班之右。指朝廷大官。《后汉书·王堂传》："其宪章朝右，简核才职，委功曹陈蕃。"

其十三

相彼反哺[86]，尚在翔禽[87]。孰是人斯，而忍斯心。
每凭山海[88]，庶觌[89]高深。遐眺[90]存亡，缅[91]成飞沉。

【注释】

[86] 反哺，乌雏长成，衔食喂养其母。后比喻报答亲恩。晋成公绥《乌赋》："雏既壮而能飞兮，乃衔食而反哺。"

[87] 翔禽，飞鸟。晋代谢万《兰亭诗》："翔禽抚翰游，腾鳞跃清泠。"

[88] 山海，山与海。《史记·吴王濞列传论》："（吴王）能薄赋敛，使其众，以擅山海利。"

[89] 觌，相见。

[90] 遐眺，远望。

[91] 缅，缅怀。

其十四

长徽[92]已缨，逝将徙举[93]。收迹西践，衔哀东顾。

曷云涂辽[94]，曾不咫步[95]。岂不夙夜[96]，谓行多露[97]。

【注释】

[92] 长徽，长索，刘良注："徽，索也。"

[93] 徙举，指军队行动。

[94] 涂辽，泥泞，远。

[95] 咫步，短距离。《列子·杨朱》："及其游也，虽山川阻险，涂迳修远，无不必之，犹人之行咫步也。"

[96] 夙夜，白天晚上。

[97] 多露，露水多。《诗·召南·行露》："厌浥行露，岂不夙夜，谓行多露。"朱熹《集传》："言道间之露方湿，我岂不欲早夜而行乎，畏多露之沾濡而不敢尔。"

其十五

绵绵女萝[98]，施于松标[99]。禀泽洪干[100]，晞阳[101]丰条。

根浅难固，茎弱易雕。操彼纤质[102]，承此冲飙[103]。

【注释】

[98] 女萝，《诗·小雅·頍弁》："茑与女萝，施于松柏。"毛传："女萝，菟丝，松萝也。"

[99] 松标，松树梢头。

[100] 洪干，粗大的树干。

[101] 晞阳，沐浴于阳光；晒太阳。

[102] 纤质，犹弱质。亦比喻才能低下。李周翰注："纤质，谓微能也。"

[103] 冲飙，急风；暴风。

其十六

纤质实微，冲飙斯值。谁谓言精，致在赏意。

不见得鱼，亦忘厥饵。遗其形骸，寄之深识[104]。

【注释】

[104] 深识，谓见识深远。

其十七

先民颐意[105]，潜山隐几[106]。仰熙丹崖[107]，俯澡绿水。

无求于和，自附众美。慷慨遐踪[108]，有愧高旨[109]。

【注释】

[105] 颐意，养神。

[106] 隐几，隐逸。

[107] 丹崖，绮丽的岩壁。

[108] 遐踪，先贤的事迹。

[109] 高旨，高尚的旨意。

其十八

爰造异论，肝胆楚越[110]。惟同大观[111]，万涂一辙[112]。

死生既齐，荣辱奚别。处其玄根[113]，廓焉靡结。

【注释】

[110] 楚越，楚国和越国，喻相距遥远。《庄子·德充符》："仲尼曰：'自其异者视之，肝胆楚越也；自其同者视之，万物皆一也。'"成玄英 疏："楚越迢递，相去数千。"李善注："高诱《淮南子》注曰：'肝胆，喻近也；楚越，喻远也。'"

[111] 大观，《易·观》："大观在上，顺而巽。中正以观天下。"孔颖达 疏："谓大为在下所观，唯在于上。由在上既贵，故在下大观。"

[112] 一辙，同一车轮碾出的痕迹。喻趋向相同。

[113] 玄根，谓玄妙之根性。语出《老子》："玄牝之门，是谓天地根。"

其十九

福为祸始，祸作福阶。天地盈虚，寒暑周回。

夫差不祀[114]，衅在胜齐。句践作伯，祚自会稽。

【注释】

[114] 不祀，无人奉祀，比喻亡国或绝后。

其二十

邈矣达度，唯道是杖。形有未泰，神无不畅。

如川之流，如渊之量。上弘栋隆[115]，下塞民望[116]。

【注释】

[115] 栋隆，屋栋高大隆起。《易·大过》："象曰：栋隆之吉，不桡乎下也。"孔颖达疏："犹若所居屋栋隆起，下必不桡。"后用以比喻能担负重任。

[116] 民望，民众的希望、心愿。《左传·哀公十六年》："国人望君，如望慈父母焉。盗贼之矢若伤君，是绝民望也。"

诗评：

刘琨和卢谌都是西晋朝中贵游子弟，出身名门，而又有才俊之美。刘琨"少得俊朗之目，与范阳祖纳俱以雄豪著名""文咏颇为当时所许"。"（卢）谌名家子，早有声誉，才高行洁，为一时所推"。昔日在洛阳，他们过的是西晋上流社会士族子弟那种"远慕老庄之齐物，近嘉阮生之放旷"的虚无放诞生活。随着"八王之乱"的加剧，特别是"五胡乱华"，他们的生存条件发生了根本性的改变，刘琨于永嘉元年受任为并州刺史，从此一直在北方进行艰苦卓绝的抗胡斗争。因为刘现和卢湛是"郁穆旧姻，燕婉新婚"的姻亲，所以在永嘉五年洛阳沦陷后，卢湛就随父扶老携幼举家投奔刘琨。可不刚刚投奔刘琨的卢氏父子，在永嘉六年八月被刘璨俘虏，卢湛被刘璨留为参军，直至同年十一月，刘琨收复失地，卢谌才"徙居阳曲，招集亡散，卢湛为集参军，亡归琨"。此后卢谌一直接事刘琨，直至建兴四年末，刘琨被石勒所败，并州失据，投奔幽州段匹碑并与之结盟，卢谌出任匹磾别驾。其间他们朝夕相处，刘琨与卢谌赠答诗的往来是发生在卢谌即将出任段匹磾别驾至刘琨临死前，即建兴四年（公元 316 年）十二月以后至太兴元年（公元 318 年）五月之前一段时间以内。陆侃如先生将此诗及刘琨《答卢谌诗》八章二在公元316年。

卢谌在《赠刘琨诗·序》中将诗的背景讲得比较清楚，他说卢谌死罪死罪，卢谌先说自己“禀性短弱”，不堪重任。但是“得蒙接事”，已经有五年了。但是自己官位低微，还是有骨肉、知己。卢谌说自己羡慕聂政、荆轲这样的义士。但是事与愿违，他不得不去外地赴任了，卢谌不得不离开刘刘琨，而出任段匹磾的幽州别驾。所以他说书不尽言言不尽意，他十分感念刘琨的恩遇，虽贡诗一篇，但也不足以揄扬弘美。

其一是对晋朝即晋帝的赞扬。

其二以伊陟、仲山甫比刘琨，说他忠贞，美善。

其三卢谌说自己出身低微，但是非常懂得感恩。与刘琨家世代有姻亲关系，所以喜、忧、兴、废同气连枝。

其四写随着军队战败，卢谌不得不迁徙流离。他盼望着回到刘琨身边，所以视险忽艰。但是由于路途难行，中途经历了很多困难。他既要承先父母之意而承顺其志，又要正视自己的过失。

其五写，天地运转，时光飞逝，感于眼前怀念过去，想要回到过去可是已经不可能了。

其六写过去如何，逝者渐渐离去，留在身边的人已经不多了。但是我自己还是温温恭人如以前一样。回想起父亲的音容笑貌，又体恤自需要己现在穷困孤独，刘琨您就像是樛木一般，而我就是攀附在您身上的蔓葛。

其七写我像是蔓葛，幸好能有您的托扶，我的叶子不茂盛，光彩也不如闪耀的星光。又不像和氏璧一样值得您珍惜，也不是什么宝贵的璞玉。只是资质平平，在您没有千里马的时候才能派上用场。

其八写您是我的亲笃之人，您鼓励劣等马（不嫌弃我，鼓励我），让我和良马（有才能的人）并驾齐驱（一起工作）。我既没有辅佐您完成大业，也没有贡献好的计谋。我不觊觎狐偃、赵衰之辈，但是也希望能成为五臣之流。

其九写怎样成为五臣，需要辛苦付出，克服种种困难。亲身经历艰难困苦，去往偏僻遥远的地方。我能有这样的道义是由于您的恩情深厚，你让我跟着您，而且对我很亲昵。我们互相倾心，不同于他人。

其十写曾经在我闲暇的日子里，我妙寻通理，我的志向不只是做一个有气节的人。情感是与个体紧密相关的。取舍同样重要，贫穷还是显达不过如此。

其十一写只言片语，就能让秦国人忌惮。马日磾因效忠汉室而扬名。您非常勇武，就像古代贤人一样。来治理幽州，拯救在涂炭灾难中的人民。

其十二写您拯救了幽州人民，却被朝堂上的疲隶所耽误。您向上怕权力过大，向下欣然对人民施予厚德。实在是高明，不敢忘记自己所坚守的东西。在这一段卢谌写出了一方太守的难。

其十三写无论是乌鸦反哺，还是飞鸟高翔，谁能这么忍心？每每临着山海，看着高深。远望存亡之物，缅怀飞沉。

其十四写长索已经挂好璎穗，经指挥军队行动。但是向西向东都难以前行。为什么前进的路这么难？寸步难行！但是即使道路难行也要日夜兼程。

其十五写我就像绵绵的女萝，攀附在松树梢头。您就像粗大的树干，沐浴阳光。我的根基很浅，难以固定，根茎很弱容易折损。我用这样的弱质芊芊的身体去承受狂风的冲击。其实这是卢谌在说自己不得不依附马日磾的理由。卢谌的意思是我没的选，我根基弱，命不由己，追不得已才依附他人。

其十六写我弱质芊芊实在微小，狂风大作。谁说得那么精辟，只要观赏其意就好。即使没有钓到鱼，也忘了鱼饵。忘记形骸，只将自己寄托在深远的道中。这一段卢谌写的是自己在马日磾阵营中的状态，他说自己寄托在道中，寄托在玄思中，就是写自己并没有忠于马日磾，真正地为他谋划服务，也是说自己心里其实没有忘记刘琨。同时这样的玄思哲理也是卢谌对刘琨的慰藉之词。

其十七写先民养神，就是选择隐逸在深山中。仰看绮丽的岩壁，俯瞰匆匆绿水。不用求于与万物相和，自然就能匹配众美。先人的事迹让人感慨，我有愧于这高尚的旨意。

其十八写我在这里要说一些有别常理的言论，不管是近是远。只要在这大观之中就是万涂一辙。生死我都经历过了，荣辱对我来说也没有什么分别。只要在玄根之处，就能“廓焉靡结”。“廓焉靡结”是一个玄学用于，就是说自己的精神能够发散开来不局限于一处。

其十九写“福为祸始，祸作福阶。天地盈虚，寒暑周回”。这都是大道玄理，事物相伴相生，自然有其规律。昔日夫差胜了齐陵晋但最终亡国，周元王使人赐勾践胙，命为伯，并封于会稽。这其实是对刘琨的安慰，刘琨此时在逆境，卢谌这样说就是告诉他不要灰心。

其二十写只有道能帮助一个人豁达大度，有了道即使形体不安，但精神也会畅行。就像水流，就像深渊。在上能让屋栋高大隆起，在下能成民众希望。最后是卢谌对刘琨的建议。

从卢谌的诗中我们可以看到魏晋士人玄远的哲思里其实是他们缓释痛苦的一种方式，正如卢谌所说，自己“根浅难固，茎弱易雕。操彼纤质，承此冲飙”，那些口谈玄远的士人在乱世之中大多如此，又有几人能成参天巨树对抗狂风暴雨呢？

刘 琨

刘琨，字越石，中山魏昌人，生于晋武帝泰始七年（公元271年），卒于东晋元帝太兴元年（公元318年）。《晋书·刘琨传》载“（刘琨）汉中山靖王胜之后也。祖迈，有经国之才，为相国参军、散骑常侍。”刘坤一生有三个明显的阶段，第一阶段刘琨年少时，作为世家豪族之后，在西晋世风的影响下，“素奢豪、嗜声色”生活浮华放荡，还曾位列“二十四友”，并经常参加金谷集会。第二阶段是在永康之乱后，“八王之乱”中刘琨先后在赵王伦、齐王冏、范阳王虓、东海王越麾下任职，积极参与到诸王之间的争斗杀伐中，在不断的尔虞我诈、战争鲜血中刘琨成了一个势利逢迎的人。第三阶段是在刘渊占据北方后，司马越派刘琨镇守并州，这是他一生中最重要的转折点，刘琨成了一个胸怀天下、救危扶亡的民族英雄。刘琨一边在晋阳抗击外地一边安抚百姓，取得了很好的成绩。但是永嘉六年（公元312年），刘琨由于听信谗言错杀令狐盛，又受到刘粲的重击，而大事渐颓。建兴四年（公元316年），石勒进攻乐平，刘琨应援韩据，结果惨败，只能率领残众，前往幽州投奔段匹磾，以图后举。段匹磾原是鲜卑族首领，他多次致书刘琨，主张联合起来，抵御入侵，共同效忠晋室。刘琨与段匹磾相见后，二人颇相推崇，歃血同盟，拜为兄弟，结为姻亲。刘琨的《答卢谌诗》即写于此时。

建兴五年之后西晋摇摇欲坠，刘琨四次上书劝进司马睿称帝。建武元年司马睿称帝后加封刘琨为侍中、太尉，并赠名刀。刘琨的《答晋王笺》即写于此时。后来段匹磾受弟弟鼓惑又听信王敦使者谗言，最终被杀。刘琨听说王敦派使者来，对他的儿子说：“处仲使来而不我告，是杀我也。死生有命，但恨仇耻不雪，无以下见双亲耳。”段匹磾怕不能服众引起猜疑，遂假称收到密诏，又诬陷刘琨“欲窥神器，谋图不轨”，将刘琨处死，年仅48岁，子侄六人一起被害。刘琨死后，群凶莫不欢欣鼓舞，晋室失去了“北面之重”，异族的心腹大患也除掉了，晋室灭亡的速度又加快了。

钟嵘将刘琨的诗列为中品，评曰：“其源出于王粲。善为凄戾之词，自有清拔之气。琨既体良才，又罹厄运，故善叙丧乱，多感恨之词。中郎仰之，微不逮者矣。”清人刘熙载有评论说："刘公干、太冲诗壮而不悲，王仲宣、潘安仁诗悲而不壮，兼悲壮者，其惟刘越石乎？"

答卢谌诗

序：琨顿首，损书[1]及诗，备辛酸之苦言，畅经通之远旨，执玩反覆，不能释手，慨然以悲，欢然以喜。昔在少壮，未尝检括[2]，远慕老庄之齐物，近嘉阮生之放旷，怪厚薄何从而生，哀乐何由而至。自顷辀张[3]，困于逆乱，国破家亡，亲友凋残，块然独坐，则哀愤两集，负杖行吟，则百忧俱至。时复相与举觞对膝，破涕为笑，排终身之积惨，求数刻之暂欢。譬由疾疢弥年，而欲一丸销之，其可得乎？夫才生于世，世实须才，和氏之璧，焉得独曜于郢握[4]，夜光之珠，何得专玩于随掌。天下之宝，固当与天下共之，但分析之日，不能不怅恨尔。然后知聃周之为虚诞，嗣宗之为妄作也。昔騄骥倚辀[5]于吴坂，长鸣于良乐[6]，知与不知也，百里奚愚于虞而智于秦，遇与不遇也。今君遇之矣，勖[7]之而已。不复属意于文，二十余年矣，久废则无次，想必欲其一反，故称指送一篇，适足以彰来诗之益美耳，琨顿首顿首。

【注释】

[1] 损书，对人书札的敬辞，是说对方不惜贬抑身份写信给自己。

[2] 检括，检点约束。汉蔡邕《贞节先生范史云碑》："晚节禁宽，困于屡空，而性多检栝，不治产业。"

[3] 辀张，李善注："辀张，惊惧之貌也。"

[4] 郢握，刘良注："郢，楚地。随，随侯也。和璧明珠，虽出随楚，其宝玩亦不专在随楚。此喻谌不得独留于琨处也。"

[5] 倚辀，指马靠着车辕停步不前。张衡《思玄赋》："魂眷眷而屡顾兮，马倚辀而徘徊。"旧注："辀，车辕也。"

[6] 良乐，春秋时晋王良和秦伯乐的并称。王良善御马，伯乐善相马。班固《答宾戏》："良乐轶能于相驭，乌获抗力于千钧。"

[7] 勖，勉励。

其　一

厄运[8]初遘，阳爻[9]在六。乾象[10]栋倾，坤仪[11]舟覆。
横厉[12]纠纷，群妖竞逐[13]。火燎[14]神州，洪流华域[15]。
彼黍离离，彼稷育育[16]。哀我皇晋，痛心在目。

【注释】

[8] 厄运，艰难困苦的遭遇。汉 扬雄《元后诔》：“新都宰衡，明圣作佐。与图国艰，以度厄运。”

[9] 阳爻，李善注：“言晋之遇灾也。《周易》曰：‘上九：亢龙，有悔。’盈不可久也。‘阳爻在六’，谓乾上九也。”张铣 注：“‘在六’谓乾卦第六，画辞云：‘亢龙有悔’，喻天子运极而有穷厄之灾。”

[10] 乾象，天象。旧以为天象变化与人事有关。《后汉书·皇后纪上·和熹邓皇后》：“仰观乾象，参之人誉。

[11] 坤仪，大地。

[12] 横厉，纵横凌厉。

[13] 竞逐，竞争追逐。

[14] 火燎，战火。

[15] 华域，中原、中国。

[16] 彼黍离离，彼稷育育，语出《诗经·王风·黍离》：“彼黍离离，彼稷之苗。”《毛诗序》曰：“黍离，闵宗周也。周大夫行役，至于宗周，过故宗庙宫室，尽为禾黍。闵周室之颠覆，彷徨不忍去，而作是诗也。”

其　二

天地无心，万物同涂。祸淫[17]莫验，福善则虚。
逆有全邑，义无完都。英蕊[18]夏落，毒卉[19]冬敷。
如彼龟玉[20]，韫椟[21]毁诸。刍狗[22]之谈，其最得乎。

【注释】

[17] 祸淫，祸患淫逸。

[18] 英蕊，花；鲜艳的花。

[19] 毒卉，恶草。

[20] 龟玉，指龟甲和宝玉。古代认为是国家的重器。

[21] 韫椟，藏在柜子里；珍藏，收藏。《论语·子罕》：“有美玉於斯，韫椟而藏诸？求善贾而沽诸？”何晏 集解引 马融 曰：“韫，藏也；椟，匮也，谓藏诸匮中。沽，卖也。得善贾宁肯卖之邪。”邢昺 疏：“此章言 孔子 藏德待用也……言人有美玉于此，藏在匮中而藏之，若求得善贵之贾宁肯卖之邪。”

[22] 刍狗，《老子》：“天地不仁，以万物为刍狗；圣人不仁，以百姓为刍狗。”魏源 本义：“结刍为狗，用之祭祀，既毕事则弃而践之。”

其　三

洛余软弱，弗克负荷。愆衅[23]仍彰，荣宠屡加。
威之不建，祸延凶播。忠陨于国，孝愆于家。
斯罪之积，如彼山河。斯衅之深，终莫能磨。

【注释】

[23] 愆衅，过错。

其　四

郁穆[24]旧姻，嬿婉新婚。不虑其败，唯义是敦。
裹粮[25]携弱，匍匐星奔。未辍尔驾，已隳我门。
二族偕覆，三孽[26]并根。长惭旧孤，永负冤魂。

【注释】

[24] 郁穆，和美貌。吕延济注："郁穆、嬿婉，和美貌。"

[25] 裹粮，谓携带熟食干粮，以备出征或远行。语出《诗·大雅·公刘》："乃裹餱粮，于橐于囊。"朱熹《集传》："餱，食。粮，糗也。"

[26] 三孽，李善注："三孽，谓刘琨之兄子……刘聪、刘曜、刘粲也。"

其　五

亭亭孤干，独生无伴。绿叶繁缛，柔条修罕。
朝采尔实，夕捋尔竿。竿翠丰寻，逸珠[27]盈椀。
实消我忧，忧急用缓。逝将去矣，庭虚情满。

【注释】

[27] 逸珠，优异的珍珠。李善注："珠，即以喻德也。逸，谓过于众类。"

其　六

虚满伊何，兰桂移植。茂彼春林，瘁此秋棘[28]。
有鸟翻飞，不遑休息。匪桐不栖，匪竹不食。

永戢东羽，翰抚西翼。我之敬之，废欢辍职[29]。

【注释】

[28] 秋棘，秋草。棘，草木之有刺者。李善注："秋棘，琨 自喻也。"

[29] 辍职，停职，停止工作。吕延济注："辍，止也。废欢止职，思之深也。"

其　七

音以赏奏，味以殊珍。文以明言，言以畅神。
之子之往，四美不臻[30]。澄醪覆觞，丝竹生尘。
素卷[31]莫启，幄无谈宾。既孤我德，又阙我邻。

【注释】

[30] 不臻，不至。

[31] 素卷，书卷；书籍。

其　八

光光段[32]生，出幽迁乔[33]。资忠[34]履信，武烈文昭[35]。
旌弓骍骍，舆马翘翘。乃奋长縻[36]，是辔是镳。
何以赠之，竭心公朝。何以叙怀，引领长谣[37]。

【注释】

[32] 叚，不真实的。

[33] 出幽迁乔，语出《诗·小雅·伐木》："出自幽谷，迁于乔木。"后以"出幽迁乔"比喻人的境遇好转或职位升迁。

[34] 资忠，实行忠义之道。

[35] 武烈文昭，《国语·周语下》："成王能明文昭，能定武烈者也。"韦昭注："烈，威也。言能明其文，使之昭；定其武，使之威也。"后以"武烈"谓武功。文昭，文德昭著。

[36] 长縻，长的绳索。

[37] 长谣，高歌。

诗评：

刘琨序说受到卢谌的来信看你心中有心酸之言我表示很理解，这封信我爱不释手，看了信一会儿悲伤一会儿欢喜。我曾经在年少时不甚检点，远慕老庄之齐物，近嘉阮生之放旷，好老庄，慕放达，“怪厚薄何从而生，哀乐何由而至”，喜欢思考一些玄远的道理。但是自从遭遇了国破家亡，亲友凋残，我不禁恐惧，有时一个人坐着就感到悲哀愤慨，有时负杖而行就百忧俱至。那时有你陪着我一起饮酒长叹，常常能让我破涕为笑，排解痛苦有片刻欢愉。但是这就好像久病难愈，想要一颗药就治好，能行吗？有才能的人生在这世上，这世上需要有才干的人。和氏璧不能只在楚地，夜光珠也不能随意人人把玩。天下之宝应该与天下共享。但是和你分别的日子我还是不能不惆怅。然后我知道李耳、庄周的虚诞，阮籍是妄作。曾经千里马困顿在吴坂，向伯乐长鸣，知与不知也。百里奚在虞时显得愚钝在秦就成为有智慧的人，是遇与不遇的问题。刘琨这样写实际上是对卢谌的夸奖和鼓励。刘琨说“今君遇之矣，勖之而已”。刘琨说自己已经有二十余年不写诗作文了，荒废了这么久怕写起来没有次序，想尽力一试，所以送给卢谌一篇，用来彰显卢谌赠诗之美。

其一写，当前的局势，晋朝动乱，战火遍布神州，皇室颠覆，让人痛心。

其二写，天地无心，以万物为刍狗。如今这世上祸事多而善行少，道义无存。春花夏落，恶草在冬季茂盛。龟玉毁于椟中。

其三写我这人十分软弱，不堪重荷，过错明显但是却屡屡荣宠加身。我不能建威，让祸凶散播。忠陨于国，孝愆于家。我的罪就像山河那么多。衅隙怎么磨也磨不平。

其四写，我和你是旧日姻亲，嬿婉新婚，没想到会遭遇不测，只能奉行义。你带着干粮，匍匐夜行。你车还没停稳就已经毁坏了我的门。我们两族都倾覆了，他们三个孽畜与我同宗。常惭愧旧日孤苦，负了冤魂。

其五写，我就像亭亭而立的孤单的树，独自生活在这世上没有伴。树叶虽然繁多，枝条虽然长。但是我依然要早上采你的果实，晚上捋你的枝干。你的竿上有很多宝贝。能让我消除忧愁，缓释忧伤。你即将离去，我的庭院空空，但我对你的思念满满。卢谌在《赠刘琨诗》中将刘琨比作大树，自己比作菟丝子，刘琨在这里应和了卢谌的比喻。

其六写，为何我会庭院空空，真情满满，是因为兰桂移植了。那处春林茂密，我这里秋草衰败。有鸟翻飞，不急着休息，不是梧桐不休息，不是竹子不吃。我在东边收敛羽翼，但是西边的羽翼还是丰满。我敬重西边的朋友，愿意放弃快乐，停掉职位。也就是说刘琨非常重视自己与段匹磾的关系。

其七写，“音以赏奏，味以殊珍。文以明言，言以畅神”。你离开我之后这四样美事就不到我身边了，我盖上酒杯，丝竹乐器都生了灰尘，不再饮酒享乐，书也不看了，帷幄里没有相谈甚欢的人。我十分孤单，又没有好的邻居、朋友。

其八写，我升职了，这一切好像不真实。我实行忠义之道，文武兼备。我拉紧战弓，驾驭战马，奋力甩出绳索，骑马打仗。用什么赠给你呢？只能在公事上尽心，如何叙说自己的心怀，我只能引颈高歌。

刘琨赠答诗特点：

刘琨赠答诗今存《答卢谌诗》《重赠卢谌诗》两首，两首诗都是五言诗。虽然钟嵘说刘琨诗源于王粲，风格是凄戾中有清拔，但是从刘琨的赠答诗来看，“凄戾”之言似乎过于凌厉，刘熙载说刘琨诗兼具“悲壮”较为合适。而且笔者以为刘琨赠答诗与王粲赠答诗相去甚远。王粲长于四言，诗中有《诗经》余风，刘琨善于五言，诗感已经较为远离《诗经》影响，其所用典，辞藻明显有道家倾向。即使刘琨自己说“知聃周之为虚诞，嗣宗之为妄作”但是在他的赠答诗中我们还是可以看到“天地无心，万物同涂”“刍狗之谈，其最得乎”等言。

孙　绰

孙绰，字兴公，太原中都人，绰博学善属文。早年寓居会稽（今浙江绍兴），游放山水十有余年，袭爵长乐侯。曾任著作佐郎、庾亮参军、补章安令、太学博士、尚书郎等职。《晋书·孙绰传》载："绰少以文才垂称，于时文士，绰为其冠。温、王、都、庾诸公之莞，必须绰为碑文，然后刊石焉。"孙绰虽然才高，但是"性鄙"又有"秽行"，品性不端。《世说新语·品藻》载："孙兴公、许玄度皆一时名流。或重许高情，则鄙孙秽行或爱孙才藻，而无取于许。"《续晋阳秋》曰："绰虽有文才，而诞纵多秽行，时人鄙之。"而《晋书·孙绰传》有说他"性通率，好讥调"。

孙绰颇有文采，《晋书》本传云："彬彬藻思，绰冠群英。"孙绰是东晋时期玄言诗的代表诗人。

赠温峤诗

大朴无像[1]，钻之者鲜。玄风虽存，微言[2]靡演。
邈矣哲人，测深钩缅。谁谓道辽，得之无远。
既综幽纪，亦理俗罗。神濯无浪，形浑俗波。
颖非我朗，贵在光和。振翰梧摽，翻飞丹霞。
爰在冲乱，质嶷韵令。长崇简易，业大德盛。
体与荣辞，迹与化竞。经纬天维，翼亮[3]皇政。
狡哉不臣，拒顺称兵。矫矫君侯，杖钺[4]斯征。
鲸鲵[5]悬鳃，灵浒[6]载清。净能弘道，动□功成。
无则无慕，有必有希。仰荫风云，自同兰夷。
辞以运情，情诣名遗。忘其言往，鉴诸[7]旨归。

【注释】

[1] 大朴无像，谓原始质朴之大道没有形迹，没有具体形象。是道家形容道玄虚无形之语，语出《老子》："绳绳兮不可名，复归于无物。是谓无状之状，无象之象，是谓忽恍。"

[2] 微言，精深微妙的言辞。

[3] 翼亮，辅佐。葛洪《抱朴子·对俗》：“或可以翼亮五帝，或可以监御百灵。”

[4] 杖钺，手执斧钺。表示威权。

[5] 鲸鲵，比喻凶恶的敌人。《左传·宣公十二年》：“古者明王伐不敬，取其鲸鲵而封之，以为大戮。”杜预注：“鲸鲵，大鱼名，以喻不义之人吞食小国。”

[6] 灵浒，指东晋国都建康，建康在长江左岸，故称灵浒。

[7] 鉴诸，即方诸，古代在月下承露取水的器具。《说文·金部》：“鉴，大盆也，一曰鉴诸。可以取明水于月。”王筠句读：“诸是汉名，鉴乃古名。”

诗评：

孙绰说“大朴无像”，能够得到道的真谛的很少，现在玄风虽然还在，但是微言已经没人能说清楚了。先哲离我们太远，但是孰能说道很远呢？如果真能体会道的真谛它就不远。

我在大道和世俗之间徘徊，神在道中，形在世俗。和光同尘是最可贵的。我愿做凤凰挥动翅膀飞到梧桐树上，又在丹霞中翻飞。

我崇尚简易大德，想要远离荣誉，达到化境，但是又想干出经纬天维的事能够辅佐皇帝的德政。

那些狡猾的不臣的人，拒绝诏安，勇武的君侯手执斧钺出征。穷凶极恶的敌人奄奄一息，但是我们建康却非常清明。既能弘扬大道又能成功。

“无则无慕，有必有希。”权且可以理解为无欲无求，有欲望就有希望。最后几句是说言不尽意，得意忘言的意思。

孙绰赠答诗特点：

孙绰的今存《赠温峤诗》《与庾冰诗》《答许询诗》《赠谢安诗》四首赠答诗，这四首诗都有大量的玄言内容，与其说其诗辞质朴不如说多有玄言，孙绰将自己的思想感情以及对事物的描写通过玄言化的方式表达出来，给自己的诗增加了一些哲思的韵味。

陶渊明

陶渊明，一名潜，字符亮，私谥“靖节”，世称靖节先生，浔阳柴桑人。曾任江州祭酒、建威参军、镇军参军、彭泽县令等职，弃官后归隐田园，他是中国第一位田园诗人，被称为“古今隐逸诗人之宗”。

萧统《陶渊明传》曰：“渊明少有高趣，博学，善属文；颖脱不群，任真自得。”钟嵘《诗品》评曰：“文体省净，殆无长语。笃意真古，辞兴婉惬。每观其文，想其人德。世叹其质直。至如‘欢颜酌春酒’‘日暮天无云’，风华清靡，岂直为田家语邪！古今隐逸诗人之宗也。”

怨诗楚调示庞主簿邓治中

天道幽且远，鬼神茫昧[1]然。结发[2]念善事，僶俛六九年。
弱冠逢世阻，始室[3]丧其偏。炎火屡焚如，螟蜮[4]恣中田。
风雨纵横至，收敛不盈廛[5]。夏日长抱饥，寒夜无被眠。
造夕思鸡鸣，及晨愿乌迁。在己何怨天，离忧凄目前。
吁嗟身后名，于我若浮烟。慷慨独悲歌，锺期信为贤。

【注释】

[1] 茫昧，模糊不清。《汉武故事》：“神道茫昧，不宜为法。”

[2] 结发，束发。古代男子自成童开始束发，因以指初成年。

[3] 始室，《礼记·内则》：“（男子）三十而有室，始理男事。”因以“始室”指三十岁。

[4] 螟蜮，螟和蜮，危害禾苗的两种害虫。《吕氏春秋·任地》：“大草不生，又无螟蜮。”高诱 注：“蜮，或作螣，食心曰螟，食叶曰蜮，兖州 谓蜮为螣，音相近也。”

[5] 廛，古代城市平民的房地。

诗评：

“楚调”原泛指古代楚地的曲调，后为乐府相和调之一。陶渊明在这首诗中向我们展示了归园田居的真实生活，在《归园田居》中我们看到了一个安贫乐道的隐逸诗人，但是在这首诗中我们看到了一个在“夏日长抱饥，寒夜无被眠”中苦苦挣扎的隐士。陶渊明写天道幽远，鬼神之事茫昧未可知。成年之后心怀善事，如此努力多年。弱冠时遭遇乱世，而立之年国土丧失大半，东晋太元七年（公元282年）前秦苻坚完成了对中原的统一晋朝领土丧失大半。陶潜形容此时他兴中如烈火反复焚烧，心中不得安宁。

风雨纵横而至，收成不能果腹，陶潜过着食不果腹，寝不能安的生活。他日夜不得安睡，但是他认为这不是命运不公，天道不公，而是在于自己，是自己无法离忧忘愁。陶潜说自己并不在乎身后的名声荣辱，对他来说这些就像浮烟。而让陶潜慷慨悲歌的是什么呢？是对家国的担忧。陶潜虽然在诗中屡次写自己在田园中种豆南山，采菊东篱的生活，但是实际上他并没有真正的“久在樊笼里，复得返自然”。从这首赠答诗来看陶潜的拳拳爱国之心郎朗如月。

陶渊明赠答诗特点：

陶渊明有《赠长沙公》《酬丁柴桑诗》《答庞参军诗》（衡门之下）、《答庞参军诗》（三复来贶）、《五月旦作和戴主簿诗》《和刘柴桑诗》《酬刘柴桑诗》《和郭主簿诗（二首）》《岁暮和张常侍诗》《和胡西曹示顾贼曹诗》《癸卯岁十二月中作于从弟敬远诗》等，观览陶潜之赠答诗主要有三个目的，一是述往事、言相思，如《答庞参军诗》（三复来贶）、《酬刘柴旦诗》等，二是述志表情，如《赠羊长史诗》陶渊明说自己有归隐之志，《怨诗楚调示庞主簿邓治中》陶渊明说自己对时政的关注，三是赠别，如《癸卯岁十二月中作于从弟敬远诗》。

钟嵘评陶渊明诗“文体省净”，陶诗五言大多符合这个论断，但是观陶诗四言，如《归鸟诗》《答庞参军诗》（衡门之下）或不可称为“清省”，“衡门之下，有琴有书。载弹载咏，爰得我娱。”虽已脱《诗经》辞藻特点，但诗义典雅尤有古风。《归鸟诗》：“翼翼归鸟，晨去于林。”“翼翼归鸟，载翔载飞。”“翼翼归鸟，戢羽寒条。”重章叠沓，哀而不怨，若言之“清省”恐不恰当。陶诗的四五言诗体之用仍是符合魏晋诗体之用的特征，五言清丽，四言典雅。

康僧渊

《高僧传》载："康僧渊，本西域人，生于长安，貌虽梵人语实中国。容止详正志业弘深，诵放光道行二波若，即大小品也。晋成之世，与康法畅支敏度等俱过江……后于豫章山立寺。去邑数十里带江傍岭林竹郁茂。名僧胜达响附成群。以常持心梵经空理幽远故。偏加讲说。尚学之徒往还填委。后卒于寺焉。"

代答张君祖诗

序：省赠法頵诗，经通妙远，亹亹[1]清绮，虽云言不尽意，殆亦几矣。夫诗者，志之所之，意迹之所寄也。忘妙玄解，神无不畅。夫未能冥达玄通者，恶得[2]不有仰钻[3]之咏哉。吾想茂得之形容，虽栖守殊途，标寄[4]玄同[5]，仰代答之，未足尽美，亦各言其志也，其辞曰：

真朴[6]运既判，万象[7]森已形。精灵[8]感冥会[9]，变化靡不经。
波浪生死徒，弥纶[10]始无名。舍本而逐末，悔吝生有情。
胡不绝可欲，反宗[11]归无生。达观[12]均有无，蝉蜕豁朗明。
逍遥众妙津，栖凝于玄冥[13]。大慈顺变通，化育曷常停。
幽闲自有所，岂与菩萨并。摩诘[14]风微指[15]，权道多所成。
悠悠满天下，孰识秋露情。

【注释】

[1] 亹亹，谓诗文或谈论动人，有吸引力，使人不知疲倦。《后汉书·班固传论》："若固之序事，不激诡，不抑抗，赡而不秽，详而有体，使读之者亹亹而不猒，信哉其能成名也。"

[2] 恶得，谓这般。

[3] 仰钻，《论语·子罕》："颜渊喟然叹曰：'仰之弥高，钻之弥坚。'"后以"仰钻"指仰慕钻研前贤的学问。

[4] 标寄，谓寄托高超，不以俗务为怀。

[5] 玄同，谓冥默中与道混同为一。《老子》："塞其兑，闭其门，挫其锐，解其纷，和其光，同其尘，

是谓玄同。”康僧渊在此引用了道家的术语。

[6] 朴，本质，本性，《老子》：“见素抱朴，少私寡欲。”

[7] 万象，宇宙间一切事物或景象。

[8] 精灵，精灵之气。

[9] 冥会，谓对玄理的领会。

[10] 弥纶，统摄；笼盖。《易·系辞上》：“《易》与天地准，故能弥纶天地之道。”高亨 注：“《释文》引 京 云：‘准，等也。弥，遍也。’《集解》引 虞翻 曰：‘纶，络也。’弥纶即普遍包络。此二句言《易经》所讲之道与天地齐等，普遍包络天地之道。”

[11] 反宗，返本。

[12] 达观，遍览，纵观。

[13] 玄冥，深远幽寂，道家用以形容“道”。亦以指“道”。《庄子·大宗师》：“于讴闻之玄冥，玄冥闻之参寥。”郭象 注：“玄冥，所以名无而非无也。”成玄英 疏：“玄者，深远之名也；冥者，幽寂之称。”

[14] 摩诘，维摩诘（梵语 vimalakīrti）的省称。意译为“净名”或“无垢称”。《维摩经》中说维摩诘 是 毗耶离城 中一位大乘居士，和 释迦牟尼 同时，善于应机化导。曾经以称病为由，向 释迦佛 遣来问讯的 舍利弗 及 文殊师利 等宣扬大乘深义，为佛典中现身说法，辩才无碍的代表人物。

[15] 微指，精深微妙的意旨。

诗评：

序言说张翼赠竺法頵诗，经通妙远，诗文动人，诗风清绮。虽说言不尽意但是您的诗几乎能够言尽意。“夫诗者，志之所之，意迹之所寄也。”这是典型的中国传统诗学理论，他又说“忘妙玄解，神无不畅”。这又是道家思想，由此可见康僧渊精通中国文化。他说未能冥达玄通的人不会有这样的学问，即是对张翼的夸赞。这首诗的来历是东晋著名学者张冀写的《赠沙门竺法頵诗三首》，嘲讽竺法頵远还西山不符合大乘佛法的渡生思想。康僧渊不以为然，代竺法頵作《代答张君祖诗》。后张冀又作《答康僧渊诗》护己，康僧渊则以《又答张君祖诗》回应。接下来就是康僧渊说自己虽然不是竺法頵，但是希望能代替竺法頵回答张翼。

笔者才学浅薄，恐不能恰当评论这首赠答诗，大概言之。诗文说真朴已经对命运有所判定，万象已经形成。精神力感受到玄理，事物不停地变化轮转。人生如潮起潮落，统摄万物的神刚开始没有名字。人们常常舍本逐末，又常常后悔生出感情。为什么不断绝这些欲望，回到不生不灭之境。只有达观才能均衡有无，只有新生才能豁达开阔。

若达逍遥之境则可品众妙滋味，栖息于玄冥之所也未尝不可。这句话其实是替竺法頵解释，说他回到西山也是可以的。大慈大悲是要顺应变化的，化生长育为何常常停止。应该有个地方能容纳幽闲之人，难道要与菩萨一起吗？摩诘精妙的佛理需要传教，努力才能有所成就。这悠悠满天下的人谁知道秋露之情呢？

康僧渊赠答诗特点：

康僧渊之赠答诗多借用道教之言，表达佛教之理。翻译问题是佛教在魏晋时期传教遇到的最大问题，虽然汉代已经佛法东来，但是直到魏晋时期确切地说是到东晋时期佛教才真正在中国流行起来。为了让中原人能更好地接受佛理，僧人们不得不较多套用道家、儒家术语来传导，康僧渊的诗辞正证明了这一点。

同时，与僧人往来的赠答诗出现也表明在东晋晚期佛教影响力的扩大。